水神

向立成 著

山西出版传媒集团

山西人民出版社

图书在版编目（CIP）数据

水神 / 向立成著. -- 太原：山西人民出版社,2022.9
ISBN 978-7-203-12411-5

Ⅰ.①水… Ⅱ.①向… Ⅲ.①中篇小说 – 小说集 – 中国 – 当代②短篇小说 – 小说集 – 中国 – 当代 Ⅳ.①I247.7

中国版本图书馆CIP数据核字(2022)第172821号

水　神

著　　者：向立成
责任编辑：靳建国
复　　审：吕绘元
终　　审：李　颖
统　　筹：张慧兵
装帧设计：中尚图

出 版 者：山西出版传媒集团·山西人民出版社
地　　址：太原市建设南路21号
邮　　编：030012
发行营销：0351-4922220　4955996　4956039　4922127（传真）
天猫官网：http://sxrmcbs.tmall.com　电话：0351-4922159
E-mail：sxskcb@163.com　发行部
　　　　　sxskcb@126.com　总编室
网　　址：www.sxskcb.com

经 销 者：山西出版传媒集团·山西人民出版社
承 印 厂：天津中印联印务有限公司

开　　本：710mm×1000mm　1/16
印　　张：19
字　　数：250千字
版　　次：2022年9月　第1版
印　　次：2022年9月　第1次印刷
书　　号：ISBN 978-7-203-12411-5
定　　价：69.00元

目 录

水　牛

一

一阵冷空气吹过，似乎把椿树凹的秋天往前提早了一些，这也预示着秋收也要提前。椿树凹的村民有些担忧，因为水稻收割得越晚，稻米的糙米率和粳米率就越高。

高满仓家应该说是椿树凹比较殷实的人家。早年，高满仓的父亲高顺昌和媳妇李新芳非常勤劳，靠着一头水牛，硬生生地把5个孩子都养活大。当年，椿树凹的婴儿存活率并不高，基本上四不存一。高顺昌能够把5个孩子都拉扯起来，确实不容易。

生于1945年的高满仓，今年已经22岁了。作为在椿树凹土生土长的山里人，他长这么大都没走出过大山，是山外人所戏称的地地道道的"凹人"。当然，这个称呼也带了些许的轻视。

高满仓是家里的长子，他下面还有2个弟弟和2个妹妹。小学刚毕业，高满仓就开始跟着父亲下地干活了。

在田里没事的时候，高满仓喜欢逗弄家里的那头老水牛。这头老水牛是在高满仓4岁的时候买回来的，算起来也有将近20岁了，虽然没有名字，但是非常温顺，也很通人性。

这两年，因为上了年纪，这头老水牛的动作明显迟缓了不少。高顺昌和媳妇李新芳今年合计了好几次，准备再买一头水牛，这次要买头母的，所以准备扩建一下牛棚，多养几头，毕竟孩子们也大了起来，这一结婚，按椿树凹的习俗，基本上都是要分家的，分过去一头牛也是常态。

今年的水稻长势特别好，高顺昌非常高兴，想着收完水稻，就可以扩建牛棚、购买水牛了。

可天有不测风云，国庆节刚过，一场冰雹便把椿树凹的庄稼都砸倒伏了，看着自家被砸的水稻，高顺昌欲哭无泪。

回到家后的高顺昌垂头丧气，面对李新芳的追问一言不发。

李新芳见状，心里明白了几分，其实在高顺昌没去地里前，她就知道情况不会太好，只是自己不死心，还存有一线希望，毕竟这是自家一年的心血。她搓了搓手，无奈道："这可咋办啊？满仓还指望这一季的水稻娶媳妇呢。"

"缓一缓吧，明年再给满仓说媳妇吧。这靠天吃饭，咱也没办法啊！"高顺昌叹了口气说道。

就这样，高满仓的婚事被一场冰雹给耽误了。

在椿树凹，像高满仓这样22岁的虽不算是大龄青年，但也不小了，有的20岁左右就结婚了。高满仓的小学同学今年都已经有几个抱上娃娃了。其实高满仓一点也不着急，但是李新芳已经着急了，看着别人家抱孙子，她眼馋啊！

不过，庄稼虽然倒伏了，但是抢收一下，还是能收回来一点。于是，高顺昌全家齐上阵，把地里的水稻抢收了回来，只是产量与往年判若云泥。

看着空空的粮仓，高顺昌和李新芳满面愁容。

二

粮食即使再不够吃，日子还是要过的。李新芳算是很会精打细算的了，做饭的时候，多做汤，饭不够吃，就让孩子们多喝汤。孩子们不愿意喝汤，因为喝汤不耐饥啊，两趟厕所过后，肚子就开始咕咕叫了。

见孩子们皱着眉头不愿喝汤，李新芳就说营养全在汤里，几个孩子这才硬着头皮把汤给喝了。其实，汤里哪有什么营养啊，无非就是青菜叶子和盐巴，连点油水都没有。

正在发育期的几个孩子天天喊饿，由于营养跟不上，个个都是黄瘦黄瘦的。

不光高顺昌家是这样子，整个椿树凹都是这样，大家都是缺衣少食。

由于这场冰雹，椿树凹的婚事黄了两家。也不难理解，毕竟，谁愿意让自己的女儿嫁到椿树凹来吃糠咽菜呢？

虽然说高满仓的婚事往后推了推，但是相亲的事却不能耽搁。李新芳托人物色了几个合适的对象，但是人家一听说是个"凹人"，就没有下文了。

屋漏偏逢连阴雨。

椿树凹的春天来得早，冬天来得也早。这年冬天比往年都要冷，再加上吃得少，身上没火力，家家户户都躲在家里，不愿出门受冻。

椿树凹西头的老刘头独居，不知是因为饿着了，还是因为窗户没糊严被冻着了，躺在床上就走了。过了两三天才被人发现。老刘头的葬礼办得很简单，甚至有点匆忙，这也给椿树凹的冬天添了几分萧瑟和苍凉。

而高顺昌家的老水牛在一天早上，突然前腿一软，趴在了地上，而后一直站不起来。

得知高顺昌家的老水牛快不行了，几个村民来到了他家。不为别的，就是想说动高顺昌趁老水牛还活着，把老水牛宰了，让大伙儿吃点肉。而高顺昌听到他们这样的要求，二话不说便拿着铁锹把他们赶了出去。

高顺昌在心里是把老水牛当成家人的，怎么可能会宰了吃肉，有人要害他的家人，他能不翻脸吗？

为了能延长老水牛的寿命，高顺昌请来了兽医，兽医检查了一番，摇了摇头说："准备后事吧，这牛是到限了。"

老水牛走的那天晚上，格外冷。

那天，高顺昌和高满仓为了让老水牛暖和一点，在牛棚里铺了厚厚的稻草。

看着老水牛蜷缩着趴在稻草上，高顺昌心里难受，就上前抱着老水牛的脖子。老水牛艰难地用脖子蹭了蹭高顺昌，而后贴着他一动也不动了。

高顺昌本来想抱一会儿就回屋，但是想起身的时候，他看懂了老水牛不舍的眼神，于是索性靠着老水牛的脖子，跟它蜷缩在一起睡了。

天蒙蒙亮的时候，高顺昌才醒，可刚一醒，他便感觉到了不对劲，因为怀中的老水牛已经冷冰冰了。他知道，老水牛真的走了。

高满仓听到父亲说老水牛不行了，立马从被窝里爬了起来，跑到牛棚，他仔细地看着、抚摸着老水牛，想要把它永远记在心里。忽然，他发现老水牛眼角下面的毛上有一道泪痕。

"爹，老水牛昨晚哭了。"

高顺昌闻言看向老水牛的眼角，那道泪痕清晰可见，这彻底击垮了他的最后一道防线，情不自禁地再次上前抱住老水牛痛哭起来。

三

听闻高顺昌家的老水牛不在了，村里几个德高望重的老人一起来到了高顺昌家。

"顺昌，我们也知道你跟老水牛的感情很深，你也看到了，今年收成不好，很多人连饭都吃不上，你看……能不能……"叼着旱烟袋的马老汉试探着说道。

"不行，不行，不可能！"高顺昌斩钉截铁地说道。

"顺昌，再晚一点，也不能吃了。你看大家伙儿都多长时间没见油水了。你帮帮大家伙儿吧！"马老汉继续劝道。

"是啊，顺昌，乡里乡亲的，你帮帮忙吧！"

"就是啊，你拉去埋了多可惜啊。前两天本来还可以卖点钱，现在一断气，就不值钱了。"

"顺昌，你要是下不了手，我们拉走处理。"

见众人七嘴八舌地劝高顺昌，李新芳也劝道："他爹，我看就算了吧。让他们拉走吧，今年闹饥荒，老水牛也算是为了椿树凹牺牲了，全村人都会感激它的。"

高顺昌看了看牛棚方向，只见老水牛安静地蜷缩在那里，一动也不动。

高顺昌叹了口气，说道："我也知道现在的情况，可是，可是……唉……"说着，又长长地叹了口气。

"顺昌，你看这样行不行，我们村里给老水牛来个风光大葬，到时候，牛皮留下来下葬，你看成不成？"马老汉说道。

"给老水牛立个碑吧……"高顺昌略显平静地说道。

"给牛立碑……这没有先例啊。"马老汉为难地说道。

"立不了那就算了。"高顺昌作势要赶人。

"等等，等等，立碑，立碑，给老水牛立个碑。"马老汉赶紧让步。见高顺昌好不容易松了口，马老汉可不想前功尽弃。

高顺昌挥了挥手，有气无力地说道："拉走吧。到时候把牛角给我就行了，我留个念想，其他的都不要给我看到了。"

马老汉见高顺昌同意了，赶紧叫来几个小伙子，用平板车把老水牛拉走了。临走前，高顺昌不舍地嘱咐道："你们轻点，轻点。"

这两天，整个椿树凹都沸腾了，就像过年一样，家家户户都分到了不少牛肉。

而高顺昌家的院门自打老水牛被拉走后再也没开过，一直紧紧地闭着。

第三天，碑立好了，大家伙儿准备正式安葬老水牛，马老汉便去敲高顺昌家的门，让高顺昌来送老水牛最后一程。

高顺昌和高满仓都去了。老水牛就埋在高顺昌家的地头，高顺昌本来想留下那对牛角，后来想了想，怕睹物思牛，到时候更加伤感，于是决定把那对牛角也埋了进去。

老水牛的葬礼很隆重，很多人自发地来送老水牛。甚至有人说，这老水牛的葬礼比椿树凹西头老刘头的葬礼还要隆重一些。

葬礼结束后，大家的生活又恢复如初，只是，高顺昌每天早上一开院门，门口总会时不时多一些东西，有时是一小袋大米，有时是一些野菜，甚至还有过野兔的后腿……

每次看到院门口的东西，高顺昌就会想到老水牛，不免有些伤感。

四

老水牛虽然走了，但是高顺昌家的地明年开春的时候还是需要耕的，所以高顺昌必须再买一头牛，可如果买小牛犊，就有点来不及了，不得已，高顺昌咬了咬牙，下定决心买了头大一点的母水牛。母水牛的价格是公水牛的一倍多，这几乎掏空了高顺昌家的所有积蓄。

开春的时候，椿树凹的人们脸上又有了笑容，他们终于把这个难挨的冬天熬过去了。春天来了，就可以再一次种庄稼了，有了庄稼，就有了新的希望。

这一年的春天，高顺昌家的地很好翻，因为邻居们争相把自己的牛借给高顺昌用，不用还不行，有的直接把牛拴在高顺昌家的门垛上就走了。

两头牛耕地肯定比一头牛快多了，也省劲儿多了，而高顺昌家的地也翻得比往年要深一些。

看着自己家的地，又看了看地头老水牛的碑，高顺昌露出了久违的笑容。

高顺昌家买的这头母水牛肚子很争气，当年年底就生了一头小牛犊，而且还是头母的，这可把高顺昌一家乐坏了。当然，最高兴的就是高满仓了，人家给他说媳妇的时候，底气也足了。所以没多久，高满仓的婚事就定了下来，对象是翻过一道山梁的馒头凹的姑娘。说是翻过一道山梁就到，但是真要是走过去的话，没有一两个小时是到不了的。

女方要的彩礼不算多，也不算少。高顺昌合计了一下，要是把小牛犊卖了，基本上就够了。所以高顺昌把这个想法和家里人说了一下，可没想到，高满仓第一个站出来反对。

高满仓考虑的是，鸡生蛋，蛋生鸡，要不了几年家里就可以有好几头牛了，到时候还怕赚不到钱？如果现在把小牛犊卖了，就又回到原来的样子了。

高顺昌也很头疼，毕竟家里还真是要指望这两头母水牛发展，如果卖掉一头，确实影响挺大。所以，经高满仓这么一说，高顺昌也犹豫了。

高满仓倒是看得开，反过来劝高顺昌，要是女方能够缓一缓要彩礼，还是可以不卖小牛犊的，说不定这头大的还能再生一个。

高顺昌当即驳斥了高满仓的这个说法，因为他知道，母水牛不可能一年生一头，起码要间隔一年以上。

就这样，高满仓的婚事就吊在了那里。女方家一再催促彩礼的事，但是高满仓不为所动。甚至在女方下了最后通牒——夏收完如果见不到彩礼，这门亲事就吹了的情况下，高满仓依然没有松口。最终，这门婚事还是黄了……

五

椿树凹的山林里不乏有一些野鸡、野兔之类的小动物，当然，也有野狼这类能伤人的猛兽。每天太阳一落山，野狼就会陆陆续续地出来觅食，甚至有人见过一群野狼站在椿树凹与馒头凹之间的山梁上，一字排开对着月亮嗥叫，甚是瘆人。

这天，高顺昌跟往常一样，在山梁上放牛，但是两头水牛的胃口似乎变大了，到了太阳要落山的时候仍然吃得津津有味，一点停下来的意思都没有。高顺昌见状，也就没有急着回家。

太阳洒下最后一道余晖的那一刹那，高顺昌所在的整个山梁都暗了下来，过了好一会儿，高顺昌才适应了昏暗的光线，而水牛们也终于停了下来，大水牛扭头看了看高顺昌，甩了甩尾巴。高顺昌会意，于是牵起奔拉在地上的缰绳准备回家。

远处，椿树凹的灯光已经亮了起来，若明若暗。这山路高顺昌已经不知道走了多少次了，倒也没什么担心的。可走着走着，高顺昌似乎听到身后有脚步声。他回头看了看，并没有看到人，这让他心中难免发毛，不自觉地加快了脚步。

蓦地，高顺昌感觉似乎有人搭上了他的双肩。他浑身一紧，毛发倒竖，心中暗叫："不好，是狼！"

电光火石间，高顺昌猛地弯腰往前冲，一棍子抽在了大水牛身上，大水牛吃痛，似乎明白了主人的意思，撒腿就跑，而小水牛见状紧随其后。

幸运的是，这只狼可能是幼狼，被高顺昌的应激反应弄蒙了，并没有追上来。

高顺昌不敢回头，一只手拉着牛尾巴和缰绳，一只手拿棍子死命地抽打着水牛，就这样，一人两牛狂奔着。

时间似乎变得很漫长，高顺昌跑到村口的时候，才发现鞋子跑丢了一只，棍子也抽断了，而村口早已围了几个人。原来，李新芳看太阳落山了，高顺昌还没到家，而且心中总有一种莫名的不好的预感，于是她就找来高满仓，让他叫几个人一起进山找高顺昌。

看到高顺昌赶着牛回来了，李新芳这才放下心来。而看到高顺昌的狼狈样儿，大家伙儿都笑了起来。

高顺昌喘了一会儿粗气，说道："以后太阳一落山，千万别在山里待了，真的有狼。我刚才就碰到一只，爪子已经搭到我肩膀上了，吓得我一激灵就往山下跑。还好我拽着牛尾巴跑了回来，要不然就回不来了。"

"回来就好，回来就好。咱这椿树凹晚上太危险了。"

"还好你没回头，这狼一旦搭肩，一旦回头，它就会一口咬住脖子……"

"你可能碰到的是幼狼，要是老狼就不好说了。"

大家围着高顺昌七嘴八舌地讨论着。大家越说，高顺昌越是后怕，本来狂奔过后全身都被汗水湿透了，听大家这么一说，只感觉后背一阵阵凉意。

六

当天晚上高顺昌就病倒了，不但高烧，还不停地发着癔症，说着胡话。

在椿树凹，大家病了没有去医院的习惯，基本上发烧了就是找邻村的大夫弄点退烧药吃一下。高顺昌也不例外，第二天一大早，李新芳就叫来了椿树凹的赤脚医生王明瑞。

王明瑞听说是因为被狼搭肩以后发的烧，心里就有点数了，于是跟李新芳说是惊吓过度，吃点珍珠粉就好了，至于发烧，吃点扑热息痛就行了。

王明瑞说得轻巧，李新芳却发了愁，这椿树凹哪有珍珠粉啊，就连珍珠她都没见过！

高满仓倒是出了个主意，说见过村西头王婶的儿媳妇戴过一条珍珠项链，如果能拆下来一颗，弄成粉就好了。

李新芳跟王婶家的关系还不错，于是她急急忙忙地赶过去了。

到了王婶家，李新芳开门见山，说明来意。王婶倒是痛快，立马叫来了儿媳妇，商量着拆几颗珍珠下来给李新芳。

王婶的儿媳妇也不说答应，也不说不答应，一直扭扭捏捏地给李新芳倒水，让她喝茶。

李新芳哪有心思喝茶啊，一直眼巴巴地看着王婶儿媳妇脖子上那明晃晃的珍珠项链。

王婶自己都看不下去儿媳妇的做派了，于是说道："小英啊，你李婶开一次口不容易，你要是嫌拆下来太多的话，你就拆一颗也行啊。"

王婶的儿媳妇看拖不下去了，只好说道："妈，李婶，说出来我自己都难为情，我这条珍珠项链是假的，就是塑料的。"说完便把项链摘下来，递到李新芳的手里。

李新芳接过来看了一下，确实是塑料的，有些地方还露出了里面的塑料白，于是叹了口气，说道："那我再去别处找找。"

"别找了，椿树凹你都不一定能找到。肚子吃饱都难，谁家能有这东西啊！"王婶说道。

李新芳惦念高顺昌的病情，坐不住，便先回家了。刚走出王婶家大门，就听到里面传来了争吵声。

"小英，你这娘家也真是的，弄个假的珍珠项链当嫁妆。"

"妈，别说了，我以后不戴了，太丢人了。"

"戴啊，干吗不戴？李婶嘴巴严，她不会出去乱说的。"

李新芳假装没有听到，赶紧走了。

高顺昌的病折腾了将近20天才安生下来，其间一直反反复复地发烧、退烧。这一场大病下来，高顺昌整个人老了很多，整整瘦了10斤，本来就不壮实的他，彻底成了一个干瘪的小老头，下地干活的时候，没干多大会儿，就不停地冒虚汗，整个人就像水洗了一样，所以渐渐地，高顺昌不再下地干活了。

家里的农活一下子都压在了高满仓的身上。高满仓已经习惯了跟着父亲干活，什么都不用想，父亲让干啥就干啥。忽然之间，父亲下不了地了，高满仓就好像完全失去了方向。

七

高顺昌作为家里的顶梁柱，这次倒下，对于这个家而言，无异于天塌了一样。可日子再难也要过。

高满仓在这种情况下，必须快速成长起来。因为作为长子，他必须撑起这个家，4个弟弟妹妹还指望着他呢。

随着时间的流逝，高满仓倒是成长了不少，可这婚事还是一直没有定下来，而高满仓的二妹高玉玲却出嫁了，嫁到了小李庄一户老实巴交的农民家里，不好也不坏。刚开始，高顺昌死活不同意这门婚事，因为在他的观念里，结婚也要长子高满仓先结，作为老二的高玉玲哪能抢先一步。

但高满仓并不介意，因为比起其他，他更在乎的是自己妹妹的幸福，所以在专门打听了一下男方，了解到是个老实人家后，便多次劝说高顺昌。渐渐地，高顺昌也想通了，毕竟高满仓都没意见，他也就不再坚持己见，同意了这门婚事。对方没什么积蓄，就拉来了一头小水牛作为彩礼，本来高顺昌不想收，但是想想自己还有3个儿子没结婚，家里也没什么家底，就收下了。

就这样，高满仓开始全心全意地侍弄3头水牛，特别是对那头小水牛特别仔细，每次看小水牛就像看新媳妇一样，妹夫用这头小牛犊做了彩礼，那自己是不是也可以？每次想到这里，他都要傻笑一会儿。

高玉玲出嫁后，高顺昌和李新芳对高满仓的婚事就更上心了，过一段时间就给高满仓说一个，但是不知道怎么回事，女方没有一个同意的。

反而高满仓的三弟高玉峰和四妹高玉珍的婚事很顺利，他们是以换亲的形式跟另外一家的姐弟两个结合的，两家都免了彩礼和嫁妆，连酒席都是从简。三弟高玉峰结婚后就分家了，分了一头水牛出去，而他们夫妻二人也单独出去过了。

不知不觉间，高满仓已经28岁了，成了十里八乡少有的大龄青年。

要说这高满仓的外在条件还是不错的，模样虽然不算帅气，但是也算长得周正，个子虽然不算高，但也有一米七了，作为庄稼汉，这身板也够用了。如果再加上家里的两头水牛，怎么看都是一个殷实人家啊。可高满仓是个孝子，人家来说媳妇，他都说结婚以后不跟父母分家，而这便是他单身的最大原因。毕竟高顺昌算不上劳力，而李新芳也只是能操持一下家里的活，人家姑娘嫁过来，那肯定是要伺候一大家子人的。这也难怪他的婚事难以说成了。

不过，高满仓家大水牛的肚子却很争气，这几年生了两头小牛犊，卖的钱基本上都给高顺昌看病用了。虽然钱没少花，病却没见啥起色，始终没查出来是哪里的问题，而高顺昌始终是那种病恹恹的样子，一干活就全身冒虚汗。

面对这种情况，高顺昌便放弃了治疗，因为在他心里，他一直觉得老大的婚事是被自己的病给耽误的，所以不管家人怎么劝，他再也不去看病了。

八

人老心先老。高顺昌放弃治病后，没过多久就撒手人寰了。高家人尽管伤心，但还算理智，因为他们觉得这对于高顺昌来讲也许是一种解脱。

高顺昌走后没几天，高满仓就察觉出了家里那头大水牛的异样。

虽然大水牛照样下地干活，但吃得越来越少，肚子似乎就没饱过，渐渐地，它也变得有气无力了。跟另外一头水牛并排拉车的时候，脚步已经跟不上了。

高满仓找来了兽医，但并没看出啥名堂来，就这样，这头大水牛如当年的高顺昌那般越来越瘦，越来越无精打采。

村里有人给高满仓支招，趁这水牛还活着，赶紧卖掉，多少能卖一点钱，一旦不行了，就一分钱不值了，这种病死的牛，也没人敢吃。

可高满仓仔细想了想，还是没有把大水牛卖掉，因为他不想坑别人。就这样，大水牛没有撑多久，也走了。高满仓把大水牛埋到了老水牛的碑旁边，算是给老水牛做个伴儿。

体验到了两头牛耕地的便捷之后，高满仓已经不太习惯一头牛耕地了。于是，高满仓用一年的积蓄又买了一头小水牛。

接连遭遇变故的高家也终于迎来了一件好事——高满仓的婚事顺利定了下来，对象是牛栏坑的一个孔姓人家的大女儿孔晓梅，比高满仓小8岁。孔家是外乡人，是这两年逃难到牛栏坑的，家里有4个女儿1个儿子，有人说媒立马就答应了，因为少一个人就少一张嘴吃饭，毕竟也是那种困难得揭不开锅的人家，而彩礼就是一头小牛犊。

新媳妇娶进门后，高满仓对这个比自己小这么多的媳妇，那可是捧在手里怕掉了，含在嘴里怕化了，啥活也不叫她干。

高满仓走在村里的时候，最喜欢听的就是别人在背后议论他："看，这就是那个娶不到媳妇的高满仓，现在老牛吃嫩草了。"

孔晓梅也是穷苦人家出身，本身也是闲不住的人。丈夫不让自己下地干活，那是心疼自己，但是她心里跟明镜似的，如果不帮丈夫，这个家很难有大的起色。所以高满仓不让她下地干活，她就在家用稻草编草鞋。心灵手巧的她每天可以编十几二十双，然后让高满仓拿到集市上卖，一双能卖五毛钱。孔晓梅编的草鞋比较周正，卖相不错，基本上每次都能卖完。可就这样，孔晓梅还觉得不够，所以她又让高满仓沿着院墙盖了一溜鸡舍，准备多养点鸡。

高家在高满仓夫妻二人的努力下，生活渐渐有了起色，可也一直有不顺心的事情发生。高满仓的五弟高玉林初中没毕业就休学了，整天游手好闲，十天半个月都不回趟家，也不知道一天到晚都去哪里晃荡了。高满仓对此极其不满，于是找了个机会准备教育教育他，可高玉林哪里听话，气得高满仓狠狠地揍了他一顿，连皮带都抽断了。这一打不要紧，高玉林直接不回家了，弄得李新芳连着几天以泪洗面，还一直责怪高满仓。

高满仓满不在乎地说："让老幺出去闯吧，到时候碰一头疙瘩，还是会回来的。"

九

高满仓家的鸡很争气，下的鸡蛋供给着全家的油、盐、酱、醋，高家甚至偶尔还可以改善改善伙食。

第二年春节的时候，高玉林回来了，应该说是狼狈地回来了。毕竟骨肉相连，高满仓也觉得弟弟这次应该是吸取教训了，所以并没有过多责怪他。可没想到的是，事情并没有那么简单。

自从高玉林回来后，家里的鸡窝里再也没有看到过鸡蛋。孔晓梅心很细，在连续两天没收到鸡蛋的时候，就注意到了这个情况，留心观察了一下，发现高玉林每天都会偷偷把鸡蛋收走换烟抽。但她并没有将这个情况跟高满仓讲，她怕高满仓再打高玉林一顿。

高玉林看哥哥和嫂嫂没有管他拿鸡蛋的事，就开始瞄上家里的小牛犊。

这天，高满仓下地干活去了，孔晓梅也去菜地薅菜去了，李新芳身子弱，冬天有时候也下不了地。高玉林一看机会难得，就到牛棚牵走了小牛犊，准备牵到集市上卖掉。

临近中午的时候，孔晓梅才发觉小牛犊不见了，再一看高玉林的屋，换洗衣服也没看到。孔晓梅一寻思，坏了，这小叔子应该是把小牛犊偷走了。来不及去地里叫高满仓，孔晓梅立马往集市赶去。

到了集市，孔晓梅一眼就看到了自家的小牛犊，因为这头小牛犊头上有一块白，很好认，而小牛犊旁边站着的便是高玉林。

"高玉林！"孔晓梅喊了一声。

高玉林一看嫂嫂来了，便知道事情败露，撒腿就跑。

"哎，你还卖不卖了？给你加50。"牛经纪看高玉林跑了，连忙喊道。

孔晓梅冲过去牵着小牛犊就走。

牛经纪看到手的小牛犊要没了，连忙拦着孔晓梅说道："哎，你这人怎么回事？这是刚才那人的牛。"说着回头指认高玉林，却发现高玉林已经没影了。

"这是我家的牛，那个人是偷牛的。"孔晓梅气呼呼地说道。

"啊，这样啊，怪不得卖这么便宜，我还以为这牛有毛病呢。"牛经纪说道。

"你家牛才有毛病呢！"孔晓梅嗔道。

"那这牛你卖不卖？我再给加100。"牛经纪咬了咬牙说道。

"不卖！这是给小叔子娶媳妇用的……"孔晓梅说着声音小了下来，泪水在眼眶里打转。

本来这个小牛犊养大一些，准备给高玉林娶媳妇用，结果高玉林不吭不哈地要把这头小牛犊卖掉，所以她觉得很讽刺。

"刚才那个是？"牛经纪小声问道，似乎猜到了什么。

"那就是个偷牛的！"孔晓梅梗着脖子说道。

牛经纪笑而不语，其实他基本上确定了刚才那人便是孔晓梅的小叔子。

孔晓梅一步三回头地牵着小牛犊回家了，直到回到家，也没看到高玉林的身影。她不知道这次高玉林走掉后，还有没有脸回这个家了。

高满仓回到家后，听孔晓梅说了高玉林偷小牛犊的事，气得火冒三丈，拿起棍子就要出去找高玉林。

李新芳在床上也躺不住了，赶紧拉住高满仓，这要是让他找到高玉林，还不被打断腿啊！

十

高玉林果然没有再回家，而高满仓也没有心情管他了，因为孔晓梅怀孕了。

这可把高满仓乐坏了，结婚快两年了，之前孔晓梅的肚皮一直都没有动静，他还一度怀疑是不是自己有问题，这下可算放心了，而他更不让孔晓梅干活了，生怕动了胎气。

而李新芳自打得知孔晓梅怀孕后，也焕发了活力，不但能够下地了，而且还能操持家务，每天变着花样地给孔晓梅做吃的，虽然谈不上大鱼大肉，但是起码有点油星了。

孔晓梅怀孕，家里的鸡也就照看得少了一些，所以这蛋也下得少了，刚刚够给孔晓梅改善伙食补身子用。这也就算了，可后面发生的事情却让孔晓梅伤心坏了——椿树凹突发鸡瘟，二三十只鸡，一只不剩，全报销了。

高满仓看孔晓梅愁眉不展，怕她动了胎气，咬了咬牙，就把鸡窝给拆了，而后把牛棚扩建了一下，然后又去集市添了两头小牛犊，也算是给家里添了新成员，冲淡一点鸡瘟带来的影响。

家里一共4头水牛，顿时就热闹了很多，特别是2头小牛犊，很活泼，一点都不怕生，就像小狗一样，满屋子乱窜，大家吃饭时，有时甚至凑过来想吸溜几口，让人哭笑不得。

随着时间的流逝，孔晓梅的肚子一天天地大了起来，接生婆也来看过几次，都说孩子发育得很好，胎位很正，没什么问题，但每次都说孔晓梅的脸色不太好看，特别是嘴唇的颜色有点发白，最好是去医院看下，也放心一点。

高满仓第一次听接生婆这样说时，就立马收拾了牛车，准备拉孔晓梅去看医生，可孔晓梅坚决不同意去医院，坚持说自己没感觉不舒服，让他不要紧张，脸色不好是因为一天到晚把自己关在屋里，晒太阳晒少了。其实孔晓梅真正不想去的原因是心疼钱，不愿意去花那个检查的钱，只是她不能说。高满仓拗不过孔晓梅，只得作罢，但还是买了只鸡给孔晓梅补身子。

高满仓夕惕朝乾地过了几个月，终于到了瓜熟蒂落的时候。那天，孔晓梅的肚子突然开始阵痛起来，高满仓连忙去叫接生婆。

接生婆来后，看到孔晓梅的脸色便立马说要将其送医院。高满仓一下子蒙了，连忙求接生婆无论如何要先给她接生一下，因为现在去医院肯定来不及了。

接生婆看羊水已经破了，叹了口气，说道："你婆姨的情况不太好，我看脸色不对。你备好马车，随时准备送医院。"说完，麻利地准备接生，旁边的几个妇女也帮忙打下手忙活了起来。

高满仓站在外屋急得团团转，李新芳被他转得心慌，把他赶到了院子里。

不知过了多久，一声清亮的婴儿啼哭声穿过小院，在椿树凹蔓延开来。

"是个带把的，恭喜恭喜！"一个婶子抱着婴儿出来报喜。

话音未落，接生婆就急慌慌地跑了出来，大喊道："快！快！送医院，产妇情况不好！"

十一

高满仓拉着孔晓梅，狠命地抽打着水牛，想早一点赶到医院。

到医院的时候，牛车上的被褥已经被鲜血染透了，孔晓梅的脸白得像纸一样。

不过幸运的是，经过一番抢救，孔晓梅终于被救了回来。而医生则把高满仓叫到一边，像训小孩子一般训斥他为什么不早点把产妇送到医院，可高满仓满脑子都是孔晓梅被救回来的消息，所以并没具体听医生到底在说什么，他就站在那儿一味地傻笑着点头。

孔晓梅的情况稳定下来后，高满仓才去看了下牛车的情况，而这时他才发现水牛已经被他抽得皮开肉绽。当时心急火燎，高满仓恨不得把牛车赶得飞起来，下手就重了点，现在看到水牛的伤势，他心疼得差点落泪。

高满仓弄了点药给水牛涂上后，又给水牛弄了点青草吃。水牛吃着青草，还亲昵地用头蹭了蹭高满仓，这让高满仓感动之余又非常愧疚。

高满仓和孔晓梅说了水牛的情况，孔晓梅也很感动，然后提议娃娃的大名叫高天赐，小名就叫牛牛，高满仓点头称好。

几天后，孔晓梅情况好转，然后就出院了，但经过这一通折腾，奶水几乎没有了。而椿树凹几个正在哺乳期的妇女就成了高天赐的奶妈，孔晓梅就这样每天抱着高天赐轮着去吃，吃到了快1岁。

也许是吃百家奶长大的缘故，高天赐的身体很壮实，人如其名——牛牛，9个多月的时候就能走了，10个多月的时候就已经走得很稳了。

可孔晓梅的身体弱了很多，一到阴天下雨，身体就各种酸痛，而且还特别怕冷。本来李新芳还想着让她再多生几个，但考虑到孔晓梅的身子骨，就没敢提这茬儿。高满仓跟孔晓梅经过商量，去做了结扎，生第一胎就要了孔晓梅半条命，他们可不敢再冒一次险了。

一晃，高天赐便5岁了，而高玉林也回来了。随着时间的流逝，高满仓对高玉林的气也都消了。

高玉林这次回来，似乎没打算再走，整个人也变得沉默了很多，一天到晚把自己关在房间里，喊吃饭了就出来吃个饭，喊下地干活就跟着下地干活，似乎没有什么思考能力一样。

而且高玉林跟谁都不主动说话，唯独愿意跟家里的水牛交流，有些时候他钻进牛棚能待上半天，嘴里也不知道跟水牛嘀咕些啥，高满仓刚开始还试着听了听，后面实在是听不懂，就懒得管了。

高玉林虽然脑子不太灵光，但是干活的力气却不小，而且毫无怨言，但是有一点，他只听高满仓的话，别人都用不动他，连孔晓梅都不行。

村子里的一些小孩子开始欺负高玉林，经常用土坷垃扔他，甚至胆子大一些的拿棍子捅他。但高玉林毫不在意这些，甚至是无视小孩子们的这些行为，被弄痛的时候，顶多会说两句"这样不好，这样不好"，常常逗得小孩子们哈哈大笑。

高玉林不反抗，长得跟一头小牛犊一样的高天赐可不答应，每每遇到有人欺负高玉林，他就冲上去跟人家理论，后来他也懒得废话了，直接冲上去打架。一个人他也冲，两个人他也冲，三五个人照样冲。还真别说，除非对方有三五个小孩，两三个小孩他还真吃不了亏。

如此反常的高玉林可把一家人吓坏了，但却束手无策。

十二

不管怎么样，高玉林脑子不好使的消息还是不胫而走。所以他的婚事理所当然地被耽搁了下来，因为谁也不愿意嫁给一个脑子有问题的人。

尽管烦心事不少，但高家的日子却越过越好，越来越殷实。

在高玉林回来的第三年，李新芳撒手人寰，也算是寿终正寝。高满仓风风光光地给母亲办了葬礼，还请了戏班子，这也是椿树凹这些年最高规格的葬礼，而后竟然成了葬礼的标配，这是高满仓所没想到的。

高天赐一天天长大，高满仓亦一天天地老了，最后家里的农活基本就是高天赐和高玉林去干。

后来，政府号召椿树凹和馒头凹这些小山村搬迁。高满仓和高天赐去搬迁的地方看了看，虽然不是山区，但是黄沙遍地，根本种不了庄稼。

但移民政策很诱人，给户口、给宅基地、给土地、给盖房补贴，甚至只要能开荒种上庄稼，开多少荒，那就是你的地。

椿树凹和馒头凹掀起了一阵移民潮。高天赐心动了，他现在也老大不小了，如果一直在椿树凹，他甚至已经看到了自己的将来，还有孩子的将来，无非就是和父亲高满仓一样。

高天赐和父亲高满仓商量了好几次，高满仓死活就是不同意，甚至还把家里的户口簿藏了起来。每次高天赐一说要移民，高满仓就念叨："移民新村那里连水都没有，咱们养这么多水牛，搬过去咋种地？再说了，别人移民走了，椿树凹的地不都留下来了吗？咱们就可以种更多的地。"

孔晓梅对此是不发表意见的，因为她并不想激化矛盾。无奈，高天赐只能扭头看向高玉林，但他这个叔叔就像没看见一样，也是一言不发。

就这样，在其他家都移完民后，高家仍然留守在椿树凹。第二年，移民新村的人们基本上都住上了新房子，有的甚至开了二十几亩荒地，虽然土地沙化比较严重，但是种一些西瓜之类的，收成还是喜人的。

第三年，高天赐去移民新村看的时候，发现以前的邻居竟然买了手扶拖拉机，这可是个稀罕货，让高天赐心动不已。回去以后他就又去找高满仓，想要说服父亲。高满仓舍不得养的几头水牛，依然不同意。

移民的事情就这样拖了下来，直到高天赐结婚生子，还是没有成。

后来，发生了一件事，让高天赐铁了心地要移民。

十三

高天赐的儿子到了上小学的年龄，椿树凹没有小学，只能到山下镇子的小学上学。

这天，天下着大雨，高天赐没法骑自行车去接孩子放学，只得深一脚浅一脚地走路去接。接到儿子的时候，天已经黑了。看到儿子孤零零地站在学校门口，高天赐忽然有一种莫名的酸楚。

回家的路上，雨越下越大，风也越刮越猛，把两个人的油纸伞都扯碎了，他们只好淋着雨回了家。

尽管高天赐用衣服包住了儿子的书包，但因为雨实在是太大了，所以两个人回到家的时候，书包里的课本和作业本还是湿透了。

看到儿子伤心痛哭的模样，高天赐再次跟父亲提出要移民的要求，不为别的，就为了移民新村有小学，起码孩子上学不用接送。

高满仓看着孙子痛哭的样子，心也软了，便把户口簿交给了高天赐，算是同意了移民，高天赐欣喜不已。

第二天，就在高天赐拿着户口簿要出门的时候，高满仓叫住了他。

高天赐心下一凛，以为父亲要反悔，却听父亲说道："我和你妈，还有你叔先不过去，你们安定下来，我们再过去；如果安不住家，就再回来，椿树凹这个根，我跟你妈，还有你叔给守住。等我们老了，这些还都是留给你的，毕竟我跟你妈就你一个孩子。"

高天赐还想再劝一下，可话还没说出口，高满仓就挥了挥手说道："去吧，再不去我可改主意了。"

平时严肃的父亲忽然幽默了一下，弄得高天赐有点不适应，但是他确实怕父亲反悔，所以便赶紧去登记移民了。

移民的手续很简单，主要就是落户的问题。这几年落户的政策更加实惠，只要交1.2万元，三间大瓦房直接就可以入住。当然，如果你不想要这房子，也没关系，宅基地也会划分给你，自己盖也可以。但是有一点，政府统一建造的房子比较便利，不管是离学校，还是离马路都是很近的。划分的宅基地就相对较远了。

高天赐合计了一下，最终还是决定直接购买房子，因为自己盖房子并不会便宜多少。

就这样，高天赐一家三口顺利成为移民新村的一员。

移民过去的第一年，高天赐一家过得非常艰难，因为移民新村附近的地都被别人开垦完了，要想弄到地只能到更远的地方开荒。

为了谋生，高天赐的妻子林娟在移民新村的小学应聘当了民办教师，因为她是高中毕业，在移民新村算是文化水平比较高的，所以事情很顺利。虽然工资不高，但算是有了份正经工作。

高天赐则看移民新村的村民很多人去城里打工，他也就跟着大家一起去车站揽活。还真别说，高天赐的脑袋瓜比较灵光，干活也比较勤快，很快就不愁没活干了。特别是有个老板看高天赐比较活泛，有活儿的时候，就让高天赐叫人去干，而且多叫一个人就多给他20块钱，每个月下来，收入还是很可观的。

终章

渐渐地，高天赐一家算是在移民新村站住了脚。

林娟由于刚入职不久，为了转为正式教师，就没敢再生孩子，毕竟如果生孩子会耽误很多事。高天赐也没有再生孩子的打算，仅仅是开玩笑地跟林娟说："我们老高家看来要三代单传了。"

最终，高满仓没有等到移民过来就去世了。而没过多久，孔晓梅也跟着去世了，椿树凹就剩下高玉林一个人守着三头水牛和几间破房子。

高天赐不放心高玉林一个人在椿树凹，便决定变卖掉三头水牛，把高玉林带到移民新村生活。

让高天赐没想到的是，高玉林死活不愿意跟着高天赐去移民新村。无奈，高天赐只能说这是高满仓的意思，高玉林这才乖乖地跟着高天赐去了移民新村。

在移民新村，高天赐和林娟在外赚钱，高玉林就在家种那几亩荒地，一家人倒也过得其乐融融。

过了几年，高天赐买了一辆摩托车，本来还想再买一辆手扶拖拉机，但是高玉林一听说要买手扶拖拉机，就不停地念叨"水牛……水牛……水牛……"

高天赐考虑到就是买了手扶拖拉机，自己一年也开不了几次，最后便作罢了。至于高玉林说的水牛，更是不现实，这边基本上都是沙地，用不上水牛，况且院子里也不方便再盖一个牛棚。

高玉林念叨了几天水牛后，就开始念叨椿树凹。高天赐知道高玉林想回椿树凹了，于是就骑着摩托车带着高玉林回了一趟椿树凹。回到老宅的时候，发现院子里长满了一人多高的构树，已经进不去人了。高天赐本来准备打道回府，可高玉林死活不愿意跟着他回移民新村。最后，高天赐只好带着高玉林去祭拜了一下高顺昌和高满仓，高玉林这才跟着他回了移民新村。

渐渐地，市区东扩南移，市政府搬到了移民新村西侧不远处，移民新村一下子就变成了城乡接合部。而随着开发商围着市政府兴建楼盘，移民新村被包进了城区。高天赐一家人摇身一变，就成了城里人，这是他做梦也想不到的。

带工虽然赚钱，但是收入不算稳定，所以高天赐拜了个师傅，学了一手泥瓦匠的活儿，后来干脆也不带工了，专心当个泥瓦匠，收入反而比以前更多了。

林娟也顺利转为正式教师，由于教学成绩突出，还被评为优秀教师。

渐渐地，高天赐的孩子也大了起来，需要单独住一间屋，而三间瓦房已经不够住了。于是，高天赐合计了一下，把三间瓦房拆了，直接盖起了二层小洋楼，上下总共六间房，外带一个小厨房和卫生间，成了移民新村第一家住上小洋楼的人家。

搬入新居的那天，高天赐在院门上贴上了一副对联"新居新景新家园，乐祥乐和乐盛世"，横批是"移向幸福"。

随着一阵震耳欲聋的鞭炮声响起，高天赐家的乔迁宴开席了……

水 壶

一

恒丰县的南部，算是老城区，也是人气最旺的地方，虽然没有城中心繁华，但是要想吃到恒丰县最地道的小吃，还是要去南城区。

在恒丰县南城区，有一家好味道面馆，名字很不起眼，甚至有一些土气，但是生意却异常得好。好味道面馆只做中午和晚上的生意，每天都门庭若市，站着的人有时比坐着的还要多。

冬日的太阳刚刚和暖阳沾上一点边儿，虽然没有到中午，但是要提前为中午做准备，所以面馆准时在10点开了门。

面馆一开门，一个披着破旧军大衣的老人就裹挟着冷气推门走了进来。

"老板，给我打壶开水。"老人一边说一边把身上背着的满是斑驳的军用水壶递了过来。

"好嘞，火刚生起来，您稍坐一会儿。"包利强接过军用水壶应道。包利强是好味道面馆的老板，十几年前从父亲手里接过这个面馆，后面就一直干了下来。最近这段日子，这个老人成了面馆的常客。一进来，先要一壶开水，而后便坐在靠窗的桌子前，也不说话。

过了一会儿，水烧好了，包利强给老人打了满满一壶开水，放在老人手旁说道："刚烧好的，有点烫，暖手可以，先不要喝。"

老人感激地看了包利强一眼，但照例一言不发。包利强并不介意，毕竟通过这段时间，他已经习惯了，说罢便去忙活其他的了。

临近中午，客人渐渐多了起来。座位也开始紧俏起来，一些找不到座位的人看到老人独占窗边位置的时候，眼光中便会带有一丝鄙夷。但也有因为站得太久而等着急的人，会让老人往里挪挪，与其挤一挤坐下。老人耳朵不背，有人让他挪，他就会很听话地往里挪挪，而且是尽可能地靠边坐。

当然，也会有小声跟包利强"告状"的人，说老人不吃饭还占个位置，怂恿包利强把老人赶走，包利强则笑而不语。而一些年轻气盛的人有时候实在等不及了，就会直接去驱赶老人。包利强如果看到了，就会过去阻拦，帮着老人说两句好话。

更甚的是，一些调皮的孩子也会去逗弄老人，但奇怪的是，老人非但不生气，眼底甚至还有些许的温柔闪出。有些胆大的孩子见状就会变本加厉，不满足于言语上的逗弄，看老人很是宝贝他的水壶，就作势要去拿他的水壶，而彼时的老人就会立马反应过来，眼神变得凌厉，很吓人。

很快，大家都知道了好味道面馆里有个怪老人，这位老人似乎也成了面馆的一部分，特别是他挎的那个斑驳的军用水壶，整个恒丰县估计也找不出第二个重样的。

有时候，学绘画的一些学生到老街区写生，画到好味道面馆的时候，画中肯定会有一位倚窗静思的老人，老人的手中必定有一个老旧的军用水壶。

二

有时客人点的水饺剩了几个，老人嘴里会念叨几句："那时候吃都没得吃……"待客人走后，他便直接拿手抓着塞到嘴里，吃完后会把桌子收拾干净。如果包利强看见了，会阻止老人，并答应给他重新煮一盘新的，可老人坚决不同意，即便包利强真的端了一盘新的水饺上来，老人也不会动筷子的。试了几次之后，包利强也就任由老人了。

这天，过了饭点，店里不忙了，包利强便过去试图跟老人聊聊天，本以为自己会吃闭门羹，但没想到，老人竟然搭了他的腔。当问及老人为什么这么宝贝这个水壶的时候，老人似乎被触动了，神采奕奕，跟包利强就多聊了几句。

从老人的话语中，包利强了解到老人是名退伍老兵，70岁左右，那个水壶便是他当兵时用过的。

不知道从什么时候开始，老人似乎成了店里节约粮食的监督员。有的客人剩得过多，他就会过去劝说："要吃完啊，你不知道以前多苦啊，都没得吃啊，要是有的吃，也不会……"有些客人听劝，会再吃一些后打包带走。可也有不听劝的，不理他的还好，但也有对其反感的，所以包利强收到的投诉越来越多，甚至有人扬言，如果老人再不走，自己就不会去店里吃饭了。

时间长了，包利强也有点受不了，毕竟老人确实影响到了生意，所以劝说老人别再打扰其他人，可老人似乎从未听进去，还是我行我素。店员见老板狠不下心来，便生气道："我把他拖出去，太影响生意了。"

话音刚落，老人迅速回头看着店员，眼神很凌厉。

店员被老人看得有点心虚，不自觉地后退了一步。

包利强见状，对老人笑了笑，安抚道："没事，您老安心在店里坐着，没人赶您。"

老人这才回转头去。店员吁了口气，小声说道："老板，这老头有故事啊，看这眼神不是一般人。"

包利强若有所思，刚想说点什么，就被要点餐的客人叫了过去。

三

"我的水壶呢？"老人着急地问包利强。

包利强很纳闷，说道："我没看到啊。"

"刚才还在桌子上放着，我上个卫生间怎么就没了呢？"老人有点手足无措。

包利强肯定地说道："老人家，我真的没看到您的水壶，我这一上午一直在忙着备菜，您也看到了。"

"我刚刚明明是放在桌子上的。"老人的额头已经开始冒出细汗。

包利强确实没看到水壶，实在是爱莫能助。

"我就这个念想了……"老人像是丢了魂一样，头上的汗变得更密了。

包利强赶紧安慰道："我去后厨问一下，您别着急，稍等一下。"

来到后厨的包利强，问道："刚才有没有人看到老人家的那个军用水壶啊？老人家找不到了，很着急。"

几个店员都摇了摇头说没看到。但包利强没有注意到，其中一个店员的眼神有点飘忽，而这个店员就是那天说要把老人拉出去的那个人。

无功而返的包利强只好跟老人说道："老人家，他们说没看到，您看要不要再到外面看看，是不是有小孩儿故意逗您，想让您着急？"

老人一听，觉得包利强说得有道理，连忙往门外跑去。

"老人家，您慢点，慢点……"包利强赶紧提醒道。话音未落，老人已经跑出了门。

跑到门外后，老人看到不远处几个正在打闹的孩子，便朝着他们大吼一声："你们几个，给我站住！"

几个孩子见老人暴怒地追过来，吓得赶紧飞奔起来，一溜烟儿跑走了。

老人朝着几个孩子跑走的方向追了一阵，实在是跑不动了，就扶着电线杆大口喘粗气。

路人见老人满头大汗，热心地问道："老人家，您怎么了？需要帮忙吗？"

老人摆了摆手，喘着气说道："没……没事……我跑……跑太快了……休息……休息一下就好了。"

路人不放心，陪了一会儿，后面见老人情况好了点，这才走掉。

待休息过来后，老人拖着沉重的步伐又回到了好味道面馆。

四

"没找到？"包利强上前问道。

老人没有说话，落寞地摇了摇头。

"旧的不去，新的不来。那个水壶也太旧了，正好可以买个新的。"包利强安慰道。

老人两眼一瞪，不高兴地说道："你懂什么？那个水壶要是有水，我那些战友就……你不知道没有水喝的滋味有多痛苦。那个水壶就是我的命啊！"

"啊，对不起，您是英雄！太失敬了！"包利强衷心地说道。

"唉，这个水壶去哪里了呢？难道真的是那几个孩子拿走了？他们拿了也没有用啊。"老人自言自语道。

"现在有些旧货市场有卖这种军用水壶的，要不您再去买一个？"包利强说道。

老人白了包利强一眼，说道："那能一样吗？那个水壶跟了我这么多年，再买一个也跟以前不一样了。"

包利强顺着老人的话问道："老人家，您是不是战斗英雄？"

老人听到这话，整个身体一动，脸上挂上了难以言表的悲戚神色，过了一会儿说道："小包，你是个好人啊，就你不赶我走，别人都拿我当神经病赶。"

包利强面色一僵，有点尴尬地笑了笑，说道："老爷子，您上过战场？"

老人久久没有说话，似乎陷入了回忆当中，过了许久，才慢慢说道："说实话，我都不知道我是怎么活下来的。最后那一仗非常惨烈，当时我们已经四五天没吃东西了，更没有水喝，一个苹果传过来传过去，没有人舍得咬一口。我是在一声巨响后，人直接昏死过去的。"

包利强很震撼，说道："老爷子，那，那你们活下来了多少？"

"都失联了，现在都没有联系到，我伤养好后战争就结束了，再也没见到过那些一同出生入死的战友。"

"现在通信这么发达，找以前的战友应该可以找到吧？"包利强说道。

"当时都没有留下联系方式，现在上哪里找去？再说了，是死是活都不清楚。"老人似乎有点不想回忆以前的事情。

"那，您没有子女吗？"包利强问道。

"我都没结婚哪来的子女，前些年别人一直觉得我是个怪人，说了几个媳妇，人家都没看上我，后来也就耽误下来了。其实一个人过也挺好。"老人虽然看似轻松，但语气里难掩落寞。

包利强说道："那您靠什么生活呀？"

"政府给我发有补贴，我都捐给希望工程了，自己捡点破烂换点钱，有时候在你这里混点吃的，也能过下去。"说到这儿，老人似乎有点不好意思。

"老爷子，以后您来我这里随便吃，免费！"包利强拍着胸脯说道。

"那可不行，你还要做生意，我在这里已经影响到你做生意了。"老人说道。

"不会不会，老爷子您能来我店里，那是看得起我！"包利强说道。

两个人聊得热火朝天，也忘记了找水壶的事。

五

包利强虽然很想听老人再多讲些过去的事情，但是因要准备晚上的食材，不得不中断了两个人的聊天。

没有了倾听者，老人一下子又想起了水壶的事情，又开始着急起来。老人不确定是不是孩子们拿的水壶，但这是他目前唯一的寻找方向，所以他还是离开了面馆，沿着那群孩子走过的路开始找寻起来。

老人走得很快，走出去了很远，也没有找到水壶。但他并没有死心，心想或许是因为自己走得太快，没有注意到。于是又折返回来，顺着路边仔细地寻觅着。

老人就这样慢慢找着，一直到太阳落山，还是没有找到水壶。

老人回到面馆的时候，人已经多了起来。好味道面馆的面分量很足，有些饭量小一些的，要是把一大碗吃完，确实有点难度。本来有几个老主顾看老人不在，以为可以少吃点，可是一抬头就看到老人走了进来，于是赶紧乖乖地埋头继续吃了起来。

包利强见老人进来，问道："老爷子，还没找到？"

老人也不说话，摇了摇头，脸上难掩失望。

包利强生意比较忙，而后没顾得上招呼老人。

老人落寞地坐在窗前，一如既往，但是手边少了那个一直陪伴着他的军用水壶。

直到晚上8点多，饭馆的人才渐渐少了。而那个店员轻轻拉了拉包利强的袖子小声说道："老板，我跟您说个事。"

包利强跟着店员来到后厨，问道："啥事，这么神秘？"

"老板，那个，那个水壶是我拿的。"店员支支吾吾地说道。

"什么？放哪里了？"包利强不自觉地提高了嗓门。

"水壶就在收银台下面的柜子里，我，我就是看他不顺眼。我也是为了咱们面馆考虑。"店员梗着脖子说道。

"你呀你，怎么说你好呢！以后可不能干这事，人家可是英雄，你说你干的这叫什么事儿？"包利强声色俱厉地说道。

教育完店员后，包利强赶紧跑到收银台拿出军用水壶。看着窗边老人落寞的背影，轻轻叹了口气，走了过去。

包利强轻轻把水壶放到老人面前，老人瞬间有了神采，一把抓住水壶，扭头看着包利强，惊喜地说道："找到了？谢谢！谢谢！"

"老爷子，这水壶，这水壶被店里的服务员不小心收起来了，以为您不要了……"包利强为自己的这个借口感到有点脸红。

"能找到就好，能找到就好。"老人似乎并不纠结水壶是怎么丢失的。

六

自从丢过以后，老人就更加宝贝自己的水壶了，始终不离身。

包利强给员工们说了老人的一些事，员工们非常感动，再也不用异样的眼光来看老人了，反而非常佩服他。

这天，跟往常一样，包利强按时打开店门，老人不紧不慢地踱到店里。

不一会儿，几个社会青年模样的人走了进来："老板，有啥好吃的，给哥儿几个上点，再炒几个菜。"

"真对不起，我们这里只有水饺和面，没有炒菜。"包利强笑着说道。

"有锅就能炒啊，面和水饺也来点。"其中一个板寸模样的说道，似乎是领头的。

"真是不好意思，可能还要等一会儿，这边火刚生起来不久，菜还没备好。"包利强赔着笑脸说道。

"没准备好，你开什么店门，那不是有个客人吗？"板寸指了指靠窗看街的老人。

"那位老爷子没有点餐，坐那里看风景呢。哥儿几个要是不急，就等一会儿吧。"包利强说道。

"哥儿几个要不要等一会儿？"板寸向同行的人问道。

"肚子饿死了，这通宵可真累，不吃面了，泡面都吃够了。还是让老板炒几个菜吧，哥儿几个喝两杯。"其中头发理成青皮一样的男孩儿说道。

"哥儿几个，真是对不住了，我这面馆真炒不了菜，没有专门的厨师啊。你们要不要再去别家看看？"包利强虽然比较看重每天的第一单生意，但是也有点不想做这几个人的生意。

"家常菜就行，你做面卤的牛羊肉，弄两大盘上来，我们几个喝两杯。"板寸说道。

包利强虽然有点为难，但最终还是妥协了。

几个人在店里晃了一圈，坐了好几个位置都不太满意，最终瞄上了老人靠窗的位置。

"喂，老头，你不吃饭能不能坐一边去，你这是占着茅坑不拉……"青皮话没说完，就被板寸敲了一下头。

"不会说话就不要乱说话，讲过多少次了，要讲礼貌。"板寸教训完青皮，扭头对老人说道，"老人家，我们几个想跟你换个位置，你看行不行？"

老人跟没听见一样，理都没理他们几个。

板寸又提高了一下声音："老人家，咱们换下位置行不行？"

老人依然故我，一动也不动，盯着窗外也不知道在看什么。

板寸凑近老人，顺着老人的视线看了看，也没看到什么稀奇的东西，想到老人可能耳背，于是凑近老人耳朵喊道："老人家，换下位置行不行？"

老人扭头看了看他，揉了揉耳朵说道："这么大声干啥？我听得见。"

七

板寸被老人的话弄愣住了，反应过来之后笑道："老头儿，你也不打听打听，这一片儿有没有人敢这样跟我讲话的。"

老人看了看板寸，然后古井无波地扫过其他几个人，而后扭过头依然看着窗外。

板寸怒了，觉得自己被一个老头儿无视了，太丢面子，于是把手放在老人的胳膊上，准备把老人拉出来。可没想到的是，老人虽看着瘦弱，一转眼，却把板寸的手给攥住了。

"轻点，轻点，疼，松开松开……"板寸疼得直吸溜。

"小伙子，尊老爱幼懂吗？"老人慢慢地松开了铁钳一样的手。

板寸揉着被老人捏痛的手，眼神复杂地盯着老人说道："这么大年纪了，手劲还真不小。"

"小小年纪不学好，也不懂得尊老爱幼，你老子也不敢这样跟我讲话。"老人笑呵呵地说道，并不把那几个人放在眼里。

板寸很少来这种不起眼的小面馆吃饭，对老人也不熟悉，现在有点摸不准老人的来路，有点心虚地说道："你认识我爹？"

"不认识。"老人立马回答道。

板寸就更糊涂了，仔细打量了一下老人，并没有在老人身上看出来点什么，不过老人手里的那个军用水壶倒是挺显眼的，似乎有些特别，但是他又说不出有什么特别之处，直觉告诉他这个军用水壶是老人很重要的东西。

"你这个水壶看起来有点年代了，卖不卖？"板寸转移话题道。

"不卖！"老人不假思索地回绝道。

"啪！"板寸将一张100元的钞票拍在老人面前的桌子上。

老人抬眼看了看板寸，笑了笑，说道："不卖！"

"啪！"又一张100元的钞票拍在老人面前的桌子上。"200块，卖不卖？"板寸很有信心地说道，因为200块可以买一个很好的杯子了。

老人轻轻地把钱推开，好整以暇地打开水壶盖子，慢慢地喝了两口，缓缓说道："多少钱都不卖。你也别拿我老人家开涮了，真200块钱卖给你，你也不会用。"

接连在老人这里吃瘪，板寸脸上实在是有点挂不住了。

"卤牛肉切好了，给你们几个放哪里？"包利强端了一大盘卤牛肉走了出来，看到几个人围住老人，心中暗叫"不好"。走近一看，几个人把老人围在那里，反而是老人的气场更强，就像是将军在教育部下一样，完全跟自己想象的不一样。

"放，放老爷子这里吧，哥儿几个陪老爷子喝两杯咋样？"板寸说这话的时候不是看着青皮他们几个人，而是看着老人。

老人不置可否。

板寸看老人没拒绝，赶紧让包利强把卤牛肉摆了上去，自己赔着笑坐到了老人对面，回头招呼青皮他们几个："来，都坐过来，陪老爷子喝两杯，老板，最好的酒拿一瓶上来。"

八

俗话说，伸手不打笑面人。板寸他们几个这样子凑过来，老人还真不好赶人家走，毕竟人家并没有恶意，也就默许了。

包利强看老人没有反对，也就按照板寸的要求，把卤牛肉放在了桌子上。

"还愣着干吗，赶紧给老爷子上筷子。"板寸又拍了一下青皮的脑袋。青皮有点后悔理这个发型了，因为自从理了这个发型，不光是板寸特别喜欢拍他的脑袋，其他人也很喜欢拍他的脑袋，他心中暗暗打定主意，下次一定要换个发型，对，也要理个板寸。

"老爷子，您尝尝，这个店虽然看起来不咋样，但这卤牛肉还是不错的。"板寸说道。

正在端水饺上来的包利强听到这话，一个趔趄差点把手中的酒掉地上，不免腹诽："不咋样你还来，我还真不想招待你们，一大早就把你们几个招惹过来了，还不知道能不能赚你们个仨瓜俩枣。"

"你们几个喝，我不喝酒。"老人说道。

板寸狐疑地看着老人，说道："是不是这酒入不了您老的法眼？看您应该是个老革命，哪有老革命不喝酒的，我看电视里有人拿您这种水壶装酒，老爷子，您这水壶里是不是也装的酒？"

老人有点无语，很佩服板寸的想象力。他这会儿有点明白为啥板寸前倨后恭了，敢情以为自己是个老革命，说不定还以为自己是个什么退休老干部。老人是个实在人，想到这一层，就说道："你们几个是不是把我当成什么大领导了？我就是一个普普通通的老百姓，只不过是以前打过仗而已。"

板寸一听老人上过战场，就更激动了，说道："我最佩服您这种老革命。"

老人看几个人还挺愿意听自己讲话的，就问道："你们几个是做啥的？怎么这个点才吃饭？这是早饭还是午饭啊？"

板寸不好意思地挠了挠头，说道："不瞒您说，这应该算是我们的早饭加午饭了，我们几个昨晚在网吧包宿儿了。"

老人似乎没弄明白什么叫"包宿儿"，问道："这跟吃饭啥关系？你看你，一看就是营养不良加休息不好，这手劲连我一个老人家都不如。"

板寸更惭愧了，不停地挠着自己的头发："我们几个玩起游戏来，就顾不上吃饭了，都是在网吧里对付一下吃吃泡面什么的。"

"那怎么行，年轻人还是要上进啊。"老人语重心长地说道。

九

老人到底还是没喝酒，也只是意思一下，夹了两片牛肉尝了尝。老人看板寸几个人愿意听自己唠叨，也就顺便教育了他们一番。板寸几个人就像虚心好学的小学生一样，不时点头称是。

几个人酒足饭饱之后，抹了抹嘴付了账就走了。

待他们走后，包利强来到老人身边，翘起了大拇指，说道："老爷子，也就您能镇住这几个人，这可是这一带有名的混子，虽然谈不上欺行霸市，但也是没人敢惹的主儿。说实话，我今天就没打算能要到饭钱，没想到他们还主动付了账，一般情况下都是一句'记我账上'就拍拍屁股走了。我这是小店，一般他们还看不上，稍微像样的饭店他们还欠了不少账，人家看见他们几个都头大。"

"哈哈……这几个小伙子要是能去部队锻炼锻炼也是好事，血气方刚的，这样放在社会上弄不好就不走正道了。"老人笑道，"这几个人想象力也很丰富，估计把我当成什么退休的大领导了，还想着我这水壶里是不是装的什么好酒。"

包利强仔细打量了一下老人，猛一看确实很普通，再仔细一看，确实有点不怒而威的感觉。包利强笑了笑说道："我看您刚才也没有吃啥，要不要给您来碗面？还是说来盘饺子？"

老人摆了摆手说道："不用啦，一会儿到饭点，剩下的我吃点就行了。"

包利强知道老人的脾性，那是说一不二的，也就没有再勉强他。

日子就这样一天一天地过着，包利强渐渐地发现老人坐在那里一动不动的时间越来越长，而且耳朵好像真的有点背了，以前别人跟他说话都能听到，现在要很大声他才能听到。不过有一点特别神奇，只要有人说要买单，老人就一定能听到，然后马上看人家有没有浪费食物，如果有浪费，他还是会执着地让人家尽量吃完，如果人家实在是不愿意吃，他甚至会当着人家的面把剩下的吃掉。在以前，老人是不会这样做的。

包利强还发现，老人除了能听到买单这种话外，对其他的字眼，反应变得越来越迟钝，甚至有些时候认不出面馆的员工。这让包利强越来越担心，于是千方百计地打听老人是否还有亲人，但结果让他非常失望，甚至连老人自己都说不清楚，一会儿说有，一会儿又说没有，后来包利强索性就放弃了为老人寻找亲人的想法。

十

随着老人的反应越来越迟钝，包利强发现老人还会把一些食物直接放进塑料袋，然后再装进口袋，嘴巴里还会唠叨着要带回去给别人吃，也不知道他说的到底是谁，因为每次说的名字都不一样，但这些人好像都有一个共同点——已经很多天没有吃饭了。包利强和员工们寻思，老人所说的名字应该是以前和他出生入死的战友。为了让老人能够方便地用塑料袋装食物，包利强专门给每个餐桌边上配备了一次性塑料袋。

这天，一个女顾客付完账走了没多久，就火急火燎地返回了面馆。只见其立马冲到老人面前，毫不客气地说道："真恶心，我吃过的你还吃。给我拿出来！"

老人缓缓地抬起头，不解地看着这个有点生气的女顾客。

"看我干什么？拿出来啊！"女顾客提高了声音。

"什么拿出来？"老人慢慢说道。

女顾客强压住怒火，说道："手机，我买的最新款的手机。给你你也不会用，拿给我吧！"

"我没……没看到你的手机啊，你再找找看吧。"老人慢条斯理地说道，不带一丝火气。

"我没空跟你磨叽，赶紧拿出来，再不拿出来，我就动手搜了。"女顾客大声说道，声音尖利起来。

老人这边的动静引起了包利强的注意，他赶紧走了过去，问道："这位女士，怎么了？"

"老板，我刚才在你这里吃了碗面，面没吃完剩下了，这个老头儿就开始吃起来。算了，这不重要，关键是我手机落在桌子上了，被他藏起来了。"女顾客说着还不忘用白眼翻着老人。

"我没看到她的手机啊。"老人小声说道。这时，店里其他客人也注意到了这边的情形，这让老人有点局促。

"我吃完走了之后，还有人来过这个位置吗？这碗筷还没收拾，老板你看，这就是我刚才用的碗筷。你们店里还没收拾，我手机落在桌子上，不是他拿的还会有谁？"女顾客笃定地说道。

"我真没看到你的手机。"老人辩解道。

"那你把口袋里的东西拿出来看看，鼓鼓囊囊的，到底装的什么！"女顾客指着老人的口袋说道。

包利强知道老人口袋里装的什么，于是打着圆场说道："老爷子经常在我这店里，他不会拿客人东西的，这一点你放心。他就是捡到了，也会给我的，到时候再交给失主。"

"我不信，你掏出来看看！"女顾客依然不依不饶。

老人为难地看了看周围，最终把手伸向了口袋，先是掏出一个装着两三个水饺的塑料袋，接着又掏出一个装着几片肉的塑料袋，最后又掏出一个装着面条的塑料袋。

"没有了？"女顾客厌恶地看了看桌子上的几袋东西问道，"这都是什么东西啊？"

"这是我兄弟用来活命的东西，这几袋东西可以救活好几个兄弟，他们就不会饿死了。"老人嗓门大了起来。

十一

"老爷子，别激动。"包利强看老人有点激动，赶紧说道，"这位女士，你也别急，你手机只要还在我店里，就好办，来，你拿我手机拨下你的电话。"

"只要人人都献出一点爱，世界将变成美好的人间……"餐桌底下的角落里传来了一阵悦耳的乐曲。

女顾客闻声从餐椅下面捡起手机，脸瞬间红了起来："这，这就是我的手机。"

包利强轻轻碰了下女顾客的胳膊，对着老人使了个眼色。

女顾客不好意思地笑了笑，小声说道："老人家，真不好意思，我错怪您了。您要吃什么？我请您。"

老人摆了摆手，说道："不用了，不用了，我已经饱了。"

"那您要不要喝点啥？我请您。"女顾客继续问道。

"真不用了，我有水，离了这个水壶我还真喝不惯。"老人说着拧开水壶盖子喝了一口，接着说道，"你手机铃声不错，挺好听。"

女顾客不好意思地低下了头，视线扫过老人的水壶，水壶虽然很破旧，却觉得它会发光一样，有点耀眼，也有点养眼。

水 神

一

"观众朋友们，昨天傍晚，一名小男孩在我市西平河河边玩耍时，不慎落入河中，一名男子在跳河救人后悄然离去。这已经是今年西平河第4次落水人员被救了。下面我们采访一下被救小男孩的母亲。"一名记者拿着话筒说道。

"您好，我是西平电视台新闻频道的记者，我想采访一下您，可以吗？"记者挂着职业化的笑容说道。

镜头转向小男孩的母亲，只见她一副失而复得、喜极而泣的模样，而后朝记者点了点头。

"孩子的母亲情绪有点激动，我们等她平复一下心情。"待孩子的母亲终于平静下来后，记者再次问道，"请问您有刚才救您孩子的那个人的联系方式吗？我们想报道一下他的事迹。"

记者一问，小男孩的母亲又哭了起来。这下把记者弄蒙了，自嘲道："我是不是问错什么了？"

小男孩的母亲边哭边说道："刚才那位救命恩人我都没来得及感谢就不见了，我也想要他的联系方式，我只记得好像四五十岁的样子，留着胡子，我真是的，只顾着抱自己孩子了，连救命恩人都没感谢。"说完又自责地啜泣起来。

"观众朋友们，又是一位不知名的救命恩人，不知道和之前的三位是不是同一个人。这些无名英雄，为我们的城市文明注入了一股新风正气。在这里也提醒广大市民，在河边游玩时，要注意安全，特别是带着孩子的，家长一定要看护好。我们将继续关注无名英雄，热心市民如果有线索可以向电视台反映。"记者说完后，摄像师便关了摄像机。

这时，一个热心的年长市民凑到记者旁边说道："找不到那个无名英雄的，我们这一片的人都在说，这条西平河有水神保佑，这10来年，每年都有落水的人，要么自己爬上来了，要么被人救了，全部都生还了，你说这是不是有水神保护？"

周围的人也纷纷附和道："是啊，是啊。"

"水神？"记者有点疑惑道，"刚才明明是人救了小男孩啊，哪来的水神啊。"

"这你就不懂了，这要是没有水神保佑，怎么可能刚好有人救了小男孩？"年长市民煞有介事地说道。

记者有点哭笑不得，说道："这都什么年代了，还信这个呀。"

年长市民有点不好意思，说道："也不是迷信，找不到无名英雄，只能感谢水神了。对于今天这个小男孩一家来讲，那个无名英雄就是他们家的水神。如果没有那个人，那这个家庭将怎么办呀？"

小男孩的母亲听罢，感激涕零道："太感谢那个人了，当时我在岸上急得直跳脚，那个人简直就是神仙下凡，这是救了我们一家啊。也请你们找到这个无名英雄后告诉我们，我们也好去感谢一下人家。"

"我估计难啊，既然人家不愿意留下姓名，就是不想让你们去感谢他，这是真正的好人啊。"周围有市民说道。

二

过了几天，西平河救人的无名英雄到底还是没有找到，人们的生活又恢复了平静。

距离前几天小男孩落水处四五百米远是一片老房子，也就是传说中的"棚户区"。住在"棚户区"的人大多是一些外地租户和本地"土著"，可谓三教九流、鱼龙混杂。西平河南岸离市政府和商业区较近，被开发成了楼盘和别墅区，房价成了全市的天花板。西平河北岸的沿河地带被开发成了滨河公园，修建了沿河木栈道，南岸的居民经常过桥到北岸滨河公园游玩。所以"棚户区"的"土著"年年盼着逆袭，因为一旦这里拆迁，自己马上就能够从"土鸡"变成"凤凰"了，但这其中不包括项一帆。

项一帆，棚户区的"土著"，年少时受过刺激，从此寡言少语，不爱与人交流，最终成为娶亲困难户，直到父母离开人世，也没有娶上媳妇，是父母最大的遗憾。但项一帆对此却不以为意，每天在滨河公园附近转悠，以捡拾垃圾为生，并乐观地认为"一个人吃饱全家不饿"的生活也很惬意。因为在河边长大，他的水性非常好，经常下河游泳，倒也活得轻松自在。

项一帆还有一个爱好，就是隔三岔五都会到"棚户区"的一个小饭馆喝酒。因为这个小饭馆出售一种散酒，由于便宜，成了附近"土著"和租户消遣的宝地。

项一帆第一次到小饭馆喝酒的时候，就跟店老板商量："老板，我每次只打二两酒，小菜我自备，空桌的时候我占你桌子一角，人多的时候我就站着喝，你看成不成？"

店老板知道项一帆是本地的"土著"，虽然这个要求有点无理，但是也点头答应了下来。

项一帆是个原则性很强的人，喝酒只喝二两，多一点都不喝，而且每天晚上到了10点半左右准走，后来和老板混熟了，即使老板挽留，他也绝对不会多待，而且每次都会说："差不多到点了，待久了招人烦。"

项一帆对人非常客气，如果在店里跟人发生磕碰的话，不管是谁碰的谁，他必定第一时间跟人家道歉，不取得别人的原谅绝不罢休。有时候别人不太理解，本来觉得没什么大不了的事情，项一帆偏要等到人家说没关系才作罢，反而让人觉得他有点"一根筋"。

有一次，有个客人踩到了项一帆的脚，项一帆虽然痛得咧着嘴，但却如同往常一般第一时间跟人家道起歉来："对不起，对不起，硌到您的脚了，真是不好意思。"

那位客人也很客气："哪里哪里，应该我说对不起，我不小心踩到您的脚了。"

"是我没看到，不应该把脚伸到您的脚下，对不起。"项一帆依然坚持是自己的错。

那位客人也不纠缠于这个，说道："没把您脚踩痛吧？"

项一帆说道："没事，我鞋大，脚没事。"说完就走开了，引来周围食客褒贬不一的议论声。

三

这天，项一帆在废品收购站把捡的废品卖掉以后，回家拿出一个帆布包，然后来到了银行。

"您来了，今天汇款吗？"银行的大堂经理热情地打着招呼。

"是啊，汇点款。"项一帆笑着答道。

大堂经理看了看窗口的情况，有点不好意思地问道："您是转账还是现金汇款？"

"现金汇款。"项一帆答道。

大堂经理搓了搓手说道："您看，这个点有点迟了，我们马上要下班了。您这一大包零钱……要不您明早早点过来？"

项一帆一愣，说道："我这没多少钱，顶多几千块钱，一会儿就数好了，我可以帮你们一起数。"

大堂经理程序化的微笑逐渐收敛，说道："数钱您是不能参与的，只能我们的工作人员做。明天9点开门，您来了我们第一个给您弄，您看怎么样？"

项一帆听出了大堂经理的意思，这是下逐客令呢。但是他想今天就把钱汇出去，于是说道："孩子还等着钱交学费，您看能不能晚一点下班？"

大堂经理为难地看了看正在收拾桌面的窗口工作人员，对项一帆说道："稍等一下，我过去问下。"

大堂经理走到窗口向里面的工作人员说道："经常来的那位项先生要汇款，一大包零钱，需要数钱，能不能加会儿班？"

窗口工作人员摇了摇头说道："下班了啊，让他明天早点来吧，我这约了人了啊。"

"几个人一起数，应该很快的。"大堂经理小声劝道。

"真不行啊，我要走了。"窗口工作人员直接起身离开了座位。

大堂经理无奈，回到项一帆身边说道："项先生，不好意思，真不巧，工作人员今天有急事要走，您只能明天来了。"

项一帆有点失望，叹了口气，说道："山区的孩子明天就要交学杂费了，今天要是汇不过去，不知道会不会影响上学啊。"说罢，起身欲走。

大堂经理一听是为山区的孩子汇款，连忙拦住了项一帆："项先生，您稍坐一下，我去跟经理汇报一下，看能不能通融一下。"说完就去找经理了。

不一会儿，大堂经理就领着一个领导模样的人快步走了过来。

"王经理，这是项先生。"大堂经理介绍道。

"您好，项先生，什么也不说了，我马上安排人帮您数钱。小静，你带项先生去后面贵宾室等一下。"王经理说完，返身去安排工作人员了。

不一会儿，王经理就领着几个工作人员来到了贵宾室。

四

"项先生，您这款是要汇给谁啊？"王经理一边跟工作人员一起数钱一边问道。

"山区的几个孩子，我这几年都在帮他们交学费，希望他们能够上大学，走出大山。"项一帆平静地说道，好像在说一件微不足道的事情。

几名正在数钱的工作人员本来还有点不情愿，特别是那个刚刚准备离开的窗口工作人员，听到项一帆的话，脸都开始发烫了。

王经理暗自庆幸，感激地看了看大堂经理，说道："项先生，您以后就是我们银行的VIP了，以后您来办业务，我们给您开绿色通道。这都要感谢小静啊，这要是把您的事给耽误了，我们肯定会自责的。"

"经理，您千万别这么说，耽误你们下班了，我已经很过意不去了。您不知道，我这个人平时最讲规矩，今天您为我破了例，虽说是为了山区的孩子着想，但是这事还是怪我，我要是能够早一点过来就好了。"项一帆自责道。

王经理和几名工作人员更加不好意思了。

"项先生，您有没有见过那几个孩子啊？"王经理问道。

项一帆想了一下说道："现在资助的这几个没见过，以前有几个上了大学了，上次有个还过来看我了。"他顿了一下，接着说道："这些孩子有时还会给我写信，挺争气的。不过他们那边的教学条件还不够好，很多孩子很渴望到外面的世界去见识见识。"

王经理说道："偏远山区的教学条件相比城市，确实会落后不少，教育资源也相对缺乏。不过，这几年去支教的教师也多了起来，情况也在一点点变好。"

项一帆叹了口气说道："这些孩子想走出大山，虽然我嘴上说支持他们，但是我还是觉得这不是唯一的出路，这些孩子长大后学到本事，我觉得应该尝试改变大山，这样才能更好地把家乡建设好。"

王经理一愣，转念一想，觉得项一帆的说法还是有一定道理的，于是说道："现在很多年轻人不愿在穷乡僻壤待着，宁愿到城市里打工搬砖，也不愿意在家乡奋斗。这其实也不能怪他们，毕竟大城市赚钱的机会更多，发展的空间更大一些。您今天倒是提醒了我，我明天跟上面汇报一下，我们银行可以跟山区共建，提供必要的支持。"

项一帆眼睛一亮，高兴地说道："那太好了，个人的力量还是很渺小的，你们单位的力量会更大，山区的娃娃们有福了。"

说话间，项一帆带来的一大包零钱点好了。

"项先生，您的钱点好了，总共6136块。小静，你帮项先生把转账的单子填一下。"王经理回过头对几个工作人员说道，"大家辛苦了，谢谢大家了，下班吧。"

"应该的，应该的，我也在这次数零中受到了教育，我们应该给偏远山区做点什么。"一名工作人员说道。

"是啊，这些零钱明显是项先生一点点攒起来的，太不容易了。"那个本打算离开的工作人员说道。

"这些钱是我卖废品攒下来的，没事干，我就转悠着捡点废品，给你们添麻烦了。"项一帆客气地说道。

贵宾室里，几名银行工作人员都被项一帆的所作所为感动了。

五

"这里危险，不能在这里游泳的。"项一帆拦住了几个想下河游泳的孩子。

"你是太平洋的警察啊，管这么宽。"一个瘦高个子回道。

"就是，一个捡破烂的，还管起我们了。"一个头发带着卷的孩子附和道。

项一帆不为所动，说道："这个地方看起来水不急，其实下面有暗流，水性不好的，很容易出事。你们真的不要下去游泳。"

"切，那是水性不好的，咱们水性很好的。是不是？"瘦高个说着环顾了一下另外3个人。

其实另外3个孩子听了项一帆的话后就有点犹豫，现在被瘦高个拿话一激，3个人也附和道："那是，我们在学校都是游泳高手。"

4个孩子就这样当着项一帆的面要下水，见状，项一帆再次着急地劝道："这段河真的不安全，要知道，淹的都是会水的。"

"你这个老头烦不烦啊，你这是咒我们出事啊。我们要游泳关你啥事？你老在这里拦着干啥？你没事干去别的地方转悠去。"瘦高个不满地说道。

"我不是要咒你们出事，我是说这个地方真的不安全，前不久才有一个被救上来。"项一帆赶紧解释道。

"说得跟真的似的，是你救的？"瘦高个回道。

项一帆点了点头"嗯"了一声。

"哈哈哈……"4个孩子哄笑起来。

"真的。"项一帆的声音并不大，被几个孩子的笑声盖住了。

项一帆看拦不住，只好说道："那你们要做一下准备活动，活动开了再下水。"

"做什么准备活动？我们从来不做的。"瘦高个说完，一个鱼跃就跳进了河里，还故意向岸上的项一帆泼水。随后，另外3个孩子也嘻嘻哈哈地跳进了河里。

4个孩子的水性确实不错，在河里追逐打闹，好不痛快。瘦高个挑衅似的看着项一帆："看，一点事都没有，看把你紧张的。"说完一个猛子扎进去，过了好一会儿，在20米开外露出了头，引来了另外几个孩子的叫好声。4个孩子在河里玩起了捉迷藏。

"不要潜泳，水下危险！"项一帆对着几个孩子大喊道。4个孩子根本不理会他。

项一帆摇了摇头，无奈地走开了。但是他还是不太放心，因为他已经在那里救上来好几个人了，所以时不时地回头看一眼。

六

忽然，项一帆看到瘦高个在水里浮浮沉沉，卷头发的孩子已经朝着瘦高个游了过去。

项一帆扔下肩上的蛇皮袋，立马往河边跑去，边跑边喊道："不要从前面靠近他，从后面靠近。"

但是卷头发根本没听到他的话，依然迎着遇险的瘦高个游了过去。

项一帆暗叫一声"不好"。果然，瘦高个感觉到有人靠近，一下子就死死地抱住了来救他的卷头发，两个人开始浮浮沉沉起来。另外两个孩子吓傻了，不敢上前去拉。

项一帆一看，来不及脱衣服，把鞋子踢掉，直接跳进了河里，以很快的速度游向两个遇险的孩子。

说时迟，那时快，就在两个孩子快要沉下去的时候，项一帆从底下一把托起了他们。

瘦高个已经晕厥，但他仍然死死地抱着卷头发，卷头发则在大口呼吸。

"不要慌，把他的手掰开。快！"项一帆浮出水面说道。

瘦高个的胳膊绕过卷头发的肩膀，手指交叉在卷头发的胸前。卷头发使劲地拉瘦高个的两只胳膊，但是怎么拉都拉不开。情急之下，卷头发就想去掰瘦高个的手指头。

"不要硬掰，听我的，下沉。"项一帆急忙说道。

卷头发来不及思考，听从项一帆的话，带着瘦高个往下沉。果然，到了水下，瘦高个的胳膊松开了，卷头发赶紧脱开瘦高个浮了上去。项一帆则托住瘦高个的腋下，带着他往岸边游去。

不一会儿就游到了岸边，几个人七手八脚把瘦高个抬到了岸上。

看到瘦高个紧闭着双眼，3个孩子吓傻了，哭了起来："大爷，您快救救他吧。"

"哭什么！快把他趴着放到我腿上。"项一帆吩咐道。

几个孩子很听话，立马把瘦高个翻了过来，抬到了项一帆的膝盖上。

"按压背部，快！"项一帆说道。

"没反应……"卷头发又哭了起来。

项一帆把瘦高个平放到草地上，捏开嘴巴看了一下，说道："没有泥沙，先做人工呼吸。"

项一帆一只手捏住瘦高个的鼻子，另一只手拖起瘦高个的下颌，用嘴对着瘦高个的嘴吹气，吹完一口气后，接着用手压一下瘦高个的胸部，以助呼吸。

这时，在河边散步的人围过来不少，很多人在旁边议论着。

项一帆已经注意不到周围的人群了，他反复进行人工呼吸和心肺复苏，急得满头大汗。

不知道过了多久，瘦高个的喉咙里传来了"咕噜"一声，终于有了反应。周围的人群发出了欢呼声："救过来了！"

项一帆赶紧把瘦高个翻了过来，让其跪在地上吐水。过了好一会儿，瘦高个终于回过了神。几个孩子哭着说道："你可活过来了，吓死我们了。"

七

"咳咳……刚才腿一下子抽筋了，呛了几口水，结果就慌了。"瘦高个不好意思地说道。

"别提了，我也差点跟你一起完蛋，要不是那个拾荒者救了咱们，今天说不定就……"卷头发后怕地说道。

"啥？那个老头救了咱们？"瘦高个有点难以相信。

"这次可真是多亏了那个大爷呀。"卷头发说道。

"诶，那个大爷呢？"瘦高个问道。

这时大家才发现项一帆不见了。刚刚所有人的注意力都在瘦高个身上，所以没有人发现项一帆的离开。

"这次又是水神显灵啊，这条西平河绝对有水神保佑啊。"围观的一个老头说道。

闻讯赶到河边的记者又一次扑了个空，只得采访逐渐散去的围观人群。

"您好，请问您知道这次是谁救了人吗？"记者拦住一个老头问道。

这个老头不是别人，正是刚才说水神显灵的那个。只听老头激动地说道："那个人啊，我也没看清，年纪四五十岁的样子，长得很普通，我跟你说啊，咱们这西平河绝对有水神保佑，这么多年了，也没见谁出事，就是遇险了，也总能有人及时救出来，你说是不是有水神保佑？"

记者不置可否地笑了笑，说道："有没有其他人看到呢？"

老头指了指远处，说道："努，那个瘦高个就是落水的，旁边是他母亲，你去问问。"

记者道谢后赶紧追上了瘦高个："您好，我是市电视台新闻频道的记者，我想采访一下您，可以吗？"

瘦高个还没有说话，瘦高个的母亲就拦到了瘦高个的面前，警惕地问道："采访什么？"

"采访一下刚才您孩子落水被救的事情啊。"记者说道。

"落什么水？我孩子没有落水。"瘦高个母亲立即回道。

记者纳闷地说道："那您孩子怎么全身湿透了？"

"几个孩子泼水玩了。对不起，我们要回家换衣服了，请不要采访我们了。"瘦高个母亲赶紧拉着瘦高个走开，留下一脸蒙圈的记者。

"妈，为啥不能接受采访？我正好感谢一下刚刚救我的人。"瘦高个不解地问道。

"我的傻儿子，你是不是刚才喝水喝傻了？电视台一报道你在河里淹了，那学校不就知道你私自下河游泳了？那不处理你啊？"瘦高个母亲斥道。

"妈，可是人家真的救了我的命啊。咱们正好通过电视台感谢一下人家。那个大爷救了我就走了，我还没来得及感谢他。"瘦高个不满母亲的处理方法。

"我知道，我们可以私下去感谢，但是不能被电视台报道。赶快回家换衣服去，下次不要下河了，真不让人省心。"瘦高个母亲唠叨着拉着瘦高个回家了。

八

"棚户区"的一间低矮民房里，项一帆脱下了湿透的衣服，自言自语道："唉，这年纪一年比一年大了，游泳的速度明显一年不如一年了，再往前10年，今天这个孩子能够少喝不少水啊，说不定不会晕过去。"项一帆有点自责。

晚上的时候，项一帆照旧来到了小饭馆。

"您来了，快请坐。"店老板看到项一帆过来，热情地招呼道。

"我就是喜欢你这里的这种烟火气，大饭店我还真觉得太冷清了。"项一帆熟络地拍了拍店老板的肩膀说道。

一个留着小胡子的食客抬头看了看项一帆，撇了撇嘴跟同伴小声说："就这人，还在这里嫌弃大饭店太冷清，难道他来这里不是图便宜吗？"

同伴看了看项一帆的打扮，深以为然地点了点头。

项一帆虽然听到了两个人的嘀咕，但是他并不打算理会，信步走向角落的那张桌子，这是他常坐的位置。

"老板，老规矩。"项一帆朗声说道。

"好嘞！"店老板麻利地打了酒端过来，"这花生米是送的，每桌都有。"

"谢谢，谢谢。"项一帆从酒瓶里往外倒酒，刚倒一杯，笑了起来，"老板，你不守规矩啊，这酒分量不对啊。"

店老板讪讪地笑道："差不多……差不多……"

"才二两酒，还这么计较，居然还能看出来给少了。"小胡子撇嘴嘀咕道。

"下不为例了，这次多打的两钱酒也算上啊。"项一帆摆了摆手说道。

小胡子一听，有点汗颜，不好意思地看了看同伴。同伴装作没听到，但是抽搐的嘴角暴露出其实憋笑也是一件挺痛苦的事情。

"观众朋友们，今天，西平河有4个男孩子下河游泳时遇到了险情，其中一个男孩子因为抽筋呛水遇险，另外一个同伴在救他时被其死死抱住。而后，一名不知名的男子救了两个男孩子。其中抽筋的男孩子被救上岸后晕厥了，不知名的男子对其进行了人工呼吸和心肺复苏抢救，成功救活了遇险的男孩子。但是，我们依然没有找到这名救人的男子，现场群众只拍到了一张该男子低头做心肺复苏时的照片。"小饭馆的电视里传出了记者的声音。

"老板，您看这张低头的照片，像不像？"店员说完指了指角落里的项一帆。

店老板仔细看了看，点了点头说道："像！会是他吗？"

店员摇了摇头，说道："应该不是吧？"

项一帆也看到了电视里的画面，嘴角浮现出一抹淡淡的笑意。

"现场的群众戏说是水神显灵，这个世界上哪有什么水神，只是那个救人者无私救助而已。观众朋友们，再次提醒大家，西平河水域情况比较复杂，不要轻易下河游泳，未成年人一定要在成年人的监护下在河边活动，万一下次'水神'没空了呢？"记者幽默地说道。

电视里播报的新闻引起了小饭馆的议论声，大家都在谈论西平河是否有水神的问题。

项一帆美美地喝了一口酒，惬意地夹了个花生米放到嘴里，满足地笑了。

看着项一帆的表情，店老板似乎明白了什么。

九

"这家小饭馆的羊蝎子还是很不错的，别看店铺不显眼，味道相当不错。"一个穿着拖鞋的男人边走边说，他的身后跟着一群人。

"就这里？烟熏火燎的，有什么好吃的嘛。"一个穿着短裙的女人嫌弃地说道。

"这你就不懂了，吃火锅就是要吃这种市井的烟火味。"拖鞋男说道。

"你看看这都是些什么人在这里吃。"短裙女扫视了一下小饭馆，看到了坐在角落里的项一帆，浑身如遭电击，心中暗忖道："这人怎么跟救我儿子的那个人那么像。"这个短裙女不是别人，正是今天被救的瘦高个男孩的母亲，她之前看过路人拍的照片，而且听了儿子的描述，一眼认出了项一帆。

"咱，咱们换个地方吧？不太想在这里吃。"短裙女眼神飘忽地说道。

"来都来了，试试吧？不满意了再走。"有人劝道。

短裙女看大家都没有走的意思，她也不好意思坚持要走了。

说来也巧，这个点正是来人的时候，店老板把短裙女他们这一桌安排到了项一帆的隔壁桌。

此时，小饭馆的电视重播了西平河4个孩子下河游玩有人落水被救的新闻。

"这个被救的孩子脸部被打了马赛克，我怎么觉得挺像你的儿子？小梅，你看看。"拖鞋男向短裙女问道。

"不会，不会，哪能呢！我儿子没那么大胆子。"小梅故作镇定地说道，眼睛偷偷瞄了一眼隔壁桌的项一帆，发现项一帆并没有留意他们这一桌，心下稍安，但与小梅同行的一个男子却看出了端倪。

"这西平河看起来挺平缓的，但是里面暗流很多，确实挺危险的，水性不好的很容易出事。"拖鞋男说道。

"这些小孩的家长也真是的，自家孩子也不看好，这万一没救上来，这一个家庭就完了。"小饭馆的食客也是议论纷纷。

听着大家的议论，小梅的脸发烫了起来。

"哈哈，这个记者还挺幽默的，还说万一'水神'没空了呢！"拖鞋男笑着说道。

"你们知道不，我朋友今天在现场，说那个被救的男孩母亲后面去接孩子了，记者找她采访的时候，她拒绝了采访，还说自己孩子没有溺水，只是泼水玩，然后把衣服泼湿了。"小饭馆的一个食客说道。

"这人怎么能这样？不感谢人家救命之恩就算了，还不承认人家救了自己孩子。要是我，就曝光她，让她也上上电视。"另一个食客义愤填膺地说道。

小梅的脸更烫了，大家的议论声让她无地自容起来，不自觉地又偷偷瞄了项一帆一眼，发现他并没有看自己。

"小梅，你的脸怎么这么红？"拖鞋男看着小梅问道。

"没，没啊，可能是这里面太热了吧！"小梅有点慌乱地答道。

"不会吧，这空调，还有这大风扇，感觉挺凉快啊。"拖鞋男纳闷道。

十

"妈，我作业做完了。我爸带我过来了，今天吃什么好吃的啊？"瘦高个男孩随着一个戴眼镜的男人走了进来。

"你们怎么来了？"小梅有点意外地说道。

"你不是说等小辉作业做完带他过来吃饭吗？"眼镜男有点诧异地说道。

"哦，我忘了这事了。"小梅一心想着赶紧吃完离开这个小饭馆，没想到老公带着儿子小辉过来了。

"小辉，刚才你上电视了。"刚刚看出端倪的男子试探道。

"真的吗？我上电视了？"小辉激动地问道。

"播完了，刚才新闻频道说有个孩子落水了，被人救上来了，我看长得特别像你。"同桌那个人说道。

"那就是我啊，我居然上电视了，哈哈。妈，您踢我干啥？"小辉正高兴着，冷不防被小梅踢了一下。

此时小饭馆里的人都看向了小梅这一桌，小梅则恨不得找个地缝钻进去。

"小梅，你为啥……"拖鞋男哪壶不开提哪壶。

小梅看事情败露，也不打算遮遮掩掩了，低着头不好意思地说道："小辉学校不让他们私自下河游泳，我怕这事暴露了，小辉会被学校处理，就没敢承认。"

"这就是你的不对了，人家把小辉的命都救了，就是学校处理又能咋样，该感谢人家还是要感谢人家啊。"同桌的人说道。

"是啊，我确实很后悔，当时记者问我的时候，我急着赶紧离开那里，结果脑袋一热，说话就不经脑子了。"小梅说道。

"那个救你家小辉的就是你家的水神了，要是没有人家，你这会儿还能在这里安安稳稳吃饭？"拖鞋男感叹道。

"你们说得对，这件事的确是我做错了。"小梅勇敢地承认了错误，并转而指向项一帆对小辉说道，"小辉，你看是不是他救的你，我看像。"

小辉顺着小梅的视线看去，发现了项一帆，赶紧说道："妈，妈，就是他，就是那位大爷。"

"走，妈带你过去谢谢人家。"小梅拉着小辉走向了项一帆。

其实项一帆也听到了大家的议论，只不过他并不在意这些。

"大哥，谢谢您。"小梅站在项一帆的桌旁，深深地鞠了一躬，"小辉，给大爷磕个头。"

小辉依言跪了下来。项一帆一看，赶紧站了起来，把小辉搀了起来："哎呀，这是干什么啊，使不得，使不得。"

"谢谢您救了我家小辉，之前是我态度不对，向您道谢的同时也向您道个歉。"小梅看了看项一帆的桌子上，一杯酒加一盘花生米，赶紧说道，"我再给您加几个菜吧，喝酒哪能没有下酒菜呢。"

项一帆连连摆手，说道："我习惯了这样喝酒，不用不用。"

小辉的父亲也走了过来，连忙说道："大哥过来一起吃吧，正好菜还没上，我们得好好感谢一下您。"说完热情地把项一帆拉了过来。

尾声

"观众朋友们，我台前天报道的落水儿童被救的新闻有了后续进展。当天晚上落水儿童一家去一家小饭馆吃饭的时候，偶遇了英雄，就是我们说的那个'水神'。被救男孩一家还拿出了一笔钱要感谢老人家，但是英雄执意不收，最后在英雄的建议下，把钱捐给了红十字会，促成了一段佳话。"小饭馆里的电视播放着新闻。

"快看，这不就是我们这个饭馆吗？就是在这里遇到'水神'的吗？"小饭馆里的食客看到电视上的新闻，惊喜地喊道。

"对，那个'水神'经常来这里喝酒，说不定晚一点就能遇到。"店老板笑着说道。

"听说这个'水神'这些年救了很多人，是不是真的？"有人问道。

"是的，这个人自己都数不清救了多少人了，他每天就在河边转悠，遇到有人遇险就会下去救，从不含糊。"店老板自豪地说道。

"那我们要等一会儿了，一定要见见这个传说中的'水神'。"有人说道。

正在大家议论"水神"的时候，店老板乐颠颠地迎了出去："'水神'，您来了！"

项一帆一愣，笑道："别拿我开玩笑了。"

"'水神'来了，'水神'来了。"小饭馆里的食客们一阵骚动，齐刷刷地站起来看向门口。

项一帆走进小饭馆，被大家的阵势吓了一跳，小声问店老板："这咋回事？"

"哈哈哈，大哥，您成名人了，您成神了，哈哈……"店老板笑着说道。

项一帆微微一笑，说道："老规矩，二两酒，不能多打啊。"

"好嘞！"

水　脉

一

"这一点水都担不好，你还能干什么？你真没用！"母亲郝红梅的呵斥声让陈英兰更加难受了。

"娘，我实在是没力气了，那，那我再回去担两桶吧。"陈英兰唯唯诺诺地说道。

郝红梅看了看陈英兰因为营养不良显得有点羸弱的身板，心下一软，说道："算了，这两天省着点用。"

"娘，那我这两天就不喝水了。"陈英兰小声说道。

"那怎么行！走吧，回家吧。以后做事情要小心点，这水多金贵啊，咱们一来一回要两三个小时，排队就要排一个多小时，现在就是返回去，估计也打不到水了。"郝红梅没好气地说道。

陈英兰看郝红梅有点吃力地担起一担水，连忙说道："娘，把您的水分我点，我也担一点。"

郝红梅扭头看了看陈英兰，叹了口气，说道："小兰，你这次一定要小心了，回去你爹不揍你才怪。"说完，给陈英兰倒了点水。

"娘，我担得动，我这次就是把自己摔了，也会保护好这些水。"陈英兰拍着胸脯保证道。

母女俩一前一后地沿着山道往上爬着。回家的路虽然不远，但并不好走。

"娘，您说我们火岩岛为什么没有淡水啊，按说这么大的一个岛，不可能没有水源啊，几百人就靠那一处泉眼，这么多年下来，多累啊。"陈英兰说道。

"咱们火岩岛据说是很久之前火山喷发形成的，怎么可能有淡水，就那一处泉眼，应该也是从山间渗透下来的，如果长时间不下雨，那处泉眼的水就很小。从这一点来看，应该是跟降雨有关。"郝红梅说道。

"咱们岛这么大，雨水也应该能存下来不少啊，是不是都渗透到地下了？上次跟着他们一起去爬山，有个溶洞里阴森森的，洞口太小，我们没敢进去。"陈英兰说道。

郝红梅赶紧说道："你们千万别往山里的一些洞里钻，里面说不定有什么，特别是蛇啊，虫子啊，很多很多的。"

陈英兰一个趔趄，差点又把水桶打翻。

"小兰啊，小心点啊，别再洒了啊。"郝红梅着急地说道。

"娘，您一说蛇，我这腿就一软，我就怕蛇了。"陈英兰说道。

"好好好，我不说了，瞧你那点胆量。等开学了就上初中了，还这么胆小怎么办，哈哈……"郝红梅笑了起来。

"娘还取笑人家，不理您了……"陈英兰快走几步，把郝红梅抛到了身后。

郝红梅笑得更大声了。

"爹，我们打水回来了。"推开家里略显破败的门，陈英兰喊道。

"辛苦了，辛苦了。"陈彦成拖着打着石膏的右腿一瘸一拐地迎了出来。

"爹，别出来了，我和娘可以的。"陈英兰赶紧拦住陈彦成。

"当家的，今天水有点少，不知道咋回事，泉眼的水变小了。"郝红梅不想让陈彦成知道陈英兰把水打翻的事情。陈英兰感激地看了郝红梅一眼。

"正常，下雨少的话，泉眼水就会小一些。"陈彦成忽然想到了什么，"不对啊，前几天刚下了连阴雨，不应该啊。"陈彦成有点纳闷。

陈英兰张了张嘴，想承认自己打翻了水桶的事情，但是被郝红梅用眼神制止了。

"也不知道这两天找水脉的几个人这趟有没有收获，这次老支书是铁了心要找到水脉，一定要改变我们火岩岛缺水的现状。"陈彦成嘀咕道。

"你就别操这份心了，行不？你上次去找水脉，从山上滑下来，腿都折了，还念念不忘这茬。"郝红梅没好气地说道。

"隔个几天去担一次水不累吗？要是我们每家每户都能用上自来水多好啊！你看人家城里人，水龙头一拧，那水哗哗地就出来了。"陈彦成羡慕地说道。

"找了这么多年，都没找到好的水脉，你觉得今年能成功吗？"郝红梅明显带着不相信的语气问道。

陈彦成舒了口气，说道："事在人为吧，要是都不去做这件事，那就永远找不到水脉了。"

"这几年很多年轻人都搬出这个火岩岛了。其实咱们火岩岛真的很美，要是解决了水脉的问题，绝对是很宜居的。"郝红梅唏嘘道。

"前几年政府本来要出资从岛外牵一条水管，把自来水引到岛内。后来不知道什么原因，这个计划搁浅了。"陈彦成惋惜地说道。

"爹，要是我们把雨水收集起来，不就解决问题了吗？"陈英兰灵机一动。

"那不行，雨水不能直接饮用，需要经过砂石的过滤才能饮用。"陈彦成说道。

"哦。怪不得山泉水有点甘甜，那矿泉水不就是我们这种山泉水吗？"陈英兰说道。

"差不多是这样的。等水脉找到了，我们这个岛就活了。只要有了足够的水，我们的火岩岛就会变绿，不会是现在光秃秃的样子。到那时，我一定要在院子里种一棵葡萄树，让葡萄藤爬满整个院子，满眼看去都是绿油油的。"陈彦成憧憬道。

"火岩岛到时候就成了绿岩岛，那就太棒了。假期一结束，我就要出岛到镇上上初中了，听说镇上不缺水，到时候我每周都给你们背水回来。"陈英兰说道。

郝红梅看着懂事的女儿，内心一暖，说道："那倒不用，你到镇上上学，别亏待了自己，在学校多吃点，把身体养得好好的，比啥都强。你哥哥去年去南方打工，今年也不知道会不会回来，真是的，也不知道写封信回来，真是儿大不由娘啊。"

"今年春节我哥肯定会回来的，说不定还给您领个儿媳妇回来。"陈英兰笑道。

"千万别，我们火岩岛这个样子，领回来一准黄，等到咱们火岩岛改变以后再领回来吧。现在咱们岛上的小伙子想娶个媳妇多难啊。"郝红梅连忙说道。

"快了，只要能找到水脉，那边将全部变成绿色，那时候，我们火岩岛绝对能够成为人间天堂。"陈彦成指着远方坚定地说道。

郝红梅和陈英兰也憧憬着看向远方，似乎光秃秃的山石，慢慢地染上了绿色。

二

傍晚时分，几个孩童在村口玩耍，等待自己的父亲找寻水脉归来。

一个眼尖的孩子看到老支书几个人回来，大声喊道："老支书回来了，老支书回来了……"

"爹，爹，您回来了。"几个孩童跑着迎了上去。

"爹，你们找着水了吗？"有个孩童问道。

一个中年男子摇了摇头说道："今天没有，不过估计明天就能找到了。"

"走吧，孩子们，回去吃饭了，等着急了吧，给，这是山上的野山楂，拿去吃吧。"老支书从背上的布袋里掏出一把野山楂给孩子们吃。

孩子们一拥而上，向老支书伸出了手。

老支书慈祥地笑着，说道："不要挤，都有，都有。"

"老支书，你这每次回来都给孩子们带好吃的，怪不得这些孩子每次都在村口迎接你。"一个有点秃顶的男子笑着说道。

"这些孩子也受了不少苦啊，咱们一定要把水脉找出来，现在指望那唯一的一个泉眼，根本不顶用啊，保证生活用水还行，其他就有点捉襟见肘了。"老支书说道。

"前几年，要是水管从岛外铺设进来就好了，我们就不用这么辛苦了。前两天老陈还摔断了腿，也不知道咋样了。"秃顶男子说道。

"我昨天去看过他，骨折了，要休养一段时间。"老支书说道。

"从外面引水进来工程量太大，还得靠我们自己去找水脉。往下钻井也不现实，石头太硬，代价太高，况且下面也不知道打多深才有能饮用的淡水。要不是家里老人不肯搬出岛，我也早就搬出去了。"一个中年男子说道。

"新科，有你这种想法的人很多，不瞒你说，我很多年前就有这种想法了，但是放心不下这些村民，我就是要搬出去，也要把水的问题彻底解决，才能放心地搬出去。"老支书说道。

"咱们火岩岛要发展，一定要解决水脉的问题，要不然想发展真的太难了。"秃顶男人说道。

"爹，我肚子饿了，回家吃饭吧。"一个孩子说道。

老支书笑道："咱们别只顾着聊了，快带孩子们回家吃饭吧。"

陈彦成一家三口围坐在一起正吃着晚饭，老支书从敞开的院门走了进来。

"彦成啊，你腿咋样了？"老支书大声说道。

"老支书来了。"陈彦成艰难地想站起来。

"坐着别动，别客气。"老支书连忙阻止道。

"给，小兰，今天运气不错，居然采到了一些野山楂。"老支书摘下肩头的布袋，从里面掏了一大把野山楂放到桌子上。

"不用，不用，谢谢爷爷。"陈英兰拒绝道，但是往下咽口水的动作暴露了她内心的真实想法。

"拿着吃吧，山上还有，想吃的话，下次我再摘。"老支书笑着说道，其实山上的那点野山楂已经快被他采完了。

"快谢谢程爷爷。"陈彦成说道。

"谢谢程爷爷！"陈英兰说着，拿了一颗野山楂放进嘴里，一脸满足。

"小兰，你去洗一洗再吃啊。"郝红梅说道。

"不洗了，水比较金贵。"陈英兰说道。

听完陈英兰的话，几个大人都陷入了沉默。孩子的话直击他们的心底，是啊，火岩岛上的水太金贵了，这也更加坚定了老支书找到水脉的决心。

"我先回去了，今天还是没找到水脉。但是既然山下有泉眼，这说明上游肯定有水脉，只不过是隐藏的。"老支书肯定地说道。

"吃点再走吧，这面条正好不烫了。红梅，你去给老支书盛一碗。"陈彦成说道。

"你看我，光顾着说话了，我这就去。"郝红梅起身去厨房盛面。

"别别别，家里做好了，我这就回去了。"老支书起身告辞。

"吃点吧，家常便饭，没事的。"郝红梅劝道。

"真的不用客气，我先回去了，明天继续去找水脉，我有预感，快要找到了。"老支书说道。

"加油，等我腿好点，继续跟你们一起找。"陈彦成说道。

老支书看了看陈彦成裹着石膏的腿，说道："放心，很快就能找到，不会等那么久的。"

老支书走后，郝红梅说道："你还要一起去找啊？你可别去了，你可是家里的顶梁柱，你这腿……"

"我是党员，这种事情，怎么能不去？"陈彦成严肃地说道。

"全村就你是党员啊？别人也可以去啊，我就不许你去。"郝红梅拧了起来。

"妈，您别怪爹，我支持我爹。"陈英兰吐了吐舌头说道。

"大人说话，小孩子插什么嘴，一边去。"郝红梅训斥道。

陈英兰吐了吐舌头，跑开了。

"红梅，我知道你是心疼我，但是有些时候，作为一名党员，作为一个男人，必须要往前冲，决不能往后退。"陈彦成坚定地说道。

"行行行，你去吧，你去吧，别把另一条腿弄折了。"郝红梅没好气地说道。

"你就这样子，刀子嘴豆腐心，你就不能盼着我早点好啊。"陈彦成笑着说道。

"我明天去镇上买点大骨头，给你炖点汤补补，骨头也会好得快点。"郝红梅说道。

"不用了，我明天去海边钓点鱼，炖点鱼汤也可以，不比大骨头差。"陈彦成说道。

郝红梅看了看陈彦成的腿，说道："你可拉倒吧，咱们村到海边还要走大半个钟头，你这样子，等挪过去，太阳都下山了。"

"哈哈，也是，你明天留意一下，看咱们村有没有人去打渔的，先买两条就行了。"陈彦成说道。

"好，我明天看下。你没事就去床上躺着吧，看你这个样子我就糟心，好好的，别人都没摔，为啥就摔了你一个，真是的，这么大个人了，也不让人省心。"郝红梅忍不住数落道。

"你看看你，又来了，这两天被你唠叨得快晕了，翻来覆去就是这几句。找水脉，有些时候可不就是要爬高走低吗？老支书前两年胳膊不也摔断了一次，还有另外几个人，哪一个没受过伤，我这次只不过严重一些罢了。"陈彦成正色道。

"你最棒了！行了吧？受伤也跟别人比，真拿你没办法。"郝红梅没好气地埋怨道。

"嘿嘿……"陈彦成摸了摸头尴尬地笑了笑。

三

"老头子啊，你说说你，前几年是偶尔去找找水脉，这两年都魔怔了，一天到晚去找水脉，你看看你们几个，有哪个没受过伤？现在彦成还瘸着腿，能不能让人省点心？"老支书一回到家，老伴郭玉香就开始抱怨起来。

"老婆子，这你就不对了，我跟大伙儿去找水脉，那可是为了大家啊。你没看这几年咱们村的人越来越少了吗？年轻人出去见了世面，都不愿意回来了。"老支书说道。

"就是啊，那你还这样？再说了，你马上也要退了，还这么拼，图个啥？"郭玉香劝道。

"图啥？就为了咱们火岩岛能有个好的发展，把人留住，没有人，就啥都没招了，就是政府想帮咱也难。"老支书说道。

"你还是消停一点吧，过两年安安稳稳地退了，咱们也去城里找儿子去，我还要去帮忙带孙子呢！"郭玉香憧憬道。

"你可拉倒吧，咱儿子刚结婚，哪来的孙子给你带，你这是想孙子想疯了吧！"老支书笑道。

"你说咱儿子咋就不急呢？30多了才结婚，这要是在咱们火岩岛，指不定被人说成啥样了。这好不容易结婚了，生孩子也不急，这都两年了，还没动静。你说，要不要让他俩去医院查查去？这万一……"郭玉香小声说道。

"你快打住，千万别来这出，回头别把儿媳妇得罪了，人家是在忙事业。再说了，这几年，儿子儿媳也一直让我们搬到城里去，这不是我还有事情没忙完嘛，忙完了，我就跟你搬到城里去。"老支书说道。

郭玉香白了他一眼，说道："忙啥事？就找水脉这个事？这都没影的事。你就是不想进城，你就死守着这个火岩岛吧。"

老支书一听急眼了："谁说是没影的事？我昨天晚上做梦还梦到找到水脉了，咱们火岩岛也变绿了，然后成了远近闻名的旅游胜地。"

"是不是你还悠闲地坐在葡萄架下面喝着茶，看着来来往往的游客？"郭玉香揶揄道。

"你怎么知道？我梦里还真梦到葡萄架了。"老支书惊喜地说道，有一种找到知己的感觉。

"我猜的！"郭玉香没好气地说道。

"你就瞧好吧，等我们找到水脉，看你还想不想离开火岩岛。"老支书坚定地说道。

"你们发动全岛的人来找啊，多一个人不是多一份力量嘛。"郭玉香提醒道。

"现在好找的地方我们都找过了，一些比较偏僻的地方，比较危险，怎么能发动全岛的人去找？"老支书说道。

"你试一试吧，也不一定要大家伙儿都去爬高走低地去找，说不定有人遇到过，就是提供一点线索，对你们也有帮助啊。"郭玉香说道。

老支书点了点头："你说得有道理，说不定瞎猫碰个死老鼠。我明天就去办这个事，把全村都发动起来。"

第二天一大早，老支书就在村口贴了告示，请大家提供水脉的线索。一时间，整个村都轰动了，大家议论纷纷。

"爹，那水脉怎么找？在山里面，我们也看不见啊。山下的那个泉眼就是水脉吧？"陈英兰问道。

"没错，那个泉眼就是水脉的一段，但是那个泉眼水量不够，可能只是水脉的一个分支，如果能够找到上游的主脉，那我们火岩岛就活了。"陈彦成说道。

"那水脉有啥特点？"陈英兰眨巴着眼睛问道。

"有啥特点，最直观的就是水。不过找了这么久，我们没有找到明面上的水，应该是在深处了。如果能找到潮湿的地方，也是有可能的。不过，咱们这山上光秃秃的，也没看到哪里长草长树。"陈彦成说道。

"潮湿，我倒是有点印象，前段时间，跟他们一起上山玩，有个缝隙，里面阴森森的，现在想来，应该是潮湿的感觉。"陈英兰回想着说道。

陈彦成忘记了腿有伤，一下子站了起来，咧着嘴吸着气说道："在哪个位置？快告诉我。"

"爹，您先坐下来，腿要紧，腿要紧。"陈英兰赶紧上前扶住陈彦成。

"先不管腿，你先告诉我在哪里，在山上还是在山下？"陈彦成急切地问道。

　　"离我们村不远，就在后面不远的地方。我到时候带程爷爷他们过去找吧，您这腿不方便，还是在家里先休息。那也不一定是水脉。"陈英兰说道。

　　"如果在离村子不远的地方就太好了，只要把水引过来，就解决大问题了。"陈彦成兴奋地说道，"我这就去找老支书去，你跟我一起去吧。"

　　"爹，您还是别去了，我这就去找程爷爷，您先在家休息。"陈英兰拦住了陈彦成。

　　"那，那你快去。"陈彦成迫不及待地说道。

　　陈英兰一路小跑到了老支书家，走进小院，喊道："程爷爷在家吗？"

　　"是小兰啊，快进来，程爷爷去山上找水去了。"郭玉香说道。

　　"啥时候走的？"陈英兰问道。

　　"一大早写了个征集找水线索的告示就走了。你找他有事？"郭玉香问道。

　　"我就是来提供线索的。"陈英兰说道。

　　"你是今天上午第5个提供线索的。这样吧，明天早上吃完早饭，你也过来，到时候大家一起去现场看，这会儿说也说不清楚。"郭玉香说道。

　　"成，我回去跟我爹说下，我明天再过来。"陈英兰说道。

　　陈英兰回到家，跟陈彦成复述了一遍。陈彦成还是有点想让陈英兰带着他去那个地方看看，正好郝红梅买鱼回来，一看陈彦成不安生的样子，气不打一处来，好一顿埋怨，见状，陈彦成去山上找水的念头也就消了。

四

第二天,太阳和往常一样准时从海平面升起,给火岩岛镀上了一层淡淡的金色。可今晨与往常似乎又不太一样,平时鲜见的鸟儿盘旋在火岩岛上空,甚至有些不怕生地在人们头顶追逐嬉戏,让人们啧啧称奇。

人们都聚集在老支书家,就像过节一样。

"老支书,今天咱们火岩岛可真热闹啊,一大早喜鹊就到你家院子来了。"这些天一直跟着老支书找水脉的祁新科笑着说道。

"该不是今天有好事?要找着水了?"老支书高兴地说道。

"那肯定的,我也觉得该找着水了,都找了这么长时间了。"陈彦成也拄着一根棍子,被陈英兰扶着一瘸一拐地来到老支书家。

"彦成来了,快坐下,你看看你,都这样了,还来凑什么热闹。"郭玉香赶紧上前招呼道。

"我这不也是心焦嘛,我昨晚也做梦找到水了。老支书,我跟你说,我女儿说的地方,我估计有水。听她的描述,我觉得很像。"陈彦成信心十足地说道。

"快说说是哪里。"老支书兴奋地说道。

"我找的那个地方也有可能,就在后山那边。"一个身着红衣的中年妇女说道。

"花婶你也说说,大家都把线索提供一下,我们今天重点挑选几个地方看看。"老支书高兴地说道。

大家七嘴八舌地提供着线索,还都说得有鼻子有眼的,就好像只要挖下去就能找到水一样，甚至有个人说做梦梦到有个地方有水……

老支书看大家闹哄哄的，提高了嗓门，说道："大家伙儿静一静，很感谢大家对找水脉的支持，大家提供的线索都很好，我们都会安排人去逐一核实，谢谢大家啦。大家都先散了吧，在家等我们的好消息……"

在大家的祝福声中，老支书一行人出发去找水脉了。

"咱们按照从远到近的顺序来找吧，这样的话，晚上正好可以回到家。"祁新科说道。

老支书点点头说道："嗯，有道理，近处的估计希望也不大，要不然我们这些年早该找到了。"

"程爷爷，慢点，我有点走不动了。"陈英兰由于是提供线索的人，所以这一次也跟着大家一起来了。

"那咱们休息一下，喝点水。"老支书招呼道。

"小兰，你没带水啊，来，给你喝。"祁新科看到陈英兰没带水，就把自己的水壶递了过去。

陈英兰舔了舔干干的嘴唇，说道："谢谢伯伯，我不渴。"

祁新科笑了笑，把水壶塞进陈英兰的怀里，说："没关系，喝吧，我们都习惯了，你小孩子跟着我们出来，难为你了。"

陈英兰的确渴得不行，所以也不再推辞，小口抿了两口，就把水壶还给了祁新科。

几个人休息了一会儿，又继续上路。

第一个线索，失败。第二个线索，失败……希望越大，失望越大。

在往回走的路上，大家都不怎么说话，气氛变得很低沉。

"小兰，你说你发现的那个地方就在村子不远处？"老支书问道。

"嗯，不远。"陈英兰答道。

"会不会有水？"老支书问道，虽然是提问，但是却很想得到肯定的答复。

"我，我也不敢肯定。"走了这一路，陈英兰知道了找水的困难与艰辛，也明白了父亲的不易，但同时也让她对找水的信心产生了动摇。

"唉，死马当活马医吧，就剩小兰说的那个地方了，希望奇迹会出现吧。"祁新科给大家打气，但说这话的他底气也很不足。

"走，一鼓作气，说不定真有呢。"老支书给大家鼓劲道。

终于，一行人来到陈英兰说的那个地方。

大家一看，全都失望了，那个地方别说有棵树了，连根草都没有，别的线索虽然不是水脉，起码有树有草，像是有水的样子。

看着大家失望的眼神，陈英兰有点不好意思，小声说道："程爷爷，这里不像有水吗？"

老支书看着陈英兰惭愧的样子，安慰道："小兰，没事，你到时候继续留意，走吧，先回去吧。"

"程爷爷，再等等，我觉得这里面有水，你们大人过不去，前面拐过去有个裂缝，我们小孩子能够挤进去一点，里面阴森森的，很潮湿。"陈英兰看大家要走，急忙说道。

老支书眼睛一亮，说道："哪里？走，过去看看。"

陈英兰小心翼翼地领着大家往那条缝隙爬去。

"就是这里面。"陈英兰指着自己发现的那条缝隙说道。

老支书趴在缝隙上看了很久，点了点头，兴奋地说道："有戏。"

"这个缝太小了，不好判断下面有没有水，不过确实有点潮气，但是没听到水声。"祁新科说道。

"这样，拿绳子绑一块石头扔下去，再拉上来看看。"旁边的陈英兰出主意。

"好办法，快试试。"老支书高兴地说道。

火岩岛最不缺的就是石头。众人找到石块，用绳子绑好，轻轻地顺着缝隙扔了下去。

缝隙似乎并不算太深，没几下就到底了，但是并没有听到石块落地的声音。

"底下不是实底。"祁新科兴奋地说道。

"不要着急，慢慢拉上来。"老支书叮嘱正在放绳子的王庆升。

王庆升慢慢地往上提拉着绳子，众人都紧张地盯着这条绳子，时间仿佛都凝滞了。王庆升觉得自己拉的不是绳子，而是全村人的希望。

"上来了，上来了，慢点，慢点。"老支书有点激动地说道。

"湿的！湿的！还有一点泥！"祁新科趴得最近，一眼就看到了，兴奋地大叫起来。

五

"下面有水！下面有水！"老支书激动得声音都有点发抖了。众人也兴奋地欢呼雀跃起来。

"再测试一下，换个角度。"祁新科说道。

把绳子上的石块解下来，老支书捧着湿湿的石块，眼中泛着泪花，胡子不规律地抖动着，喃喃说道："太不容易了，太不容易了，原来水脉离我们这么近。"

王庆升又绑了一块石头，从另一个角度垂了下去，慢慢拉上来，石块还是湿的。众人沸腾了，这说明，下面至少是个小水潭。

老支书说道："下面确定有水了，咱们火岩村有福了，咱们火岩岛有福了！"众人齐声叫好。

"要把这个缝隙扩大，最好是能有个人下去看看水潭的规模，我们要设计一下怎么利用这个水脉。"祁新科说道。

"没错，想办法弄点炸药来，把这石头炸开，也不用人下去看了。"王庆升建议道。

"千万别！炸药一炸，万一把水脉破坏了，哭都没地方哭去。"老支书连忙制止道。

"对对对，要小心点，咱们一点点地敲吧，慢点弄，没事。"祁新科说道。

老支书手一挥，说道："回去拿工具去，今天争取能够下去看看，然后研究一下下一步该怎么办。"众人纷纷点头，然后各自回家拿工具去了。

大家带回来的工具五花八门，有钢钎、铁锤、铁锹，还有锄头、扫把，甚至有人带了渔网。

"老王头，别人带锄头、扫把，我还能理解一点，你这带渔网我就没看懂了。"祁新科笑道。

"我这渔网备着，下面有水潭，那这水潭里说不定有鱼啊，这要是撒上一网，说不定有百年的鱼王啊。哈哈……"老王头笑着说道。

"你在做梦吧！还鱼王，你咋不想着下面有个美人鱼在等着你？"祁新科打趣道。

"美人鱼？也不是没有可能啊。"老王头咂咂嘴说道。

"干活了，干活了，一定要慢点。"老支书叮嘱道。

"叮当……叮当……"钢钎在石头上响起了奏鸣曲。众人都没有远离，都在期许着下面的情况。

"够大了，谁下去看看情况？"祁新科问道。

"先不要下去，弄个火把试试，不知道下面空气流不流通。"老支书提醒道。

他们找来铁丝绑了根干柴点着垂下去，过了一会儿拉上来，干柴还是燃着的，众人这才放下心来。

"我下去看看。"有个瘦小一点的中年男子自告奋勇道。

老支书看了看他，点了点头，郑重地说道："绑上绳子，雷子你下去要小心点，一有不对劲的地方，就拉绳子，一下是下降，两下是停止，三下为上升，我们把你拉上来。"

众人给雷子绑上绳子，检查了一遍又一遍，这才放心。

看着雷子随着绳子缓缓进入缝隙，大家的心情也愈发紧张起来。雷子在下面的发现，将决定整个火岩岛的发展方向。甚至有人已经在默默地祷告了。

绳子缓缓地往下滑着，众人的心情也愈发收紧。

绳子忽然抖了两下，祁新科几个人赶紧拉住了绳子，众人的心猛地提了起来。

"雷子，下面啥情况？"老支书对着缝隙喊道。

"有水，好多水。"雷子兴奋的声音在下面回荡。

"有水，有水，雷子说下面好多水。"老支书高兴地重复道。

绳子抖了三下。众人把雷子拉了上来。

"雷子，快说说下面什么情况。"老支书不等雷子解下绳子就赶紧问道。

"下面确实是有个水潭，而且四通八达，有很多洞穴，能通向其他地方。"雷子兴奋地说道。

"太棒了，这个水源一定要保护好，这可是我们火岩岛的命根子啊。"老支书高兴地说道。

"雷子，先别解绳子，还得麻烦你下去一趟，打一壶水上来，咱们要去验验水质，看其符不符合饮用水的标准。"祁新科说道。

"验啥啊，咱们这是山泉水，绝对好东西，灌瓶子里就是矿泉水。"雷子说道。

"还是小心点为好，毕竟这水没喝过。"老支书说道。

"那我下去打一壶，我再看看这水是不是活水。"雷子答应道。

过了一会儿，雷子拎了一壶水上来。

"下面是活水，我看到有流动，如果是活水的话，那这水就是源源不断的。"雷子兴奋地说道。

"太棒了，怪不得早上喜鹊都来凑热闹了。小兰，你为咱们火岩岛立了大功了啊。"老支书摸了摸陈英兰的脑袋说道。陈英兰不好意思地笑了笑。

"走，先化验一下水质，然后想办法把这个水脉开发出来。"老支书说道。

"雷子，你再下去一趟呗？努，撒一网试试？"老王头把渔网递了过来。

"拉倒吧，还真来这出啊。"雷子哭笑不得。

"试一试吧。"老支书也想知道下面有没有鱼。众人也撺掇着雷子下去撒一网。

雷子看了看众人，说道："那好吧，我下去试试。"

过了一会儿，绳子快速地抖了三下，众人七手八脚地往上拉绳子。

"很重，比刚才重！"祁新科说道。

"有鱼！绝对有鱼！"老王头哈哈笑道。

在大家期待的目光中，雷子被拉了上来，紧跟着，满满的一网鱼也被拉了上来。

"哈哈哈，好多鱼！"老王头更高兴了，毕竟自己是有先见之明的。

"不错，不错，这一网下去，起码有个30斤的鱼。"老支书高兴地说道。

"要不要再下去打一网？"雷子有点手痒痒，还想下去打一网。

"先不要打了，等咱们把这个水潭开发出来再说，先保护起来吧。"老支书想了一下说道，"来，大伙儿把鱼分一分，今晚回去吃鱼，小兰，你今天功劳最大，你爹为了找水，腿也折了，这两条大的，你拎回去。"

陈英兰连忙摇手，说道："程爷爷，不用不用，一条就够了。"

"小兰，你拿着吧。"众人劝道。

陈英兰不太会拒绝人，说道："那，那好吧。"

众人高兴地把鱼分了分，而最后还剩了一些，老支书作主，把剩下的几条鱼一股脑给了陈英兰。

六

"老支书，水质检测结果出来了，这一大堆数据我也看不懂，你来看看。"祁新科拿着水质检测报告单兴奋地说道。

老支书接过报告单看了看，也皱起了眉头，说道："这英文加数字的，我也看不懂啊。你就告诉我水质行不行就可以了。"

"水质没得说啊。非常好，完全达到了饮用水的标准，检测人员说，很多数据都是非常好的。"祁新科高兴地说道。

"这就足够了，组织下人手，我们准备开工，把这个水潭开发出来，这个水潭要重点保护起来，咱们火岩岛就靠这个水潭了。"老支书开心地说道。

第二天，村委会的简易会议室里，老支书召集全村党员开会。

老支书清了清嗓子，说道："今天叫大家来，主要是研究一下怎么开发咱们这个水潭的事。这个水潭的发现，对于我们村意义太重大了，我们一定要高度重视。"

"老支书，我觉得水潭那个位置要建个房子，封起来。"陈彦成建议道。

"我觉得不可行，水潭那个位置有很多溶洞，完全可以开发成为旅游胜地。现在溶洞奇观可是很受欢迎的，我们村到时候收门票都能收到手软。"祁新科笑道。

"这个主意不错，但是水潭附近还是要保护起来，还有水路也要保护，一旦旅游开发，水潭不保护好，遭到破坏，我们的所有想法都会毁于一旦。"陈彦成说道。

老支书手一挥，说道："当务之急是把通往水潭的通道打开，然后再说开发的事。我是这样想的，这个水潭的开发是全村的事，受益者也是全村。但是仅仅依靠咱们村的力量搞开发，我觉得还不够，需要政府帮我们，这个事，我会去镇上找领导汇报。现在，我们先把通往水潭的通道打开。"

听说村里要开发水潭，大家都很积极，都主动来"参战"。经过半个月的奋战，水潭终于露出了庐山真面目。

水潭十米见方，水深有四米左右，最主要的是活水。大家试了试水潭的进水量，发现补水速度非常快，这让大家更加开心了，水量足的话，能做的事情就多了。

这天一大早，老支书就来到镇上汇报水潭的事情。镇长翟修远一听老支书说火岩岛发现了水脉，非常兴奋，特别是听到还有溶洞，就更高兴了，当场拍板说镇政府会大力支持。

翟修远也是个雷厉风行的人，当天就跟着老支书到火岩岛去考察。考察完后，翟修远说水潭和溶洞开发是件大好事，决定到县里去作专题汇报，争取更大的支持。

没过多久，县里的工作组就进驻火岩岛。

火岩岛溶洞的开发，列入了县重点工程。火岩岛迎来了腾飞的契机，基本上一天一个样地变化着，但是水潭周围被封了起来，村民每天都期待着水潭和溶洞开发的成果。

终于，在历经1年6个月后，火岩岛溶洞开发项目完工。县领导、镇领导都来到火岩岛参加了竣工仪式。

由于有了水，火岩岛上种了很多常青树，再不是原来光秃秃的样子了，放眼望去，到处是绿色。

老支书的儿子程向前带着媳妇回家探亲，进门就说："爹，这不是我印象中的火岩岛啊。"

老支书吹了吹茶碗里的茶叶末，说道："来，向前、小婉，过来喝茶。"

看父亲不接话茬，程向前转头问郭玉香："妈，咱们火岩岛咋变化这么大？"

郭玉香笑而不语。

"来吧，坐下来，我跟你们慢慢说。"老支书笑着说道。

等程向前和小婉坐到葡萄架下，老支书这才把如何发现水脉、政府如何支持开发火岩岛的事娓娓道来。

听完，程向前和小婉就火急火燎地去参观溶洞了。

看着儿子和儿媳手牵着手跑往溶洞方向，老支书笑着跟郭玉香说道："老伴儿，这下孩子们不会催我们进城了吧？"

"你就是不想进城，才想方设法地把水脉找到。哼！"郭玉香笑骂道。

"冤枉啊，我可是为了火岩岛才去找水脉的，跟进城可没啥关系。"老支书讨饶道。

"这次儿子、儿媳回来，要催一催他们要孩子了，都30岁的人了，还跟个孩子一样，你看，还手拉手蹦蹦跳跳的，一点都不稳重。我觉得，生了孩子就稳重了。"郭玉香指着远处儿子、儿媳的背影说道。

"儿孙自有儿孙福，先不要管他们，儿子、儿媳好不容易回来一趟，你等他们走的时候再念叨吧。"老支书说道。

"还真别说，现在咱们火岩岛一绿起来，还真跟人间仙境一样。真是一方水土养育一方人啊。"郭玉香叹道。

老支书站在葡萄架旁,看着山道上不熟悉的面孔,说道:"现在已经有不少人慕名而来了,下一步建好配套设施,咱们村就是最大的获益者。"

郭玉香点了点头,说道:"现在外面打工的不少人也回来了,以前吵着要搬走的,现在也没声音了。"

老支书抬头看着水潭方向,说道:"水脉是火岩岛的血脉,也是火岩岛走向幸福之路的大动脉啊!"

一阵风吹来,葡萄架发出了沙沙的声音,似乎在为老支书鼓掌叫好……

水　夫

一

南狮山海拔900多米，不高不矮，是黄益县南部的一座小山，也是现存少有的原生态小山。为什么说南狮山原生态？因为黄益县平均海拔有600米左右，县政府就南狮山开发的事情研究了很多次，并征求当地居民的意见，最后决定南狮山盘山公路只修到半山腰，保留400多米的攀爬体验，再修一些登山道。当然，很多登山爱好者都是从山脚开始往上爬的。

说南狮山原生态，还有一个重要的原因就是整个南狮山景区除了山脚的店铺外，只有山顶有服务部，也就是说，登山者只有攀登到山顶才能得到补给。这也造就了当地一种特殊职业，那就是水夫。水夫，顾名思义是挑水的工人，他们有的用扁担，有的用背篓，主要工作就是向山顶服务部运送矿泉水、饮料和一些零食，下山的时候顺便把垃圾运送下去。

可能就是南狮山的这种原生态吸引了很多游客前来征服，而且征服的难度不大，但是征服感、满足感一点都不会少。据统计，黄益县的旅游收入占到全县收入的三成。

林敬福就是众多水夫中的一员。常年风吹日晒，让他的皮肤变得黝黑，40出头的年纪已经有了些许白发，看上去比实际年龄要老一些。

林敬福跟他的名字一样，是一个非常敬业的人，一年365天，基本上每天都会上山下山好几趟，几乎没有间断过，以至于很多人都叫他林敬业。每当别人夸他敬业的时候，他都会憨厚地笑着说道："我这人没啥文化，只能干点力气活。挑挑水，送送货，这活儿我干习惯了。"

林敬福从21岁开始干水夫，那时的他年轻力壮，使用背篓背货物，基本上一趟可以背180斤左右，甚至200斤都背过。背背篓走着舒服，但是就是不好放下来休息。随着年纪的增长，林敬福把背篓换成了扁担，每次挑的货物也越来越少，从刚开始的200斤，逐渐降到了120斤，刚开始一口气就能到山顶，现在每趟都要休息三四次。林敬福经常跟"挑友"感慨"岁月不饶人"。

南狮山山顶的风景非常好，特别是站在山顶，四面一览无余，那种"会当凌绝顶，一览众山小"的感觉油然而生。很多游客来了都觉得不虚此行，而当看到临近山顶的一排服务部，购买欲也就随之而生。服务部有十几家之多，大多是混合经营，既有吃的，也有喝的，还有玩的，也有纪念品。游客的络绎不绝，为服务部提供了川流不息的客源，基本上是不愁生意的，当然，也不会出现断货的情况，因为服务部只要一个电话打出去，基本上要不了多大会儿，水夫就能把货物送上来。

十几个服务部，基本上都是林敬福的老主顾，因为这么多年来，干水夫这一行的人换了一茬又一茬，但不管啥时候，林敬福都随叫随到，并能够保证准点送达，所以，那些服务部的经营者缺货时首先想到的就是他。

二

　　林敬福的同行有时候说他脑子不会拐弯，但他只是笑笑，并不反驳。

　　事情是这样的，有一个夏天，温度非常高，跟往常一样，林敬福背着装满水和零食的背篓就上山了。到了半山腰，一群外地游客看林敬福背了一背篓矿泉水，就想着跟他买一些，但是林敬福毫不犹豫拒绝了。即使外地游客用三倍价钱购买，林敬福也不为所动。这让外地游客有点难以接受，便笑话他有钱不赚。林敬福笑了笑并没有说啥，继续背着背篓上山了。

　　到了山顶，这群外地游客发现林敬福卖给服务部水的价格是他们给的一半，让他们很无语。这还不算完事，林敬福在把水送到一家服务部之后，还剩了很多，结果他以同样的价格卖给了别的服务部，这让他们更加无语，不停地数落林敬福脑子不会转弯。从此，林敬福脑子不会转弯的消息不胫而走。

　　同行也很难理解林敬福为什么不把多背的那些水卖给外地游客。而后，在一次闲聊中，林敬福吐露了自己的真实想法："我当然知道卖给那些人能多赚一些钱，甚至我们背点水在半山腰卖，一样可以赚不少钱。但是如果这样做的话，我们就坏了规矩，等于是抢了山上服务部的生意，我宁愿不赚那点钱，也不能坏了规矩。"

　　林敬福的话让同行陷入了沉思，本来觉得自己干这种苦力活低人一等，现在经林敬福这么一说，瞬间觉得这一行也高大上起来。不知道从什么时候起，游客再也不能半路从水夫那里买货了，这似乎也成了南狮山水夫这一行的规矩。

其实林敬福还有一个规矩，那就是"收费不背人、背人不收费"。有一次，几个游客爬南狮山，小孩有点走不动，闹着要下山，但是几个大人很想去山顶看看，正好看到送完货下山的林敬福，他们商量着给林敬福点钱，让他把小孩背上去，最后直接开价到两百一趟，相当于林敬福一天的收入。但是，林敬福毫不犹豫地拒绝了，因为这也是南狮山水夫流传下来的规矩。但是就在林敬福第二趟背着水上山的时候，正好又遇到刚才的游客，几个人焦急地抱着小孩往山下跑，因为小孩的脑袋磕破了。见状，林敬福二话不说，把背篓放到一边，说道："我来帮你们背吧，我脚力快。"

到了医院后，小孩的父母要塞钱给他，林敬福死活不收，留下句"我们这行收费不背人、背人不收费"后飘然而去。

三

不知道从何时开始，到南狮山山顶看日出成了驴友们的时尚追求。天气晴好的晚上，南狮山山顶就布满了各种各样的帐篷，像一朵朵蘑菇一样盛开着。

最开始的时候，南狮山的山顶服务部晚上是不开的，也没有住宿和吃饭的地方。游客在山顶想买东西，就打服务部卷帘门上留的电话，服务部的老板就会把相熟的水夫的电话给游客，让游客自己跟水夫协商是否能给他们送东西，每当这个时候，林敬福电话响起的次数是最多的。

一般情况下，只要不是太迟，林敬福都会帮忙往山上送东西。白天游客多的时候，林敬福登山要绕开游客，反而会多耗点时间，晚上登山道上几乎没有什么游客，而且可以直接骑摩托车到半山腰，后半程登顶的几百米对于他来讲基本不算啥，一会儿工夫就是一个来回。最主要的是晚上的跑腿费是白天的5倍都不止。

有些时候，游客也会拿他们这些水夫开玩笑。有一次，有个游客给林敬福打电话让他送一些外卖上山。当林敬福到了山顶的时候，发现自己被人耍了，那个游客并没有在山顶。林敬福站在山顶看着脚下的黄益县城万家灯火汇聚在一起，如同一颗璀璨的明珠，本来被人戏耍的郁闷一扫而光，而后看了看山下家的方向，又看了看手中的外卖，笑了笑，自言自语道："回家，正好给老婆孩子打打牙祭，这肉串还是不错的。"林敬福怕肉串凉掉不好吃，便风风火火地往家赶。

看着两个孩子狼吞虎咽地吃着肉串的样子，林敬福不禁有点心酸，自己一天到晚上山下山，对孩子的关心根本不够，家里全靠媳妇一个人在打理。林敬福拿起一串肉串递给媳妇，说道："小慧，你也吃，辛苦了。"

"你吃吧，你每天出大力气。我不吃了，这东西上火，我吃不了上火的东西。你们吃，我还有两条裤子要改。"小慧推辞道。小慧平时在家做做裁缝的活儿，帮人家改改衣服、换换拉链什么的，也能有点收入。

林敬福看着两个孩子，摩挲着自己布满老茧的手心，心中暗暗打定主意，就是砸锅卖铁，也一定要把两个孩子培养成才，绝不让他们再走自己的老路。

四

随着游客对住在山顶的需求愈来愈强烈，很多人呼吁在山顶依山而建一座宾馆，随之很多人都说要修一条直达山顶的路，这个消息让林敬福有点焦急，因为如果盘山公路直达山顶的话，他们这帮水夫将没有用武之地。

那段时间，林敬福每天都在关注着这件事情，最后尘埃落定，县里决定还是要留一段几百米的爬山路线，宾馆的选址也定在了半山腰，南狮山的上半部分继续保持原生态，毕竟南狮山一直打的是原生态旅游牌，很多游客就是冲着这种原生态来旅游的。

南狮山宾馆的落成，给南狮山旅游业带来了蝴蝶效应，从山脚下到半山腰的这条山路，成了一个大卖场，各种小吃摊也开到了半山腰，宾馆每天人满为患，空前的繁荣让南狮山的节奏都变快了。

让林敬福感受最深的就是同行转行，一些人觉得水夫没啥搞头，开始摆起了小摊。还有一些转行跑起了运输，买个小货车给半山腰的商户送送货。

林敬福跟小慧商量了一下，决定买一个三轮车，既给半山腰的商户送货，也给山顶的服务部送货，毕竟往山顶送货基本上等于是零成本。

林敬福也经常给宾馆送货，但是他默默给自己定了个规矩，那就是不走宾馆的电梯。之所以这样，是因为那年夏天发生的一件事。

当时是中午时分，宾馆打电话让林敬福送几桶桶装水到棋牌室，一些客人在那里休息的时候要泡茶用。

林敬福立马开着三轮车把桶装水拉到了半山腰，顾不得擦汗，就提起一桶水甩到右肩上，左手也拎着一桶直接冲到了一楼电梯口。

电梯开了，等到大家都走了进去，林敬福也赶紧把两桶水拎进了电梯。可当他进去以后发现整个电梯里变得鸦雀无声，刚才还聊得兴高采烈的几个人瞬间都沉默了。

林敬福有点纳闷地回头望了一下，发现有两个女孩正用手捂着鼻子，他忽然明白了，应该是自己身上的汗臭味熏到了大家，连忙说道："真不好意思，夏天出汗太多了，我马上就到了。"

电梯到了3楼的时候，有客人出电梯，林敬福也把2桶水拎了出去，他决定把水从3楼拎到4楼。刚到4楼便遇到了刚从电梯里出来的几个客人，而他们也是往棋牌室方向的。

林敬福把桶装水拎到棋牌室后，有个女客人嫌弃地说道："看这桶装水上都是汗，一股馊味，这还怎么喝？"

林敬福有点生气、有点难受，脸上青一阵白一阵，低头看着被汗水洇透的毛巾，再看看桶装水上的汗迹，暗暗咬了咬牙，返身下了楼，而这次他并没有坐电梯。到楼下的时候，遇到宾馆的大堂经理和他打招呼："敬业哥，咋不坐电梯啊？"

林敬福挤出一个笑容，说道："习惯爬楼梯了，没事。"

林敬福回到三轮车旁，看着车厢里剩下的2桶水，毫不犹豫地在肩膀上垫了块塑料布，"咚咚咚"地把水扛上了4楼。

"您好，不好意思，给您换一桶水。这桶水没有汗味。"林敬福说道。

这下轮到那个女客人不好意思了："没，没什么，我就是，就是随口说说，你别放在心上。"

林敬福笑了笑，把那桶有汗迹的水扛下了楼。

五

这天，像往常一样，林敬福把南狮山宾馆所需物品送到以后，就拿起了扁担继续往山顶服务部送货。他挑的货物基本上还是以矿泉水和饮料为主，毕竟这两种商品是最畅销的。

到了山上很顺利，钱货两讫之后，林敬福就悠哉悠哉地向山下走去，顺便还会把路边的垃圾捡起来。

走到一片树林的时候，林敬福看到有两个人在树林边的石头上休息。

其中一个戴皮帽的男人见林敬福看过来，连忙招呼道："兄弟，来看看要不要？"说着晃了晃手里的蛇皮袋，里面似乎是个活物，还动了动。

出于好奇，林敬福走了过去，说道："什么东西啊？"

"努，就是这个。"皮帽男打开蛇皮袋的口子，让林敬福往里面看。

林敬福往里面一看，大吃一惊："这是……这是麂子？"

皮帽男一看林敬福能认出来，非常高兴，说道："兄弟是识货的啊，对，这是麂子，要不要？便宜卖你。纯野生的，我们哥俩今天爬山的时候正好碰到，追了它好远才逮到，你看我们衣服都被划破了好几道口子。"

林敬福看了看两人的衣服，果然上面有好多新口子，应该是被山上灌木丛的刺划破的。他抬起头说道："真不好意思，我不会买的，这应该是国家保护动物，你们还是放掉吧，要不然是违法的。对了，这蛇皮袋挺新啊，哪里弄的？"

"蛇皮袋啊，找老乡家里借的，这不重要。"另一个年轻一点的男子打着哈哈，"啥保护动物？这麂子餐馆里也有卖的啊？"

"餐馆里的不一样，那是人工养殖的。"林敬福说道。

"兄弟，这野生的和人工养殖的谁看得出来？你不说我不说不就得了。你就是拿进城里脱手也简单。你看，我们两个是乡下的，不是城里的，也不知道去哪里能卖掉，兄弟，你看要不要帮帮忙，我们便宜点卖给你，能换两套衣服也行啊，为了抓它，我们两个的衣服都没法穿了。"皮毛男说道。

林敬福为难地摊了摊手，说道："你这给我了，我也没办法处理，只要拿出来，肯定要被抓，你看看，我也不像是有钱人，也吃不起这种麂子。"

"哥，要不然咱们找个地方，把这玩意儿自己宰了吃了得了？问了好几个人了，要么不认识这是啥，要么不敢买。"年轻一点的男子说道。

林敬福一听，心道不好："这宰杀麂子也是犯法的。"继而犹豫了一下，说道，"这样吧，便宜点卖我吧，先说好，我真没啥钱，我就是这南狮山的水夫，赚点苦力钱。"

"500！成不成？这个麂子已经长大了，差不多有30斤了，一斤肉就算20块钱，也要600块钱了，收你500块得了。"皮帽男说道。

六

"这样吧，一口价400块，我只有这么多钱，多的也没有了，你们考虑一下？"林敬福说道。

皮帽男和同伴对了下眼色，说道："你等我们一下，我们商量一下。"说完和同伴往树林里走了几步，开始小声商量起来。

林敬福隐隐约约听到两个人说道："反正也不好出手，这人愿意买，给多少算多少吧。"

果然，没多大会儿，皮帽男走了过来，说道："算了，便宜你了，400就400吧，给你。"说着把蛇皮袋递给了林敬福。

林敬福把口袋里的400块钱递给两人，两个人拿了钱一溜烟地跑下山了，生怕林敬福反悔似的。

林敬福打开蛇皮袋，看着那只受到惊吓的麂子，黄色的右后腿似乎还有点血迹，不过还好，是皮肉伤。林敬福拎着蛇皮袋往树林深处走了一段距离，然后把蛇皮袋的口子打开，说道："快走吧，别再被逮到了，这次你幸好遇到我了，要是遇到别人就没那么好命喽。"说着把麂子放了出来。

麂子颤颤巍巍地钻了出来，看到林敬福站在旁边，"嗖"地一下跳到了远处，回头望了一眼林敬福。

林敬福朝着麂子挥了挥手，说道："快走吧，走得越远越好。"

麂子似乎听懂了一样，凝望着林敬福，好像要把林敬福记住似的，然后一扭头消失在了树林深处，只留下一道土黄色的影子。

林敬福拿起地上的蛇皮袋，抖了抖，自嘲道："得，这两天又白干了，好人难做哦。"

回到登山道，林敬福心情很好，不自觉地吹起了口哨。不知不觉走到了半山腰，前面忽然出现了几个人堵住了去路。

"就是卖给他了。"皮帽男指着林敬福对旁边的警察说道。

林敬福一愣，疑惑地看向皮帽男和警察。

"我们接到群众举报，说这两个人在贩卖国家保护动物，这两个人已经招了，说是卖给你了。"一名年长的警察说道。

"警察同志，他们是把麂子卖给我了不假，但是我把那头麂子放了，这就是装麂子的蛇皮袋。"林敬福说道。

"放了？放哪里了？"年长警察问道。

林敬福说道："就在山上那个树林里，在刚才遇到他们两个的地方放的。"

周围人的脸上明显写着不相信。

年长警察说道："带我们去现场看看吧！"

林敬福说道："那个麂子不知道跑哪里去了，去那里也看不到啥了。"

"走吧，还是要去看看，要指认一下现场。你要搞清楚，现在你已经有违法的嫌疑了，你要是想洗脱嫌疑，就要配合我们调查。"年长警察说道。

林敬福看了看不远处自己的三轮车，无奈地带着他们往山上爬去。

七

"警察同志，我就是在这里把麂子放走的。"林敬福领着警察和皮帽男几个人来到了小树林里。

"这里吗？你怎么证明你把麂子放走了？"年长警察问道。

"我把蛇皮袋一打开，麂子就跑了，我也忘记拍照了。"林敬福说道。

"那这就很难办了，你跟他们两个都洗脱不了嫌疑。谁能保证你是不是私藏起来了呢？"年长警察严肃地说道。

"警察同志，我真的是把麂子放掉了。"林敬福意识到了事情的严重性，因为他知道私自贩卖野生动物是违法的。

"警察同志，我们把钱退给他吧，我就收了400块钱。"皮帽男把400块钱递给林敬福。林敬福接也不是，不接也不是。

"你把钱退给他也没用，已经既成事实了，你也逃脱不了干系。"年长警察说道。

"对了，那个麂子右后腿受伤了，流血了。"林敬福想到了麂子受伤的腿。

"这也说明不了什么问题啊。"年长警察无奈地说道。

"警察同志，我跟您实话实说了吧，那个麂子不是野生的，是人工养殖的，我们是想假冒野生的骗点钱。我还真没想到，居然有人买了把它放掉了。"皮帽男不好意思地说道。

"你们在这儿给我演戏呢？一会儿一出，一会儿一出的，到底是怎么回事？"年长警察有点被绕晕了。

"警察同志，我们说的都是实话。"林敬福和皮帽男不约而同地说道。

"这样吧，我们需要证据证明你们所说的是事实。"年长警察看着皮帽男说道，"只要你能证明你卖给他的麂子是人工养殖的，那你们几个应该都没事，如果证明不了，那对不起了。"

"我能证明，我能证明，我带你去养殖场，我今天刚买的麂子。"皮帽男赶紧说道。

"下山，带路去养殖场证明给我们看。"年长警察说道。

于是几个人下山，坐上警车去了养殖场。

到了养殖场，为了防止皮帽男跟养殖场的人串供，年长警察一个人进了养殖场。看到里面有个妇人在打扫圈舍，于是问道："大嫂，问你个事，你们麂子卖不卖啊？"

"卖啊，当然卖呀，养这些麂子就是要卖的啊。"妇人抬头说道，"哎呀，警察同志啊，进来看看吧。"

"这麂子好卖吗？"年长警察问道。

"也不一定，有时候好卖一些，有时候好几天也不开张。"妇人说道。

"今天还没开张吧？"年长警察漫不经心地问道。

"今天开张了，早上卖出去了一只。"妇人不疑有他，顺口答道。

年长警察又问道："什么样的人来买的？"

妇人有点疑惑地看了年长警察一眼，还是答道："两个人吧，年纪大一点的那个戴着皮帽，年纪稍微小点的那个穿着黑色羽绒服。"

"好的，谢谢啊，今天我先不买了，改天再来照顾你生意啊。"年长警察问到了想知道的信息，于是就告辞走了。

八

年长警察回到警车上，一言不发。

车上的几个人心里都有点发毛，特别是林敬福。

过了一会儿，年长警察看着林敬福说道："你是个好人，但是有些时候行善也要看情况，这次如果这个麂子不是人工养殖的，你们都要受处理。走吧，咱们回去。"

警车刚要发动，忽然车头前面的道路上出现了一只麂子，那只麂子走起来还有点一瘸一拐的。

林敬福一眼就认出那只麂子正是他放走的那只。他连忙说道："警察同志，快看前面，这就是我放走的那只麂子。"

几个人定睛一看，果然是一只右腿受伤的麂子。

这只麂子一瘸一拐地走向警车，看到警车上的林敬福时，它停下来看了林敬福一会儿，然后又往养殖场走去。

林敬福张了张嘴，没有说出话来，其实他想说的是："别往那里去啊，回山林吧。"

年长警察看了林敬福一眼，赞叹道："这只麂子居然能够找到回家的路，这下帮你洗清嫌疑了。"

麂子并没有多作逗留，一蹦一跳地回到了养殖场，只听里面传来妇人惊奇的声音："咦，怎么还回来了？这腿怎么受伤了？"

皮帽男看了看年长警察，说道："警察同志，那个麂子是我买的，我，我要不要进去要回来？"

年长警察斥道："你先把钱退给人家，还买人工养殖的假冒野生的，还好不是野生的，情节严重要判三到五年，知道吗？"

皮帽男吓得一哆嗦，赶紧把钱掏出来还给了林敬福。

"这钱就算是买个教训吧，君子爱财取之有道，千万不能干这种坑蒙拐骗的事情，有手有脚的人，不要想着走歪门邪道。"年长警察教育道。

"我们没读多少书，想着这样子来钱快，我们也不知道卖麂子会犯法。警察同志，我们这是第一次做这个。"皮帽男说道。

"我也没读多少书，实在不行，你们跟着我干水夫也行啊，现在干这行的人越来越少了，你们身强力壮的，怎么着一天也能挣个几百块。"林敬福说道。

"背水上山？那活我怕干不来啊。"皮帽男眼睛一亮，又暗淡了下去。

"刚开始会累一些，干一段时间就能健步如飞了。一天来回两三趟就够了。"林敬福继续引导道。

"咱们黄益县水夫的名气还挺大的，主要是靠你们这些人把名气搞起来的啊。你就是水夫队伍的优秀代表啊！"年长警察伸出了大拇指。

"过奖了，都是应该做的，其实我们做的也不多，无非就是帮忙捡捡垃圾什么的。"林敬福谦虚地说道。

"今年的野生动物保护先进个人、环境保护先进个人一定要有你们水夫，我回去就给相关部门提提建议。"年长警察由衷地说道。

"我们也要当水夫。"皮帽男看着林敬福坚决地说道。

"好！水夫队伍欢迎你们！"林敬福笑着说道。

两只有力的手紧紧地握到了一起。

水　晶

一

水晶村原名不叫水晶村，而叫滩头村，因为其盛产天然水晶，所以渐渐被人们称为水晶村，滩头村则逐渐被人们遗忘了。水晶村说是村，其规模其实不亚于一个小镇。

随着水晶矿里的天然水晶开采殆尽，水晶村从事相关行业的村民也渐渐少了，很多贩卖水晶和水晶制品的店铺也越来越少，为了谋生，有人开始做起人造水晶的生意，但是大部分人走的是仿造天然水晶的路子，结果有一些不良商贩用人造水晶冒充天然水晶出售，把整个水晶市场搅和得乌烟瘴气。

谭有礼是从父亲那里继承的水晶作坊，专门做水晶制品。谭有礼的祖辈基本上都是做水晶制品的，但是谭有礼并不想让女儿谭笑继承这门手艺，因为不仅累人，且赚不到什么钱。

可事与愿违，谭笑打小就对水晶有着极为浓厚的兴趣。父亲工作的时候，谭笑就在旁边观摩，甚至大一点后，不用父亲说，就能够及时准确地递上工具。

谭有礼不让谭笑做水晶这一行，谭笑只好趁着父亲不在作坊的时候，自己偷偷地做，日积月累下来，也积攒了不少水晶制品。后来，做水晶的事被发现，谭有礼再也不让谭笑进水晶作坊了。

让谭有礼感到万幸的是，谭笑的学习成绩一直很好。他觉得只要女儿考上大学，飞出水晶村，那便不可能再与水晶挂钩了。

事情是按照谭有礼的设想推进的。谭笑考上了一所有名的重点大学，填报志愿的时候，谭笑非常想报化学类专业，但是在谭有礼的强权下，最终报了经济管理类，尽管谭笑很不开心，但奈何谭有礼固执己见。

谭笑本身很聪明，也非常好学上进，所以本科毕业后，直接考上了研究生。这也让谭有礼非常高兴，在他看来，女儿的学历越高，就离水晶这个行当越远。

与此同时，谭有礼的水晶作坊生意越来越难做，谭笑研究生快毕业的时候，谭有礼索性把作坊给关掉了。

谭笑研究生毕业后，想回家乡找工作，可谭有礼得知这个想法后，马不停蹄地赶到女儿所在的城市，劝说女儿不要回家乡，直到谭笑在一家合资公司上班后，他才舒了口气。

谭笑所在的公司是一家新成立的合资公司，主要是做外贸生意。公司的员工主要以新人为主，所以谭笑很快就融入了这个集体。谭笑的个人能力不错，给公司带来了很好的效益，所以工资也芝麻开门节节高，不到5年时间，年薪就40万元了。

尽管收入不错，工作顺利，可每当谭笑回到水晶村，回到老宅的那个水晶作坊时，她总觉得心里一直有个声音在呼唤着自己。

二

"笑笑，你这次春节回来怎么到现在还不回去上班啊？这都过了初八了，你一天到晚总跑老宅鼓捣啥啊？"吃饭的时候，谭有礼终于忍不住问道。

"我看看能不能亲手做一些水晶制品，到时候给同事们带过去，这比较有意义。"谭笑答道。

"嗯，这个好，你爸我也好几年没弄这个了，要不要帮你？"谭有礼问道。

"不用不用，我打小跟着您看，都能做，放心吧。"谭笑说道。

"嗯，有需要我出马的，你说一声，我手艺还在。"谭有礼说道。

"好嘞。爸，村西头的老杨头还等着您下棋呢，昨天您不是输了吗，今天赶紧赢回来，您赶紧去吧。"谭笑催促道。

谭笑这一说，谭有礼立马待不住了，边走边说道："这老杨头，赢了我一次，还到处说，看我今天不收拾他。"

谭笑看着谭有礼的背影，"扑哧"一下笑了出来。

"笑笑啊，你是在忽悠你爸吧？"谭笑刚把谭有礼支走，背后就传来了妈妈温玉艳的声音。

"妈，我没，没忽悠我爸啊。"谭笑心下一沉。

"你跟妈说实话，你是不是不准备回去上班了？我看你今年带回来的行李也太多了，简直是往年的两倍还要多，你这不像是回来看我们，反倒是像搬家啊。"温玉艳问道。

谭笑急中生智，笑着答道："妈，没有的事，公司效益不太好，让大家先停工，过段时间就可以回去了。"

"笑笑啊，你说谎话的时候，脚尖就会不自觉地动来动去，你到现在还没改过来。说吧，到底咋回事？"温玉艳严肃地说道。

"妈，还是您火眼金睛。我辞职了。"谭笑故作轻松地说道。

"啥？辞职了？"温玉艳手里的杯子掉到了地上，摔了个稀碎。

"妈，看您，这杯子很贵的。"谭笑蹲下来收拾碎掉的杯子。

"你等等，你为啥要辞职？那可是年薪40万的工作，40万啊！"温玉艳有点接受不了谭笑辞职的消息。

"妈，我还是想回来搞这个水晶，我觉得这水晶作坊可以搞起来，这是我从小的梦想，我在公司虽然赚的钱多，但是一点也不快乐，没有什么成就感。我这几年赚的钱也够多了，您就让我奔着我的梦想去吧，如果这条路走不通，我还回去。"谭笑拉着温玉艳的胳膊撒娇道。

"你就等着你爸把你腿打断吧，你这孩子，还是这么倔，你好好想想怎么过你爸那关吧。"温玉艳没好气地说道。

"妈，那您可要帮我啊，我可是您的宝贝女儿啊。"谭笑继续撒娇道。

"我帮你？我怎么帮你？你爸打你的时候，我拦着点？"温玉艳揶揄道。

"妈——您看您！您先帮我瞒着点，能拖一天是一天。"谭笑撒娇道。

"你这招在我这里好使，在你爸那里可不好使，你自求多福吧。"温玉艳笑道，但是笑容中难掩失望与苦涩。

三

"笑笑妈，你说笑笑最近是不是不对劲？这都正月十五了，一点都不急着去上班。"谭有礼说道。

温玉艳心下一凛，心道不好，但为了打消谭有礼的疑虑，说道："可能公司这次放假时间长了点，你看我们村老刘家的二女儿不也在家吗？"

谭有礼立马说道："老刘家的二女儿哪能跟咱家笑笑比？咱家笑笑年薪40万，她年薪多少？她那叫打工妹，咱家笑笑叫白领。"

温玉艳不露声色，心说："还白领，你女儿都辞职了，连打工妹都不是了。"嘴上却说道："那可不是，你女儿最好了。"

谭有礼听了很受用，他最喜欢听别人夸自己女儿，他自己也是逢人就说女儿多么多么厉害，弄得全村人都知道谭笑年薪40万。要知道，40万对于水晶村村民来说可不是小数目，所以谭笑在水晶村那可是出了名的，以往人家见到谭有礼都叫老谭，现在都是叫笑笑她爸了。这几年谭有礼也过起了退休生活，整天下下棋、钓钓鱼什么的。

这天，谭有礼背着手、哼着小曲准备去村口的杂货店转悠转悠买包烟，刚走出家门不久，一辆宝马车就在他身边停了下来。只见一个年轻帅气的小伙子推开车门走了出来，笑着问谭有礼："叔叔，请问谭笑家住哪里？"

本来谭有礼看小伙子很有礼貌，一听小伙子打听的是谭笑，立马警觉起来，说道："你认识谭笑？你找她干吗？你是她什么人？"

小伙子被谭有礼连珠炮似的发问整晕了，想了一下回答道："我是谭笑的老板，我找她是想请她回去上班，这几天打她电话她一直不接，于是就赶过来了。"

"您是谭笑的老板？您就是给她开年薪40万的老板？"谭有礼惊喜地说道。

"叔叔，您是？"小伙子感觉这位老人似乎和谭笑的关系不太一般。

"我是他爸爸。"谭有礼本来是背着手的，说到这儿赶紧把手伸了过去，想跟小伙子握握手。

小伙子也很高兴，没想到这么顺利就找到了谭笑的父亲，赶紧伸出手跟谭有礼握了握，说道："叔叔，我叫杨云飞，很高兴认识您。"

"我叫谭有礼，走吧，到家里坐去，在这里算什么事儿啊。"说着还往四周看了看，看到有村民过来，就跟村民打起了招呼："老崔啊，这是笑笑公司的老板，专门来接笑笑回去上班的。"

"还是笑笑这丫头有出息，打小我就看这丫头不一般。"老崔夸赞道。

"先不跟你说了啊，我先带笑笑老板回家坐坐。"谭有礼眉开眼笑地说道。

"叔叔，上车吧，我载您过去。"杨云飞说道。

"不用不用，您停在路边吧，走过去，很近的，就在前面。"谭有礼摆了摆手说道。

杨云飞依言把车停到了路边，从后备厢里大包小包地拎了一堆东西出来。

"老板，您也太客气了，来就来嘛，还带这么多东西。"谭有礼说着客气话，手已经伸过去接东西了。

"也不是什么值钱东西，正好来看看笑笑，总不能空手来嘛。"杨云飞笑着说道。

四

"笑笑妈，赶紧烧水。"谭有礼刚进院子就开始喊了起来，"笑笑的老板来了。"

温玉艳闻言赶紧迎了出来，而后看到一个干练精神的小伙子拎着大包小包地跟着谭有礼走了进来。

"这，这是笑笑老板？这么年轻啊。"温玉艳有点惊诧。

"阿姨好，我是笑笑公司的老板，我叫杨云飞。"杨云飞彬彬有礼地说道。

"好好好，快进屋，快进屋。"温玉艳开心地说道。

三个人进屋坐了下来。

"叔叔，阿姨，我这次来是想请笑笑回去上班的。"杨云飞开门见山地说道。

"俺家笑笑说过些天就回去，还要劳烦老板亲自来请，这也太隆重了。"谭有礼意味深长地看着杨云飞说道。

杨云飞被谭有礼看得有点不好意思，自己心底的那点小心思看来是瞒不住了。

温玉艳轻轻碰了碰谭有礼，说道："打个电话不就行了，还要亲自跑一趟。你给笑笑开年薪40万的工资，会不会太高了，我和笑笑爸根本不敢相信啊。"

"叔叔，阿姨，你们错了，现在笑笑年薪60万了。只要她今天跟我回去，马上涨工资。"杨云飞笑着说道。

谭有礼和温玉艳张大了嘴巴，半天没有合上。

"我马上去找笑笑，她应该在老宅那里。"谭有礼立马冲了出去。

温玉艳赶紧跟着跑了出去，拉住谭有礼，小声说道："笑笑爸，笑笑辞职了。"

谭有礼愣住了，迈出去的脚瞬间定住。

"啥？辞职了？"谭有礼惊道，然后火冒三丈，骂骂咧咧地说道，"看我不打断她的腿。"说着顺手抄起扫把就往外冲去。

温玉艳一下子没拉住谭有礼，回头又看看杨云飞还在屋里，自己也不好把人家一个人晾在那里。

杨云飞看到谭有礼和温玉艳争吵，走出来说道："阿姨，我们快点赶过去，要不然会出事的，叔叔好像很生气，他是不是不知道笑笑辞职的事？"

"唉，我也是前些天才知道的，一直瞒着笑笑他爸。"温玉艳叹了口气说道。

"快走吧，我们开车过去，我车在前面停着，去晚了，叔叔要先到了。"杨云飞着急地说道。

"对对，咱们快走！"温玉艳来不及锁门，跟着杨云飞一起往外跑。

谭有礼怒气冲冲地往老宅跑去，跑了一阵，有点跑不动了，气喘吁吁地，用扫把拄着地喘着气。

"这不是笑笑爸吗？这是锻炼身体还是搞卫生啊，还拿着扫把。"村民老张开着三轮车从旁边经过笑着说道。

"一边去，该干吗干吗去。"谭有礼没好气地回道。

"哎，你这人，吃枪药了？"老张感觉谭有礼有点莫名其妙，一拧油门就走了。

"哎，等等我，带我一程……"谭有礼连忙挥手。

老张笑了笑当没听见，一溜烟走远了。

五

毕竟车子还是快，杨云飞和温玉艳先谭有礼一步到了老屋。

"笑笑，笑笑，你在里面吗？"温玉艳敲着门喊了起来。

等了一会儿，里面并没有应声。温玉艳纳闷地看了一下杨云飞。

杨云飞轻轻一推，"吱呀……"一声门开了。

"哎，笑笑，你在里面啊，妈叫你半天你也不应一声。"温玉艳一眼就看到了正在捣鼓水晶的谭笑。

"妈……您看，被您这么一叫，我这一上午白忙乎了，功亏一篑。"谭笑失望地站了起来，抬头一看，"老板，你咋来了？"

杨云飞笑了笑说道："说过多少次了，不在公司的时候，叫我云飞就行了，不用叫老板。"

"哎呀，笑笑啊，你快躲起来，你爸要来收拾你了，一会儿就到了。"温玉艳焦急地说道。

"阿姨，没事的，我们两个都在，叔叔来了我们能拦住。"杨云飞说道。

"老板，你这一来，我爸肯定知道我辞职了啊。"谭笑白了杨云飞一眼说道。

"笑笑，回来帮我吧，公司离了你不行啊。"杨云飞诚恳地看着谭笑说道。

"是啊，笑笑，老板说要给你涨工资，现在一年给你60万，60万啊。"温玉艳怕谭笑听不懂，再次强调了一下60万。

"老板，你这工资开得太高了，我更不敢回去了。我谭笑哪里能拿这么多的工资。况且，我的梦想还没实现，我还想努力一下。"谭笑肯定地说道。

杨云飞拿起桌子上的一个水晶制品看了看，说道："这就是你的梦想？确实很漂亮，但是这跟玻璃的也差不多啊。"

"来，这是玻璃，你拿这个水晶往上划一下。"谭笑说道。

杨云飞依言用水晶在玻璃上划了一下，只见玻璃上留下了一道白痕，水晶则安然无恙。

"这就是水晶和玻璃的区别，水晶是不能像玻璃那样流程化生产的，每一个水晶制品都是独一无二的，这也是水晶的魅力所在。"说到水晶，谭笑就两眼放光。

"谭笑，你瞒我这么久！看我不打断你的腿。"谭有礼一声暴喝打断了屋里三个人的交谈。

"你不要过来……"温玉艳连忙把谭笑护到身后，就像母鸡护小鸡一样。

杨云飞走上前，拉住了暴怒的谭有礼。

"老板，你别拉我，今天我一定要让谭笑跟你回去上班，她要是不回去，我就没她这个女儿了。"谭有礼用扫把指着谭笑说道。

"你差不多得了啊，笑笑老板还在这儿，也不怕人家笑话。"温玉艳说道。

谭有礼这才意识到还有外人在，而且还是谭笑公司的老板，愣了一下神，而后看着杨云飞不好意思地笑了笑，说道："我这女儿不懂事，太不让人省心了，让您见笑了。"

"不会不会，这儿很有生活气息。"杨云飞开着玩笑说道。

谭有礼被杨云飞这么一说，好像也没那么生气了。

六

在谭家的水晶作坊里，4个人围坐在工作台边。

"老板，我过段时间再回去吧。我还想再努力一下，我前些天刚跟县里文旅部门沟通过，他们准备搞个文化旅游节，批给我一个展位，我想把家乡的水晶推出去，让水晶村重新焕发光彩。"谭笑坚定地说道。

杨云飞有点动容，因为他从谭笑的眼中看到了执着与坚定。

而谭有礼刚刚压下的怒火，一下子又升腾起来："我们祖祖辈辈搞了这么久，都没有推出去，你一个黄毛丫头，弄个摊位就推出去了？"

"是啊，笑笑，你还是跟老板回去吧，趁年轻，多挣点钱。"温玉艳劝道。

杨云飞不失时机地说道："这春节刚过，市场正在复苏，公司非常需要你，那些老客户流失也很严重，人家只认你，你得回去帮我啊。"

谭笑玩味地看着杨云飞，说道："老板，你说我也不是大家闺秀，长得虽然不算难看，但也说不上国色天香，你就不能换换审美眼光？你没听公司有人私下都叫我老板娘了？"

杨云飞被谭笑弄了个大红脸，他没想到谭笑会当着父母的面把他的心思给说出来。而一旁的谭有礼和温玉艳在听到这个消息后，尴尬了起来。

"笑笑，你知道我的心思，那你还躲着我？"杨云飞问道。

"我还是想实现我的梦想，这对我真的很重要，你不知道以前水晶村有多风光，我想再现从前的辉煌。现在很多做水晶的老工匠都转行了，因为玻璃对水晶冲击太大了，毕竟没有价格优势。"谭笑避而不谈杨云飞提的问题。

杨云飞心里暗暗叫苦，心道："我跟你聊感情，你却跟我谈人生谈理想。"

温玉艳轻轻拉了拉谭有礼，两个人默不作声走了出去。

杨云飞看只剩下谭笑和他，厚着脸皮说道："那你说，我都追你追到这里了，你总不能让我空手回去吧，全公司的人都看着呢。"

"这个屋里的水晶制品，你随便挑，拿回去就不空手了。"谭笑顾左右而言他。

"你……你明白我的意思的！"杨云飞有点生气。

"你给我点时间，我真的要试试，我已经找了三四个老工匠，他们也说要帮我这一次，过两天就来了。"谭笑诚恳地说道。

"你动真格的啊？不是为了逃避我才回来的？"杨云飞喜道。

"老板，第一，我从小就有一个制作水晶的梦想。第二，我可能真的不适合你，你开那么高工资给我，我有点承受不了。"谭笑说道。

"公司每个人的工资都是保密的，除了财务和我，其他人不会知道你的工资是多少的。"杨云飞笑道。

"这不重要，我的梦想是排第一位的。"谭笑的态度依然很坚决。

"那，要不公司投资你的水晶吧，在你家乡成立一个分公司，你来当经理，专门负责水晶这一块，也算是帮你圆梦。"杨云飞想了一下说道。

"老……云飞，我知道你很想帮我，我也真的很谢谢你，不过……"谭笑不好意思叫老板了。

"你这可是第一次叫我云飞啊！"杨云飞没等谭笑把话说完便高兴地跳了起来。

七

"哎哟……"杨云飞跳起来的时候膝盖碰到了工作台，痛得直吸溜。

谭有礼和温玉艳听到里面有动静，赶紧跑了进来。

"怎么了？"谭有礼看杨云飞直跳脚，赶紧问道。

"没事没事，我不小心磕到了。"杨云飞咧着嘴说道。

"吓我一跳，我还以为我家笑笑犯浑了呢。"谭有礼松了口气说道。

"你以为都像你？一个女孩子犯什么浑？"温玉艳立马训斥道。

谭有礼讪讪地笑了，他也知道自己说错了话，怎么能在女儿的老板面前这样说。

"叔叔、阿姨，你们坐，刚才我跟笑笑说了，让笑笑继续在家做水晶，也不用辞职。"杨云飞笑着说道。

谭有礼和温玉艳互看了一眼，眼中满是不解。

"我准备拓展一下公司的业务，虽然公司主要是做海外生意，但是我也挺看好水晶的前景的，如果营销跟得上，不愁销路。"杨云飞分析道。

"那笑笑不用辞职了？"谭有礼惊喜地问道。

"本来就没辞职，我自始至终就没同意过。现在我准备在这边建个分公司，笑笑就当分公司经理，全权负责水晶方面的研发、生产、销售这一块，我专门组个团队过来帮笑笑。"杨云飞笑着说道。

谭有礼和温玉艳都被杨云飞的话惊到了，居然还有这样的好事。

"我拒绝！"谭笑忽然说道。

谭有礼和温玉艳一听，血压呼呼往上飙，放着这么好的事，居然还要往外推。

"云飞，你先听我说，你这样帮我，前期的投资估计都得打水漂，另外，我也不可能给公司带来那么多的利润，公司其他人都会议论的，这也会让你很难做。我真的很谢谢你，不过这是我的梦想，可以让我自己先为之奋斗一下吗？我不想让它变了味儿。"谭笑慢慢地说道，这也显示出她的坚决和深思熟虑。

杨云飞苦笑了一下，说道："我是真的想帮你。"

"给我点时间，我知道你是为我好，我已经制作出一套作品，有信心在这次文化旅游节上取得不俗的成绩，说不定还能拿到订单。如果能够拿到订单，那我可有的忙活了。"说到这里，谭笑扭头对谭有礼说道："爸，您这次一定要帮我，要把您那帮同行找出来，劝他们重新出山。"

谭有礼把头扭到一边，并不想理谭笑，也不搭她的话茬。

"那如果这样的话，我也托认识的朋友看看，看有没有做水晶这一块业务的，如果有，可以请他们来水晶村考察。"杨云飞说道。

谭笑点了点头，没有再拒绝杨云飞的帮忙，不过也并没有对他说的这件事抱太大希望。

八

杨云飞在谭笑拒绝了他的好意之后，也没有过多纠结，毕竟如果真要开分公司，对公司影响也比较大。杨云飞允诺谭有礼和温玉艳，只要谭笑想回公司，公司大门永远向谭笑敞开，这也彻底打消了谭笑父母的担忧，而谭有礼对于谭笑做水晶这件事也有了重新的认识。

那天杨云飞走后，谭有礼认真地观赏了谭笑的作品。他发现，谭笑的水晶制品自成一系，虽然技艺看起来有点稚嫩，但是加入了很多现代元素，甚至有一些大胆的想象，在天然水晶的基础上，加入了人造水晶，甚至还有玻璃，既有效弥补了天然水晶的匮乏，又增加了作品的张力和感染力，让人叹为观止……谭有礼深深地被谭笑的执着所折服，也为她的手艺所震撼。

从那天起，谭有礼有事没事就往老宅的水晶作坊溜达，虽然在创意和想象力上可能跟谭笑有代沟，但是在加工的技艺上，十个谭笑也追不上他。

在谭有礼的手把手帮带下，谭笑的水晶技艺突飞猛进，毕竟从小的耳濡目染和多年的日积月累，给她打下了深厚的基础。谭有礼也越来越觉得谭笑真的是做水晶的料，手法非常纯熟，完全不像一个新入行的，跟一些老技工比起来也不遑多让，特别是能把水晶做得这么富有生命力和感染力。

世上没有不透风的墙，谭笑放着五六十万的高薪不去上班，回到老家捣鼓水晶的事情不胫而走，成了十里八乡的笑柄，很多人觉得谭笑的脑袋坏掉了。这让谭有礼非常郁闷，都不愿意多出门了。

这天，谭有礼的棋瘾犯了，到村头去下棋。刚开始还好，过了一会儿，老棋友牛老头忽然问道："老谭，你女儿笑笑真不去上班了？"

"谁说的？我女儿随时都可以回去上班，也没辞职。"谭有礼不高兴地说道。

"那我听人说她要在家里捣鼓水晶，放着五六十万年薪的工作不去，是不是……"牛老头说着话，指了指自己的脑袋。

"你再说一遍？谁脑子有问题？"谭有礼呼地一下站了起来。

"你看你，下棋，下棋，你还急眼了，我也是听人家说的。"牛老头没想到谭有礼反应这么强烈。

"不下了！"谭有礼一甩袖子，气呼呼地走了。

九

"笑笑啊，你看咱们这个水晶参加完文化旅游节就算圆梦了，还是回去上班吧。"谭有礼说道。

"咋了？您不是支持我吗？又反悔了？"谭笑抬起头来说道。

"不是反悔，你没听大家怎么说你，都觉得你这里有问题。"谭有礼指了指脑袋。

"不用管他们说啥，等我成功了，他们自然就会闭嘴了。"谭笑继续埋头做水晶。

谭有礼刚想再劝劝，谭笑忽然抬起头来说道："对了，爸，您帮我再找找您原来的同行，我准备把大家联合起来做，准备一炮打响，把咱们水晶村的水晶推出去，让水晶村再现当年的辉煌，也让乡亲们得到实惠。"

谭有礼眼睛一亮，旋即又暗了下来，说道："现在那些同行基本上都不干水晶了，没钱赚啊。"

"您去找就行了，一切有我，现在网络这么发达，一定能够推出去的。"谭笑肯定地说道。

"那好吧，我试试看。"谭有礼说道。

谭有礼还是很疼女儿的，离开老作坊就去找曾经的同行了。

"谭师傅，你不要说了，我是不会再去做水晶的，你女儿钻牛角尖，你别拉着我钻。"刘师傅毫不客气地拒绝道。

"试一试吧，或者你去我那老作坊参观一下，现在做水晶不像以前了，花样多了很多。"谭有礼不想放弃，因为刘师傅是以前水晶村技术最好的师傅。

"真不去了，我马上还要出门，就不陪你了，你看看其他人有没有兴趣。"刘师傅直接下了逐客令。

谭有礼看刘师傅态度坚决，只得告辞去了下一家。到了下一家，谭有礼依然没有说动人家。接连三家，都是无果而终。

谭有礼垂头丧气地回到了老屋作坊。谭笑一看父亲的表情，就知道肯定是没成功。

"没关系，他们没来是因为他们不了解现在的市场行情，也不明白现在大众的需求，等我这次成功了，他们会求着我加入的。"谭笑信心满满地说道。

谭有礼看着摆在屋里的水晶制品，有点担心地说道："这些也卖不了多少钱吧？"

"我没指望这些水晶能卖多少钱，而且这些我也不一定会卖，都是样品。"谭笑说道。

"那你凭什么能够成功？"谭有礼问道。

"直播带货啊，我最近一直在直播制作水晶的过程，已经有了很多粉丝，他们都会帮我们宣传，我们水晶村的水晶在网上已经很出名了，有些网友还准备过来考察，如果能行，他们也会投资，到时候，您那些同行还愁不回来？"谭笑指了指摆在操作台上的手机说道。

"直播带货？那能卖东西？不是唱唱歌跳跳舞那种吗？"谭有礼问道。

"爸，您说的是那种娱乐才艺主播，那种比较多见一些，但是也有些是直播日常的，一样也是有很多粉丝的。您女儿我现在可是一个有上百万粉丝的大主播了。"谭笑骄傲地说道。

谭有礼有点吃惊，平时他也会看一些短视频，多少也知道百万粉丝的主播意味着什么。听了谭笑的话，谭有礼觉得女儿说不定真的能成功。

十

"亲爱的粉丝们，欢迎来到棠江市第三届文化旅游节第203摊位，我是笑笑。今天我的摊位正式在旅游节开张了。感谢小不点儿的关注点赞，感谢石利石材送来的鲜花，感谢粉丝们刷的666……"一大早，随着棠江市第三届文化旅游节的开幕，谭笑的摊位也开始热闹了起来，网上直播也开起来了。

一对夫妻来到谭笑的摊位，女的指着一个水晶制品说道："老公，你看，好漂亮，居然还透光。"

"这个跟玻璃有点像，里面还有棉絮一样的东西，挺神奇。你好，这个怎么卖？"男的问谭笑。

"您好，您太太很有眼光，这是天然水晶，透光性非常好，里面这种棉絮状也是天然水晶的特征，每一件都是独一无二的作品。不过不好意思，这里的东西只是展示品，今天并不出售。如果您需要的话，这是我的名片，后期可以跟我联系购买。"谭笑双手递过名片。夫妇两个又欣赏了一会儿，恋恋不舍地离开了摊位。

谭笑在招呼客人的同时，也不忘和直播间的粉丝们互动，不知不觉间，直播间的在线观看量达到了5万多人，而且还在逐步增长中。

棠江电视台的记者也来到了谭笑的摊位。

"观众朋友们，我们来到了第203摊位，哇，这个摊位有点特别啊，摊主是一个清新可人的小姐姐。"随着电视台记者的到来，长枪短炮的摄录设备也围在了谭笑的周围。

几年的职场锻炼，虽然谭笑已经见过不少大场面，但是面对这么多摄像机，多少还是有点紧张。

"观众朋友们大家好，欢迎来到203摊位，我是摊主笑笑。"谭笑微笑着说道。

"这是文化旅游节唯一的一个水晶摊位，笑笑，介绍一下吧！"电视台记者引导道。

说到水晶，谭笑便不紧张了，一件一件地介绍着摊位上的水晶作品。

谭笑被电视台采访也引起了直播间的沸腾，鲜花和"666"已经爆屏了。

随着文化旅游节的开展，水晶村再次进入大众视野，很多人慕名来到谭笑的直播间。白天，谭笑忙着接待客人，晚上回复粉丝的私信，一周下来，谭笑的粉丝翻了三倍，而更让她欣喜的是，有不少大的店铺跟她商量订单的事，而且订的都是高端水晶制品，文化旅游节摊位上展出的水晶制品全部被人预订一空。

文化旅游节一结束，谭笑就把父亲叫到了老屋水晶作坊，把一大堆订单摆在谭有礼面前。

谭有礼看到订单上的金额，张大了嘴巴："这一个水晶卖了3000多？怎么可能？以前我们也就是比玻璃贵个两三倍，现在直接贵了30倍！"

"爸，物以稀为贵，这次展出的都是高端产品。下一步我们可以推出一些合成水晶，价格自然就下来了。不过现在做水晶的人少，高端产品还是有市场的，现在销路不愁了，您那帮老伙计应该可以说动了吧？"谭笑说道。

"那当然，我现在就去叫他们。"说完，谭有礼就兴奋地去找水晶师傅了。果然，有了订单就是不一样，原来严词拒绝的几个水晶师傅全部被说动加入了水晶制作的行列。

自打谭笑把水晶的销路打开，各种订单纷至沓来，渐渐地，已经远远超过了水晶村的生产力。不过，杨云飞的再次到来轻松解决了这个问题。看到谭笑把水晶市场彻底搞活了，杨云飞二话不说直接投资1000万，成立了分公司，新建了厂房，把以前小的水晶作坊全部合并到了一起，谭笑也没再拒绝，同时被任命为分公司经理。

水晶村彻底腾飞了，成了远近闻名的明星村，谭笑也成了名人。村口的棋局也可以经常看到谭有礼的身影了。

"老谭，你家笑笑说婆家了没？"

"我娘家有个小伙子不错，还是重点大学毕业的，要不要撮合一下？"

"不用了不用了，我家笑笑有对象了，要成董事长夫人了！哈哈哈……"

水　饺

一

寒风裹挟着大雪呼啸着扫过大地，带着哨声摇动着双福服务区乡情水饺店的落地窗，不时发出"嘎吱""嘎吱"的声音。

"老板，您说这窗户会不会被吹掉啊？"店员小郑有点担心地说道。

"不会的，这窗户结实着呢，台风那么大都没事，这点风算什么。"老板温献光摆了摆手轻描淡写地说道。

"老板，您看这还没到晚上，天就这么暗了，而且这么大风雪，还会有人来吃饭吗？我看外面基本上没什么车了，估计快封路了吧？"小郑话音刚落，一阵大风突然卷着一团黑影砸向了玻璃。

温献光和小郑见状，心下一紧。

只听"嘭"的一声，玻璃震动了一下，但并没有裂开。

温献光舒了口气，笑着说道："小郑，这钢化玻璃质量还是可以的嘛。"

"不，老板，您看，有裂纹了。"小郑指着玻璃说道。

"不会吧，这种钢化玻璃拿铁锤都砸不烂的啊。"温献光不太相信地凑近了玻璃，定睛一看，在玻璃的一角，真的有放射状的裂纹。

温献光用手摸了摸裂纹，还是光滑的，说道："应该是外面那层裂了，一时半会儿应该没事，这玻璃中间夹胶了。"

"我出去看看。"小郑说完就推门走了出去。不大会儿，小郑拿着一个板状物走了进来说："老板，就是这个东西，这个木板上有铁钉，应该是铁钉的尖端正好撞到了玻璃上，要不然应该不会裂。"

"冷死了，老板，老板，来碗水饺。"刚关上的门一下子被推开，一个身穿红色羽绒服的中年男子带着一股寒风冲了进来。

"好嘞，我们就剩一种馅了，猪肉大葱馅的，您看？"温献光笑着说道。

"就这一种啊，没有韭菜鸡蛋的吗？"红衣中年男子问道。

"韭菜鸡蛋馅的是留给老板儿子吃的，是非卖品啊。现在能卖的就剩猪肉大葱的了。"小郑说道。

温献光看了小郑一眼，扭过头跟红衣中年男子说道："真不好意思，韭菜鸡蛋的也就剩一份了，我儿子说今天想吃韭菜鸡蛋的。要不这样吧，我再送您一份猪肉大葱的。"

红衣男子有点哭笑不得，说道："我吃那么多干啥？行吧，猪肉大葱就猪肉大葱吧。速度快点啊。"说完，他开始自言自语道，"这帮搞公路养护的，也不知道干什么吃的，再不把路弄好，估计要封路了。"

温献光本来已经往后厨走了，可听到红衣男子的话就站住了，回过头说道："您话可不能这么讲啊，这么大风雪，那是天灾，您总不能让公路养护人员在前面给您的车开路吧？毕竟人家公路养护人员也是有限的。"

红衣男子一怔，阴阳怪气道："你一个开水饺店的，替人家公路养护的说什么话。不过也是，到时候路封了，大家都堵在服务区，你这水饺店的生意就更好了！"

"实不相瞒，本来前两天过完小年我就准备关门停业了，因为食材太难买了，根本不赚什么钱，要不是为了让公路养护的那帮人有口热饭吃，我早就关门了。"温献光回怼道。

二

"果然，你这是公路养护那帮人的食堂啊！"红衣男子见温献光还想说些什么，赶紧继续道，"老板，快去煮水饺吧，肚子饿了。"

"您现在还有的吃，那帮公路养护的人员还在风雪中奋战，不知道几点才能回来吃饭。"小郑在旁边嘟囔道，说完担心地看了看那块差点碎掉的窗玻璃。

"你这个小伙子怎么这样说话，什么叫我还有的吃？你们开店，我花钱买东西吃，这不是天经地义的事情吗？"红衣男子不高兴地说道。

"您知不知道您看不起的那帮公路养护人员，已经很久没有休息了，他们都主动放弃了休息去疏通道路，要不是他们，这路早封了，您还想回家？"小郑不服气地说道。

红衣男子有点气结，不服气地说道："那为啥路还这么堵？走路都比开车快了。"

小郑脖子一梗说道："那您可以去坐火车啊，火车不堵车，您自己非要开车干啥？"

"哎，我说你这个小伙子怎么说话这么冲呢？吃枪药了？还是我哪里得罪你了？"红衣男子感觉小郑有点过分了。

"您没得罪我，您得罪公路养护人员了。"小郑说道。

"就算我得罪他们了，关你啥事？"红衣男子有点莫名其妙。

"您不知道，我父母都是做公路养护的，他们早上七点多就出去除雪了，到现在还没回来，中午都是啃的干粮。"小郑边说边激动了起来。

红衣男子被小郑说得有点不好意思，赶忙道歉："那个，小伙子啊，不好意思，可能我有点误会公路养护人员了。不过我有个疑问啊，我看很多公路养护站都有很多人，应该有自己的食堂才对啊，这个路段的公路养护站怎么没有食堂，要在服务区吃饭？"

"这个公路养护站不大，总共才几个人，没办法开伙，只好都在服务区吃饭。对了，水饺店老板的儿子也是搞公路养护的，一会儿，您可别贬低公路养护人员了，要不然你连水饺都没得吃了。"小郑提醒道。

"这样啊，可能我真的错了，我还以为公路养护人员都提前过年放假了，原来一直在一线奋战啊，真对不起。"红衣男子也是个性情中人，站起来握住小郑的手晃了晃。

"咋还在说公路养护人员呢？刚才我没听太真切，这位大兄弟还对公路养护人员有意见啊？"温献光从后厨探出头来问道。

"没没没，都是误会，都是误会。"红衣男子连连摆手道。

"误会？刚才您不是还在说公路养护人员吗？怎么现在忽然改变看法了？"温献光问道。

"我原先以为公路养护那帮……不是不是，我原先以为公路养护工人不作为，才会让公路这么堵的，这位小兄弟跟我解释了，真不好意思。"红衣男子不好意思地挠了挠头说道。

温献光哈哈笑了起来："就冲你这么敞亮，今天这饺子我请了。"

"韭菜鸡蛋馅的能请不？"红衣男子顺着话说道。

温献光一愣，马上反应了过来，连忙说道："那可不行，非卖品。"说完便笑了起来。

红衣男子也哈哈笑了起来。

三

"哗啦……砰！"一对年轻男女风一样冲了进来。

"这什么鬼天气啊，半天车都没动一下。"围着红围巾的女的抱怨道。

穿着蓝色西装的年轻男子没理会女伴的抱怨，直接喊道："老板，水饺两份，要带汤的，酸辣的，冻死我了。"

"最近食材紧张，几天没补货了，只有猪肉大葱的了。"温献光迎上去说道。

"媳妇，你看？"蓝西装问红围巾。

"我不喜欢吃大葱味的。"红围巾撅起嘴说道。

"有口热的吃就不错了，还挑啥啊。"红衣男子揶揄这对年轻男女。

"怎么说话呢？什么叫有口热的吃就不错了？"红围巾有点不满红衣男子的话。

"我刚才也跟你一样，也想点别的吃，我现在想通了，别说是热的了，有吃的就不错了。"红衣男子说道。

"老公，我看QQ群有人说高速上一碗泡面涨到50了。对了，老板，你这一碗水饺多钱？"红围巾忽然想起来要问问价格。她这一问不打紧，红衣男子也紧张了起来，赶紧看向温献光。

温献光哂然一笑，说道："小店水饺没涨价，放心，童叟无欺。"说着指了指收银台上方的价格表。

"我们老板很仁义的，不管别人怎么涨，水饺一分钱都不涨，更不会坐地起价，放心吧！"小郑自豪地说道。

乡情水饺店里响起了掌声，几个人自发地给温献光鼓起了掌。

"猪肉大葱就猪肉大葱吧，老板，来两盘。"红围巾笑道。

温献光似乎不太适应这种场面，不好意思地摆了摆手说道："我给你们煮饺子去。"说完一溜烟地跑到了后厨。

"我们老板不好意思了。哈哈……"小郑笑道。

"这风雪再不停啊，今晚估计就要在服务区过夜了。"红衣男子担忧道。

"是啊，我们两个还想着回老家补办婚礼，饭店都定好了，请帖都发出去了，这要是回不去，那可咋办啊？"红围巾有点着急了起来。

"放心吧，这风雪说停就停的，前天不就停了一天吗？我们要不是没请到假，今天已经在老家了。"蓝西装说道。

"你可拉倒吧，我就是前天出发的，今天才走到这儿，一样的堵，这一段风雪不大，不等于前面风雪不大，现在全国都在下雪，以前南方几十年都不下雪，你看今年也下了，还非常大，你没看电视上说，这是这么多年以来最大的一场雪了。"红衣男子说道。

"说的也是，早知道就坐飞机回去了，天上起码不会堵路。"红围巾说道。

"这不是刚买辆车吗，起码荣归故里一下嘛。"蓝西装挠了挠头说道，为自己的"英明决策"解释着。

四

“饺子来了！”温献光端出一大碗饺子，放在红衣男子面前。

“怎么这么多？”红衣男子惊诧道。

“多吃点，吃饱了不想家。”温献光笑着说道。

“两位稍等啊，你们的也出锅了。”温献光又返身端了两盘水饺出来。

“老板，你家这饺子味儿不像南方的啊！”红衣男子说道。

“嗯，这口味是北方的口味，没有放糖，跟南方的相比少了点甜味。”温献光说道。

“这个味儿好，越吃越想家啊。哈哈哈……”红衣男子开着玩笑。

“服务区的旅客朋友们，现在播报天气预报。这些天，达江省文州市以北的暴风雪已经持续了两周，目前还没有减弱的迹象，预计还要10天左右的降雪期。请返乡的旅客及时调整行程，以免因道路封闭滞留高速。给您造成的不便，敬请谅解。现在再播报一遍……”

“这雪还要下10天啊，那还怎么回家啊。”红围巾眼睛立马红了，说话已经带着哭腔。

“那我们返程吧？回去坐飞机？”蓝西装建议道。

“现在哪里还会有票卖啊，再说了，高速上又掉不了头，怎么回去啊。都怪你。”红围巾眼眶里打转了半天的眼泪终于落了下来。这也难怪，红围巾把婚礼看得比较重，这一听说很难回去，自然一时难以接受。

蓝西装也没招了，不知道该怎么安慰。

红衣男子见状出来解围道：“天气预报也有不准的时候，说不定明天就停了。"

"现在预报天气基本都是准的。"小郑小声说道。

"啊……都怪你，都怪你不听我的。"红围巾听到小郑的话更加伤心了。

蓝西装更加手足无措起来，只得小声劝道："别哭了，都在看着呢。"

红围巾正沉浸在悲伤中，根本听不进去任何话，继续啜泣着。这也让蓝西装更加局促起来，用求助的眼神看着店里的几个人。

温献光假装咳嗽了一声，众人一起看向他，期待着他能够劝慰成功。只听温献光说道："姑娘，别哭了，水饺凉了就不好吃了。"众人均是一愣，红衣男子也被嘴里的饺子噎住了，咳了半天才缓过劲儿。

就在众人觉得老板这样劝一点作用都不可能有的时候，红围巾居然停止了哭泣，瞪了蓝西装一眼，说道："等我吃饱有了力气再跟你算账。"说完，夹了一个饺子整个塞进嘴里，狠狠咬了一口。

蓝西装看着红围巾恶狠狠的眼神，吓得一抖，筷子上的饺子没夹住，掉到了桌子上。

"你说说你能干啥，夹个饺子都夹不明白。"红围巾嫌弃地看了蓝西装一眼。

蓝西装知道红围巾在气头上，就讪讪地笑了笑，捡起桌子上的饺子塞进了嘴里。

"脏不脏啊，你就直接塞嘴里了！"红围巾又嫌弃地白了蓝西装一眼。

五

看着红围巾吃起饺子来，大家终于松了口气。就在这时，店门又被推开了，一群人鱼贯而入。

"爸，明天不用上班了。"一个年轻人进门就懊恼地坐了下来。

"咋了，小智，放假了？"温献光问道。

温仁智有气无力地说道："我们几个人从早忙到晚，总算把这个路段的雪弄得可以通行了。"

"好！"水饺店爆发出一阵欢呼声。

"老公，可以通行啦！可以通行啦！"红围巾站起来挥舞着双臂兴奋地说道。

"我还没说完呢，但是今天一天白忙活了，刚接到通知，前面路段雪下得更大，已经封路了，所以我们这边干了一整天都是无用功。"温仁智不爽地用拳头捶了一下桌子。

红围巾听了温仁智的话，愣住了，挥舞的双臂僵在空中。

"封，封路了？"蓝西装有点难以置信地问道。

温仁智肯定地点了点头："我们也是接到通知才从高速上撤下来的，这一封不知道要封多久了。"

"哇……"红围巾回过神，又开始大哭起来。

红围巾这一哭不打紧，倒是把温仁智给弄得不知所措起来。

温献光给温仁智使了个眼色让他不要说话，走到红围巾跟前，说道："姑娘，快点吃吧，饺子凉了的话，吃后肚子不舒服。"

众人一听，皆作晕倒状，都为温献光故技重施感到有点无语，果然，红围巾并没有因为温献光的话而停止哭泣。

温献光朝着蓝西装摊了摊手，表示自己也无能为力了。

刚才跟着温仁智一起进来的一个戴着毛线帽的大妈见状，说道："姑娘，你现在哭也解决不了问题，我们一起为你们想办法，你先不要哭了。"

红围巾其实也意识到大家都在看着她，听到毛线帽过来劝自己，就顺坡下驴减弱了哭声，慢慢地变成了抽泣。

"姑娘，你要是想尽快回家的话，要么改飞机，要么改火车，开车回去基本上不太可能了。"毛线帽肯定地说道。

蓝西装为难地说道："这马上就要过年了，机票和火车票可是很难买到的。其实前些天我也试着买票了，但是太难抢到票了。"

蓝西装的话引起大家的共鸣，水饺店里的人大多是外地的，要不是因为风雪太大，他们早就回家了。

随着高速路封路，服务区的车和人越来越多，水饺店里的人也越来越多。不一会儿工夫，整个水饺店简直成了一个菜市场，大家都在热烈地讨论着大雪封路的事情。

而温献光发现冰箱里的水饺存货不多了，照现在这个进度，到不了第二天就会把存货消耗一空。

六

温献光忙碌了起来，温仁智和小郑把一盘又一盘冒着热气的水饺端了上来，给这个风雪肆虐的寒冬增添了丝丝暖意。

等到把客人都安顿好了，温献光才把"珍藏"的那盘韭菜鸡蛋馅的水饺给温仁智煮了。

有个小女孩眼睛比较尖，温仁智刚刚咬开一个水饺就被她看到了："咦，爸爸，刚才老板不是说只有猪肉大葱馅的吗？那人怎么有韭菜鸡蛋馅的？我也想吃，我不喜欢吃这个大葱味的。"

"老板，有韭菜鸡蛋馅的水饺了？来一盘吧！"小女孩的爸爸说道。

"真不好意思，那是最后一盘。"温献光致歉道。

小女孩眼巴巴地看着温仁智面前的那盘水饺。

温仁智看着小女孩的眼神，有些不忍，于是把自己的水饺端到小女孩面前，说道："不嫌弃的话，就给你吃吧。"

水饺店里公路养护队的几个队友都在心里暗暗点赞，因为他们知道，温仁智最爱吃韭菜鸡蛋馅的，基本上不吃猪肉大葱馅的。

当天晚上，很多人并没有回车上，就在乡情水饺店的桌子上趴着休息了一夜，这其中就有蓝西装和红围巾。

第二天，很多人要点水饺的时候，温献光只得一遍又一遍地致歉道："真不好意思，小店的水饺已经卖完了，现在就剩面粉了，菜都没了。"其实整个服务区里的店铺都差不多，基本上都没有什么存货了，因为交通基本上是瘫痪的，食材根本送不过来。

温献光的话让客人都傻了眼，服务区的饭店都没东西吃了，那大家怎么撑下去？当然，也有很多乐观的人，三五成群地在水饺店里打着扑克牌。蓝西装和红围巾似乎也接受了回不去的现实，蓝西装甚至已经坐在牌桌上，红围巾则很乖巧地坐在旁边观战。

水饺店里烟味、泡面味交织在一起，场面很混乱。

"你怎么出牌的，我都已经出过炸弹了，就剩一张牌了，你再来个王炸把我炸掉是啥意思啊？我真是服了你了。"黄头发骂道。

"我炸你有错吗？这样不是又翻倍了吗？"蓝西装感觉自己很委屈。

红围巾在后面拉了拉蓝西装，不让他跟别人吵。而此时，全屋人的视线都集中到了这里。

蓝西装很不服气，扔出了自己的最小牌，喊道："一个4！"说完看着黄头发。

黄头发直咬牙，从牙缝里挤出来一句话："不要！"

蓝西装也懵了，还以为黄头发在气头上，连牌都不想出了，摇了摇头也不想说啥了。

坐在下家的那个人笑了起来，喊道："一个2，没人要了吧？"接着三下五除二把牌出完了。

"你什么牌啊，为啥不要一个4啊？"蓝西装质问道。

"给给给，你看看，我这是啥牌。"黄头发把牌甩到了桌上。

"哈哈哈……"水饺店里哄笑起来，以至于前一天差点碎掉的玻璃窗都开始抖了起来。

蓝西装看到黄头发扔出的牌，哭笑不得，赫然一个"4"。

经过这一场小冲突，水饺店里反而欢乐了很多，也把大家的思乡情绪冲淡了不少。

七

第三天，水饺店里的喧嚣声似乎消失了，死气沉沉的。

温献光忧心忡忡，一直在想办法调货，但是整个高速路都被堵住了。后来还是温仁智想出了办法——步行到周边的村庄去采购一些食材。温献光觉得办法可行，温仁智便赶紧带着几个年轻人去采购食材。可没想到的是，周边村庄的物资也短缺，但经过几人的软磨硬泡，还是买到了一些馒头、大葱、白菜和腊肉。

温献光和大家一道把食材处理了一下，全包成了腊肉白菜馅的饺子。

中午的这一顿饺子，温献光依然没有涨价，还是按照平常的价格出售。这让温仁智觉得父亲非常伟大，因为他非常清楚这些食材的成本价有多高，即使是按照平常价格的三倍出售都不为过，在这次风雪灾害面前，能够支撑着把店开着已经是非常难得了，更别说低于成本价出售。

晌午过后，在后厨帮忙的温仁智忍不住问温献光："爸，您这样做图啥？"

温献光自然知道温仁智说的是啥，于是答道："有些钱可以赚，有些钱不能赚。国家有难的时候，我们要跟大家一起渡过难关。"

"老板，您太伟大了。"小郑满眼冒着星星地说道。

温献光不好意思地笑了笑，说道："我这不算啥，不算啥。"

"爸，这食材没有了，咋办啊，您看这服务区这么多人，这路还不知道要封到啥时候。"温仁智忧心忡忡地说道。

"车到山前必有路，船到桥头自然直。"温献光颇有深意地自我安慰道。

"我下午再去村里转转，现在交通瘫痪了，真是太不方便了，要是交通能够恢复，这些都不是问题了。"温仁智说道。

"通车的话，服务区也不会滞留这么多人了，我们也不用发愁食材了，现在非常时期，扛过这几天就好了，这风雪也太大了，怎么就下个没完没了了。"温献光看着窗外说道。

"上午那样找食材不行，下午我们分头去找，这样效率高一些。"温仁智说道。

"路上一定要慢点。"温献光随口应道。

临近傍晚的时候，跟着温仁智一起出去的几个人陆陆续续都回来了，收获并不是很大，大部分都是弄到了点青菜什么的，没什么荤腥。可却迟迟不见温仁智的身影。

温献光看着天色越来越暗，不停地拨着温仁智的手机，可惜一直是关机状态，这让他越来越担心。

这几天在水饺店的红衣男子、蓝西装、红围巾等人也和温献光混熟了，看到温献光焦急的样子，就组织了几个人，准备出去找温仁智。

八

"我回来了！"温仁智推开门兴奋地冲了进来，"今天买到了几只鸡，哈哈……"说完把一个麻袋放在了地板上。

"老板，你等我一下，我车上还有要带回老家的猪肉，我给你扛过来。"红衣男子忽然想起了自己车里的猪肉。

"我那里也有一些干货。"

"我车上还有青菜。"

"老板，老板，这是我准备带回老家过年的猪肉，先给你吧。"红衣男子扛着一大块猪肉走了进来。

"这，这太好了，来，我给你称称，我买下来。"温献光高兴地说道。

"不用不用，现在困难当头，有力出力，算什么钱啊。"红衣男子连连摆手道。

看着大家都在捐献着自己车里的东西，红围巾问蓝西装："咱们车里有啥？"

蓝西装想了一下说道："咱们车里有很多喜糖。"

"要不把喜糖拿来给大家分了吧？"红围巾说道，"反正现在也回不去了。"蓝西装点了点头去拿喜糖了。

水饺店顿时又热闹了起来，各种各样的食材瞬间堆了一大堆。

"来，吃喜糖了。"蓝西装和红围巾热情地给大家分着喜糖。

红衣男子吃着喜糖，看着蓝西装和红围巾，笑着说道："我说你们小两口啊，这也回不去了，要不要在服务区给你们办个婚礼？"

蓝西装和红围巾对视了一眼，眼睛里闪过一抹异样的光彩，随即红围巾说道："这样好吗？"

"怎么不好？这太有意义了，大家一起搭把手，帮你们准备婚宴，给你们两个办一个难忘的婚礼，哈哈……"温献光听到以后非常支持。

"爸，咱这店炒不了菜啊。"温仁智提醒道。

温献光翻看着大家拎过来的食材说道："没事，水饺宴，你看这有鸡肉馅的，猪肉馅的，莲藕馅的，这是啥？这好像是火腿呀，火腿馅的，这还有几个大萝卜。"

"饺子婚宴，这也太别致了！"红围巾有点兴奋地说道，"老公，我太期待了。"

蓝西装也很开心，这几天虽然红围巾不再埋怨没回成老家的事，但却一直郁郁寡欢，看到大家这么热情地要给他们办婚礼，自然也是非常开心。

几个女的主动到后厨帮忙，麻利地收拾着食材，不大会儿工夫，一盆盆各种各样的水饺馅就端上了桌。

"大家洗洗手，一起包饺子喽，服务区的人能叫的都叫来，今天管够。"温献光招呼道。

"老板，这今天吃完了，明天咋办？"有人问道。

"今天吃完，明天路就能解封，这大喜事一办，明天准有好事。"温献光笑着说道。

大家围坐在一起边擀皮边包饺子，几个小孩子也凑上来学着包饺子，一派其乐融融的景象。

"一拜天地……二拜高堂……"红衣男子喊道，"朝着老家方向拜吧。"

"夫妻对拜……礼成……饺子宴开席……"红衣男子宣布道。

吃着饺子宴，有人说道："这结婚不放点烟花总是少点啥，我车里还有个烟花，拿来放一下，热闹一下。"

"好！不早说，快去拿，快去拿。"红衣男子催促道。

"轰……轰……"绚丽的烟花在服务区上空绽放。

"快看，风雪小了！风雪小了！真的小了！"红围巾兴奋地喊道。众人一看，风雪果然小了很多。

"明天可以回去了吗？"红围巾抓着蓝西装问道。

蓝西装肯定地点了点头，说道："雪停了，咱们就可以回去了……咱们的婚宴上一定要有水饺！"

红围巾满含热泪地看了看周围兴奋的人群，点了点头说道："嗯！一定要有水饺！"

水 渠

一

起源村是一个美丽的小山村，也是一个让人又爱又忧的小山村。

爱她，是因为她的美，村庄的西畔有一条无名小河绕过，从半山腰俯瞰的话，就像一条碧玉一样的腰带，甚是美丽。

忧她，也是因为这条小河，因为修建盘山公路，在开山炸石的过程中，小河的上游被堵住，水流改道而走。原本美丽、清澈的无名小河就成了一条季节河。丰水期，这条小河也能够有一些水，但达不到以前的规模。枯水期就干涸了，完全看不到原本的样子。

到后来，起源村的村民为了保住这条河，在下游修了个水坝，把这条小河变成了一个极为狭长的小湖。

刚开始几年，大家能够在这个小湖里洗衣、戏水。无名小湖慢慢地有了一个名字——小西湖。

但好景不长，小西湖的水流动性受限以后，浮萍也慢慢多了起来，不知不觉便蔓延到了整个湖面。从高处看，这个无名小湖成了一条名副其实的碧玉腰带，而起源村村民再也不愿面对她，因为水质变得越来越差，甚至变成了一汪臭水，再也不是原来美丽的小西湖了。

二

"什么？你要退伍？我不同意！"向红忽然提高了嗓门。

"咋了？"温国良凑过去问道。

向红做了个噤声的手势，继续说道："儿子，你在部队干得好好的，干吗要退伍？咱们这个小山村有什么吸引你的？"

"什么？你已经报上去了？你这是要气死我啊！"向红急得跳脚。

"你能不能再找领导说说，你不退伍了。"向红服软道。

"什么？来不及了？已经开过会了？没有最终下命令，你都有机会啊。你不是年年优秀士兵，年年受嘉奖吗？"向红仍然坚持道。

电话的那头又说了一会儿便挂断了，而向红好半天才反应过来。

"咋了？咱儿子在部队犯错误了？"温国良问道。

"没有，儿子说是要回来改造小西湖，准备在家里干一番事业。"向红眼圈泛着微红说道。

"这不是胡闹吗？在部队干得好好的，回来干啥，这个小西湖成臭水沟了，能干什么事业？"温国良生气地说道。

向红一听，更加来气了，说道："就是！这孩子怎么就想不开呢！他再干几年，能够到县里找个好工作，多好，现在非要回来。"

"儿子长大了，有自己的想法了。既然生米已经煮成了熟饭，我们只能支持他了。"温国良见向红很难过的样子，又改了口风，开导道。

"要支持你去支持，我才不支持！"向红赌气地回到房间生闷气去了。

温国良看着向红的背影，摇了摇头，默不作声地去厨房准备午餐了。

三

"旭光回来了，这是回来探亲还是退伍了？"秦大妈热情地跟温旭光打着招呼。

温旭光背着一个大背包，拉着一个行李箱，虽然临近12月，却依然是满头大汗。温旭光停下了脚步，笑着说道："秦大妈还是老样子，一点都没变啊。我这次回来就不走了。"

"怎么会没变化啊，白头发多了很多，岁月不饶人啊。在部队干得好好的，回来干啥？春节时镇上还敲锣打鼓到你家送喜报呢。"秦大妈说道。

"我觉得咱们起源村更需要我啊，我回来看能不能做点啥。"温旭光笑着说道。

"嗯，咱们起源村前几年多好啊，可是因为这个小西湖，现在大家都不愿意去村西边了。"秦大妈唏嘘道。

"我也知道这个情况，我就是在那条小河里玩大的，现在变成这样子，真是令人痛心啊。"温旭光说道。

"那快回去吧，你爸妈前几天还在念叨你呢，回去嘴巴甜一点，好好哄哄你妈。"秦大妈提醒道。

"我知道，我妈还生着我气呢。"温旭光不好意思地挠了挠头，跟秦大妈道了别，便往家里走去，路上遇到很多村民，大家都热情地跟他打着招呼。这让温旭光觉得回来是一种正确的选择，这个美丽的小山村始终是自己魂牵梦萦的地方。

"妈，爸，我回来了！"推开家门，温旭光大声喊道。

"儿子回来了？"温国良高兴地迎了上来。

"你回来干啥？"向红白了温旭光一眼，佯怒道。

"妈，爸，我这不是想你们了就回来了。"温旭光说着把大背包卸了下来。

"回来有啥打算没？"向红气也生够了，已经接受了现实。

"我回来准备干点大事，比如说竞选一下村支书，如果成功了，我首先就把小西湖给改造一下。"温旭光坚定地说道。

"你可拉倒吧，你还是过段时间去南方找工作吧，咱们起源村你就别折腾了，等你赚到钱，咱们在县城买个房子，咱也娶个城里媳妇，不在这小山村折腾了。"向红说道。

"我不想去打工，我要改变咱起源村，我觉得这里面大有可为。"温旭光坚持道。

"好了，儿子刚回来，咱先不说这个。儿子，肚子饿了吧，洗手吃饭。"温国良看气氛有点紧张，赶紧打岔道。

温旭光知道自己没有按照父母设计的成长路线走，父母对自己很失望，但越是这样，他越要努力，争取用最短的时间干出点名堂来。

四

这天早上，张木匠在小西湖边上看到温旭光在发呆，就问道："旭光，你也要竞选村支书啊？"

"是啊，我想改造小西湖，我当上村支书以后，才能施展开手脚。"温旭光答道。

"那我投你一票，这两年，这个小西湖成了咱们起源村的痛处啊。"

"我也投你一票，不为别的，就为你要改造小西湖。"秦大妈凑过来说道。

不知不觉间，大家似乎都知道了温旭光准备竞选村支书、改造小西湖的事儿，而一些人则不约而同地暗暗下定决心要投温旭光1票。

到了投票的这天，温旭光穿上一套新衣服，把头发也打上了摩斯，在镜子前面照了又照，这才满意地点了点头。

"旭光，你这是相亲啊？不就是投个票嘛，你整这么隆重，万一没被选上，那不是很没面子？"向红忍不住打击温旭光。

"没事，即使选不上，我也要想办法改造这个小西湖，我准备跟这个小西湖杠上了，一日改造不好，我就一日不讨媳妇。"说完，温旭光不待向红发飙，一溜烟地跑了。

村委会的院子里，人声鼎沸，大家都过来投票，互相亲切地打着招呼。

"温旭光，1票，梁家明1票，陈国庆1票……"

随着唱票声的不断响起，最后投票结果出来了。

"现在宣布一下投票结果，温旭光397票，陈国庆251票，翟建国201票……"

村委会里响起了热烈的掌声，大家都把目光投向了温旭光，这其中蕴含着太多的期待与希冀，也让温旭光感到责任重大，压力很大。

宣布完选举结果后，紧接着召开了新一届起源村党支部第一次支委会，等额选举出了书记和副书记。温旭光全票通过当选党支部书记。

五

温旭光一大早就守在泰河镇镇长杨守云的办公室门口。

杨守云热情地把温旭光迎到了办公室，说道："小伙子，一大早守在我办公室门口，有事找我？"

"杨镇长，我先自我介绍一下，我是起源村新当选的党支部书记温旭光。"温旭光笑着自我介绍道。

杨守云抬头看了看墙上的钟表，说道："小温书记，你好，我一会儿还有个会。"

"杨镇长，那我就长话短说，我们起源村以前有条很美丽的河，后来上游修路把河道改向了，结果我们村的那条河成了死水，这几年保护得不好，现在成了臭水沟。我现在刚当上书记，我准备从治理这条小河入手，为村民做点事。"温旭光说道。

杨守云沉默了片刻，说道："小温书记，你想怎么改造那条小河？"

"想修一条水渠，把水引过来，一是改善村民生活环境，二是可以作为灌溉用水，需要经费和政府的支持。"温旭光说道。

"你要改造你们村那条河的心情我可以理解，可是镇上经费也紧张，得先要把这个项目列入预算才行。你看这样行不行，明年镇上把你们村这条河的改造计划列进去。我这马上要去开会，小温书记，要不你先回去？"杨守云又看了看墙上的钟表。

温旭光听出了杨守云的推脱之意，嘴唇动了动，本来还想争取一下，想了想，说道："那就麻烦杨镇长了，我代表起源村800多名村民先感谢您了。"

从杨守云的办公室出来，温旭光远远地等了一会儿，并没有看到杨守云走出办公室，他叹了口气，默默地走了。

六

向红看温旭光有点精神不振，就问道："旭光，怎么垂头丧气的？这刚当上村支书，应该干劲十足才对啊。"

"早上去镇上找镇长，想让镇上支持一些经费什么的，被镇长推掉了，估计难。"温旭光说道。

向红一副早就知道的样子，说道："你这法子早就被老支书用过了，他前两年就去跑过，后面不也是不了了之了？"

"妈，您说当时为啥不修桥反而修公路呢？如果修成桥，不就没有后面这些事了！"温旭光说道。

"这就不好说了，可能修桥的成本太高了吧。等到我们村反应过来，人家路早就修好了。"向红说道。

"那个截流的地方我看过，修个桥确实难度很大，但是不解决水源的问题，我们村的这个臭水沟，无论如何也不能成为小西湖啊。"温旭光担忧道。

"那能不能不从那里入手？你看，我们可以申请修一条灌溉水渠，随着公路走一段，绕过去引流，这样的话就不用修桥了，虽然看起来长了一些，但是成本会降很多。"向红分析道。

温旭光拍了一下大腿说道："有道理，修水渠，修灌溉水渠，这个办法好！"其实，温旭光就是这么想的。

"你去县水利局问问看，能不能支持一些，起码能给点技术指导吧。如果是修水渠，我们村自己筹一些，再出点工，自己就能干。"向红说道。

"好，我现在就去县里问问看。"温旭光蹬上自行车就去镇上坐班车去了。

七

"修水渠？搞河道改造？你们准备得咋样了？"水利局副局长王利军听完温旭光的话问道。

"准备什么？"温旭光有点听不明白。

"审批手续办了吗？不过如果作为灌溉水渠的话，国家可以给你们一些补贴，但是不会太多，还需要你们自己去筹款。"王利军说道。

"这还要审批啊？"温旭光问道。

"那肯定要审批啊，要不然大家都随便挖沟怎么行。"王利军说道。

"也对，那我抓紧办审批手续。"温旭光不好意思地笑了笑。

王利军详细地给温旭光说了审批流程后，温旭光才满心欢喜地回了村里，然后赶紧召集委员开了个会，专题研究修水渠的事情。

"温支书，要每家每户出钱估计有难度，要去做工作，特别是很多人这几年都想着搬走，可能不会出。"会计沈连广说道。

"我觉得不要摊派，采取自愿的原则会好一些。"委员黄海明说道。

大家七嘴八舌地讨论着，到最后也没定下来经费来源的事情，最后决定先看县里能给多少补贴。

八

"告诉大家一个好消息，咱们村修水渠的事情，上级同意了。"温旭光高兴地在村委会上宣布。

"批了多少补贴？"沈连广问出了大家最关心的问题。

温旭光不好意思地笑了笑，说道："才批了10万元，跟我们预算的30万元还差20万元。这可咋办？"

"钱到了吗？"黄海明问道。

"怎么可能到，专款专用的。用多少，上面给多少，限制很严的。"温旭光说道。

"我觉得不能搞自愿原则，要不然有的人交了，有的人不交，后面很麻烦。"沈连广说道。

"我也觉得还是每家每户收吧，每户收500块，其余的咱们分头去想办法，去找乡贤试试有没有门路。"黄海明建议道。

"我也支持每家每户出，自愿的话，不好操作。"李荣寿说道。

"大家的意见比较统一，如果每户收500块的话，全村总共200多户，基本上就只差10万元了，我们分头去筹钱。"温旭光说道。

村委会定下来的筹款方案一宣布，在村民中引起了轩然大波，大多数人持支持的态度，也有一部分人说风凉话，更有的直接到温旭光家里说，让他别瞎折腾了，现在吃水都用上自来水了，有没有这个水渠没关系。

一时间，整个起源村都在谈论水渠修建的事情，但是温旭光的态度是很坚定的，决定了的事情，他就要干下去。

九

"温书记，在大家的努力下，咱们村每家每户都出了500块，下一步，我们就去拜访一下几个乡贤吧，不知道他们能不能出点。"沈连广高兴地说道。

"我今天就去拜访乡贤，我要拉着老支书一起去，不然他们不认识我。"温旭光也很高兴。

说做就做，温旭光立马去找老支书了。老支书也很支持温旭光的做法，欣然答应。

几天的时间，温旭光和老支书接连拜访了5位乡贤。结果令大家很满意，几位乡贤很干脆，你3万我2万地支持了一些资金，最后总算是凑够了预算。

温旭光回到泰河镇，与包工头经过一番讨价还价，最终以30万元的价格将工程包给了包工头。

温旭光骑着自行车回起源村，一路上感觉无比轻快，自己朝思暮想的一件大事终于尘埃落定了。

"办成了？"温国良惊叹道。

"那当然，我合同都已经签了。"温旭光扬了扬手中的合同书。

"厉害了，说实话，我跟你妈打一开始并没有看好你做这件事，因为这件事难度太大了。而且前面老支书也跑过这个事。"温国良说道。

"前面老支书已经做了很多工作，我的工作就容易多了。其实最难的就是让每家每户出钱这个事，我没想到，难度并没有想象中的大。"温旭光说道。

"哈哈哈……"温国良笑了起来，说道："这两年大家被这个臭水沟搞得受不了了，所以你说要改造这个小西湖，大家都选你，你说要筹款，大家才会这么利索，不过还是有几户有不同的声音。虽然大家都出钱了，但有几户是拉不下面子才出的。你要用好这些钱，千万不要出什么差错。"

"嗯，我知道。"温旭光说道。

"那就好，爸也是给你提个醒，这些工程款千万不能过你手，要集体商量着花，每一笔都要有凭证。"温国良提醒道。

"嗯，我记住了。"温旭光点了点头说道。

十

"温书记，咱们村这个水渠不能破坏我家的果园啊，我今天看工程队施工的时候，画的线可是压着我家的果园过去的，这可不行啊。"一大早，村民徐克峰就找到了温旭光的家里。

"老徐，那你家果园可是有福了啊，浇水很方便啊。"温国良和着稀泥。

"老温，话可不能这么说啊。我看那条线压着我的果园过去的，这要是挖下去，我家果树的根都要受影响。"徐克峰说道。

"应该还有一米多吧，没有挖到你家田吧！"温旭光说道，"再说了，这个水渠是要用水泥砖砌的，对你家的田不会有影响，反而对你家有好处啊，浇水多方便。"

"那我不管，反正是离我家田太近了，你跟工程队讲一讲，离我家田远一点。要不然，给我点赔偿也行。"徐克峰终于暴露了自己的真实目的。

"赔偿？村里哪有钱赔你。况且这对你家的田也没影响啊。"温旭光说道，刚想再说话，却被温国良使了个眼色制止了。

"老徐，你先回去，等村里商量一下，再给你答复，不要着急，不会让你吃亏的。你先回去吧。"说完，温国良把徐克峰支走了。

等徐克峰走远，温旭光问道："爸，对这种人不能开这个头，那水渠经过的田地可多了。有的人还专门想让水渠离自家田近一些，这个徐克峰倒好，反而讹钱来了。"

"这个徐克峰是有点腥味就上的，你别跟他争，让他去找工程队去。"温国良神秘地笑道。

"去找工程队？工程队才不会管他，肯定又是推到我这里了。"温旭光不解道。

"推到你这里，你再把他推到工程队去，就把他当作皮球踢吧。对于徐克峰这种人，只能这样。最后他占不到便宜，也就会不了了之了。"温国良笑着说道。

"这不能解决问题吧？"温旭光没有把握地说道。

"走一步看一步吧。"温国良劝慰道。

温旭光总有一种不好的感觉，但是又说不上来问题出在哪里。

十一

"老关，你家的田也挨着水渠，你要跟我站一边啊，我看人家修公路什么的影响到田地，都能拿到一笔补偿金的。我们现在要统一战线，我一个人势单力薄，要是人多了，村里和工程队也拿我们没办法，我们每家每户都交了钱，县里也拨了钱，听说还有几个乡贤也给了不少钱，村里和工程队有钱，给我们点补偿，应该是可以的。"徐克峰撺掇道。

关建平听完徐克峰的话，有点心动，但是理智还是战胜了诱惑，说道："这不好吧，人家温支书是真心实意地为咱村里办好事，再说了，我觉得水渠离田近一些，反而是大好事，你去找别人吧。"

"你，你到时看我拿了补偿款，别眼红。哼！"徐克峰觉得自己是白费口舌了。

关建平看着徐克峰远去的背影，摇了摇头，叹了口气，忙自己手中的活去了。

"王婶，你家的果园也被水渠压着了，你要不要跟我联合起来，咱们一起去要补偿？"徐克峰来到了王婶的家里。

"要啥补偿？你脑袋被门夹了吧？人家把水渠修到你家地头，你还问人家要补偿？你也太……哪儿凉快去哪儿待着，别在这里碍眼！"王婶直接就要赶徐克峰走。

徐克峰碰了一鼻子灰，心里窝了一团火。

十二

徐克峰的老伴儿许红英看徐克峰紧皱着眉头，劝道："当家的，你就别折腾了，你这样明显就行不通，我也觉得别要什么补偿了。那水渠离咱们家地近，对咱也有好处啊。"

"妇人之见，你懂啥！这些人是想让我当出头鸟，一旦我能拿到补偿金，这些人肯定跳出来，你信不信？"徐克峰信心满满地说道。

"你就去瞎折腾吧，你能把人都得罪光！你不嫌丢人，我还嫌丢人呢！"许红英埋怨道。

有的人就是喜欢钻牛角尖，徐克峰就是这样的人，他觉得所有人都在看他的笑话，都觉得他拿不到补偿，他是瞎折腾，但这反而更加刺激了他的斗争欲望，他就非要想尽办法拿到补偿金。

徐克峰坐在房间里闷着头抽了半包烟，终于想出了一个自认为绝妙的主意，他觉得这次一定能够拿到补偿金。

"你干吗去？不要乱来啊！"看着兴冲冲往外走的徐克峰，许红英大声交代道。

修水渠工程队的临时办公室就在村委会不远处。徐克峰一口气冲到了临时办公室，站在包工头面前，一拍桌子，说道："我已经掌握了你跟温旭光勾结的证据，他拿了你的好处费。"

包工头像看傻子一样看着徐克峰，慢悠悠地说道："你这是诽谤，要坐牢的。"

"我有证据！别以为我不知道。"徐克峰梗着脖子说道。

包工头不置可否，点了支烟，抽了一口，徐徐吐出一口烟，说道："那你把证据拿出来呀！说吧，到底想干啥？敲诈？要赔偿？"

"你要是赔偿影响我家地的钱，我就不揭发你们了。"徐克峰觉得自己赌对了，包工头果然和温旭光有私下交易，怪不得温旭光这么积极，果然有油水可捞，而且是大有油水可捞。

包工头扯着嘴角笑了笑，玩味地说道："要多少赔偿？"

徐克峰伸出了一根手指，想了想，又伸出了一根指头。

"2万？"包工头讶然道。

徐克峰心头一阵狂喜，他本来是想能赔个一两千就知足了。

"哪凉快上哪儿待着去，我这儿还忙着呢，赶紧走，2万？两分都没有！赶紧走！再不走我报警了！"包工头像轰苍蝇一样把徐克峰给轰了出去。

十三

徐克峰被包工头轰出来以后，窝了一肚子气，感觉就像是煮熟的鸭子飞走了一样。

在工程队临时办公室外面站了一会儿，徐克峰还是不太死心，决定再去村支部找一下温旭光。

到了村支部，正好遇到刚和几个支委开完会的温旭光。

"温书记，我有事找你。"徐克峰叫住了正往外走的温旭光。

温旭光看了徐克峰一眼，就知道他想干啥了："说吧，找我啥事？"

"温书记，那个包工头已经答应给我补偿了，因为我掌握了你们私下交易的证据，所以，所以他才……"徐克峰小声说道。

温旭光有点哭笑不得，说道："他答应给你补偿了？那你去找他啊，你找我干啥啊？"

"他给了，你也要给啊，要不然……"徐克峰自认为拿捏住了温旭光。

"听我的，回去吧，别折腾了，我跟王总啥私下交易都没有，你也没有啥证据，别在这里诈我，一点都不好使。我还有很多事要忙，不陪你了啊。"温旭光笑着说完扔下一脸懵的徐克峰径直走了。

徐克峰站在原地愣了半天，意味深长地笑了笑，说道："看来隐藏得挺深的，知道我没有拿到证据，不给我补偿，我还就不罢手了。"

十四

起源村的小礼堂里，人头攒动，因为今天要开一个村民大会。温旭光站在主席台上大声说道："乡亲们，在政府的大力支持下，在乡亲们的鼎力帮助下，我们的水渠终于要开工了，现在，请我们工程队的王总讲两句。"说完，温旭光把包工头王宝明拉到了主席台上。

王宝明显然没经过部队锻炼的温旭光镇定，站在台上腿一直在发抖，嘴里说道："起源，起源村的乡亲们，我，我是王宝明，负责我们起源村的水渠建设。"王宝明越说越利索起来，"我们的水渠马上就要开工了，现在准备从我们起源村招一些工人，不知道乡亲们愿不愿意帮我，工资按每天计算，一天200块钱。"

"我报名参加！""我也报名参加！""我报名！"一时间，整个小礼堂热闹极了。

温旭光压了压手，示意大家安静，等到大家安静了下来，说道："修水渠是力气活，王婶你们就别凑热闹了。"台下一片哄笑。

"对对对，我们招工有个条件，就是60岁以下的，主要是男的。"王宝明赶紧补充道。

"大一点点行不行？我60多一点点。"有个老头说道。

"你可拉倒吧，老郑头，你是70差一点点吧。"有人打趣道。

正在大家议论纷纷的时候，没有人注意到，一个人拎着一个桶走了进来。

这个人不是别人，正是徐克峰，只见他拎着一个桶，径直往主席台走去，临近温旭光和王宝明时，直接拿起桶泼了过去。

只见菜叶子、面条还有一些不知名的东西挂在了温旭光和王宝明的身上。

"你们两个狼狈为奸，骗我们的钱，还在这里假惺惺地做好人来招工，别以为我们都看不出来。"徐克峰气愤地说道。

"报警吧，这个徐克峰太过分了！"有村民在下面喊道。

温旭光抹了一把头上的菜叶子，一听有人要报警，赶紧喊道："不要报警，这事怪我，很多事情没有跟大家交代清楚，也没有把账目明细公示出来。这一点请大家放心，以后我们会把每一笔钱的去向都公示出来。"

"快道歉！你真是的！"许红英拉着徐克峰焦急地说道。

"道什么歉？这么大工程，怎么可能没有好处，要不然他温旭光好好地不在部队待着，回来跟这个臭水沟较什么劲？"徐克峰大声说道。

"对不住乡亲们了，对不住，对不住……"许红英拼尽全力，把徐克峰拉出了小礼堂。

十五

"你拉我出来干啥？"徐克峰质问许红英。

"你够了啊，丢人丢得还不够吗？你也不看看形势，你还闹腾啥，你再这样子，就应该去医院看看脑子是不是出问题了。"许红英生气地说道。

"不给我补偿，我誓不罢休！"徐克峰扭头朝着小礼堂大声喊道。

"回家！"许红英再次崩溃了，说完拼命把徐克峰拉走了。

小礼堂里，大家都在谴责徐克峰，很多人说不应该放他走。

温国良心疼地看着自己儿子，他对儿子刚才的表现非常满意，能够咽下这口气，说明儿子成熟了很多。

温旭光抬起手往下压了压，小礼堂瞬间安静了下来。他说道："我对刚才发生的事情感到非常抱歉，下面我们接着说招工的事情。这次招工，是我跟王总商量的，也是为咱们村谋的福利，只要你愿意来，王总都收，也算是为咱们村做点好事。我也相信，这水渠是为咱们村自己修的，大家伙儿一定会尽心尽力去修的。"

小礼堂里响起热烈的掌声。

王宝明往前走了一步，大声说道："咱们起源村的这个水渠，我哪怕不赚一分钱，也会帮大家修得好好的，绝对保证质量。在这里，我对天发誓，我跟温书记绝对没有一分一毫的私下交易，温书记连我的一顿饭都没吃过，甚至连我的一支烟都没抽过。"

"旭光，我们相信你，你大胆去干吧，我们选你，就是因为相信你的人品，你是干大事、干实事、干好事的人！"有村民在台下喊道。

温旭光一听，眼睛一红，感动得差点掉下泪来。

十六

"你呀你，快去洗澡，图了个啥，被人泼了一身泔水。你这当爸的，也不上去主持一下公道，自己儿子被欺负成这样。"向红不满地数落着父子俩。

"你不懂，徐克峰今天这桶泔水泼得好啊，咱儿子这才算是在起源村彻底站住脚了。"温国良高兴地说道。

"被人欺负成这样，还站住脚，不被人笑话才怪。"向红纳闷道。

温国良哂然一笑，说道："现在咱儿子的口碑那可是不得了啊，你不信明早走在村子试试，看看大家夸不夸咱家旭光。还愣着干啥啊，快去洗洗去，这味道……"温国良让温旭光赶紧去洗澡，嫌弃地挥了挥手。

第二天，向红吃完早饭，特意穿了件平时不怎么舍得穿的衣服，心情忐忑地往大街走去。

刚走不远，就有村民热情地跟向红打着招呼："向红嫂子，吃了没？"

"吃了吃了，这不是准备到菜地弄点菜。王嫂你吃了没？"向红答道。

"向红嫂子，你可是养了个好儿子啊，你家旭光绝对是干大事的人啊！对了，有对象了没，我娘家有个姑娘，那可是十里八村难找的相貌啊，要不要介绍给你家？"王嫂说道。

"干啥大事啊，连个水渠都修不明白，还被人泼了一身泔水，昨晚回去被我大骂了一通。"向红嘴上虽然这样说，心里还是很受用的，毕竟人家在夸自己儿子。

"我是说真的，对象的事考虑一下，我先去镇上买点东西，回头再去你家串门啊。"王婶说完就走了。

没走多远，又有村民热情地打着招呼："旭光妈啊，这是干啥去啊？你家旭光昨天可是让大伙儿刮目相看啊。谁再说他'嘴上没毛，办事不牢'，我可是不相信了！我就相信你家旭光！"

"不就是被泼了一身泔水吗，刘妈你至于吗？"向红心里乐开了花，嘴巴上却不以为然。

"你昨天不在，你家旭光表现得非常好，绝对是能干大事的人，忍常人所不能忍，太让人敬佩了！"刘妈接着说道。

"你看你把他夸的，那我回去不骂他了。"向红笑着说道。

"骂啥啊，夸都来不及，千万别骂！"刘妈赶紧阻止道。

向红继续往自家的菜地走去，一路上大家都热情地跟她打着招呼，不停地夸着温旭光，这可让她心里跟喝了蜜一样甜。

十七

两个月后，起源村的小礼堂里，依然是人声鼎沸，因为今天是工程验收结算的日子。

"父老乡亲们！今天，我们的水渠验收完毕，全部合格！"温旭光举着手中的验收报告高声说道。

整个小礼堂沸腾了，大家高声叫着好。

"今天，也是咱们发工资的日子！前期大家都非常支持村里的工作，积极报名参加工程队，要不是大家这么支持，咱们的水渠不可能这么快完工，在这里，我谢谢大家了！"说完，温旭光深深地鞠了一躬。

"应该是我们大家谢谢你啊，温书记！"台下有人在高喊。谁都没有注意到，平常大家挂在嘴边的"小温书记"已经不知不觉地变成了"温书记"。

"大家排好队，到王总那边领工资了。"温旭光大声宣布道。

"来，排好队啊，都有份，一个一个来。"王宝明站在桌子旁边招呼道。

村民们排着队有秩序地领着工资，每个人脸上都洋溢着开心的笑容，就像过年一样。

"温书记，这当初我们出的500块钱，不仅回来了，还比原来多了不少啊。"有村民拿着工资高兴地对温旭光说道。

"都是你们劳动所得，应该拿的。这也马上快过年了，给孩子们买身衣裳。"温旭光说道。

"好嘞，温书记你先忙着，我先回去了。"村民们喜滋滋地回去了。

"王总，谢谢你了，我泼了你一身，你还不计前嫌，让我到工程队干活……"徐克峰站在发工资的桌子前小声说道。

"你别谢我，要谢去谢温书记。要不是他，我才没那么大度。"王宝明说着话，把工资递给了徐克峰。

徐克峰拿着工资，来到温旭光跟前，说道："温书记，我不是东西，我那时候还给你泼脏水，还抹黑你，你还帮我，我……我……"

温旭光拍了拍徐克峰的肩膀，说道："啥也别说了，这事也怪我，没有经验，应该早点把账目公布出来。回去吧，没事，都是误会。"

"太感谢了，温书记，你先忙，我回去了。"徐克峰一步三回头地感谢着回去了。

十八

"都发完了？"温旭光问王宝明。

"发完了，一个不落。"王宝明舒了口气说道。

"这账目要公布吗？这可是对不上实际的花销啊。"王宝明皱着眉头说道。

"不要按实际公布了。"温旭光说道。

"旭光！到底怎么回事？你真让我失望！"温国良不知道什么时候站在了小礼堂的门口。

"爸，您怎么没回家？"温旭光吓了一跳。

"回家？我要是回家了，就看不到这一幕了。"温国良生气地说道。

"爸，您小点声，没什么的！"温旭光急道。

"我小声点？你今天不给我说清楚，你就别回家了！看来徐克峰这脏水没泼错！"温国良说道。

"爸，您误会了，我怎么跟您解释啊！"温旭光无奈地说道。

"这还有什么好解释的，你把贪黑的钱吐出来吧，公示的账目弄清楚，把钱还给大家，这事就算了，要不然我不认你这个儿子！"温国良大声说道。

"温叔，事情不是您想的那样。"王宝明看了一眼温旭光，温旭光面无表情。

"你俩别对什么暗号了，老实交代吧！"温国良说道。

"温叔，其实，其实事情是这样的。工程款还不够这次修水渠的钱，如果不是你们这么多村民参加工程队，钱应该是够的。"王宝明说道。

"钱不够？钱不够你会帮我们修水渠？"温国良讶然道。

"您问旭光吧！唉！"王宝明叹了口气说道。

"旭光，咋回事？"温国良严肃道。

"我把我的退伍费垫进去了一点。"温旭光小声说道。

温国良愣住了，过了良久，说道："你……你垫了多少啊？那可是你盖房娶媳妇的钱啊。"

"不多，垫了2万多块。"温旭光不以为意地说道。

"两万多，儿子，你长大了，爸错怪你了！"温国良声音有点颤抖。

"爸，这水渠修好了，下一步我带着大家好好种点经济作物，我都想好了，种甘蔗，我们这里的土质很适合。要不了多久，别说2万，就是200万都能赚回来！"温旭光眼睛里放着光。

"好！这才是我温国良的儿子，爸支持你！"温国良重重地拍了一下温旭光的肩膀。

"旭光，这钱不能让你出，我来出！我那边不赚你这钱，我赚了于心不忍啊。"王宝明说道。

"王总，你就别骗我了，你们公司的会计告诉我了，你这个项目不赚钱，很多材料都是成本价给我们的。就这样吧，算我的了。"温旭光说道。

"我来说句话，都不容易，王总你也别争了，这事就这样吧。走，王总，咱们到家里喝酒去，庆祝一下水渠完工！"温国良大手一挥，拉着温旭光就往外走。

王宝明还没反应过来，温国良和温旭光已经走出了小礼堂，只隐隐约约听到温旭光说道："千万别让我妈知道这事，要不然我非被骂死不可。"

"放心，这是咱们爷俩的秘密……"

水　蛭

一

"啥？你不去厂里上班了？那你想干吗？"翟永前被女儿翟琦的话惊到了。

"爸，我想改变一下自己的生活，工厂的工作不适合我，我去那里上班一点都不开心。我想养水蛭！"翟琦坚定地说道。

"水蛭？蚂蟥？就是会叮人的那种很可怕的动物？"翟永前连珠炮似的发问。

"嗯，我在卫校读书的时候，就注意到了这种动物。水蛭是我国传统名贵活血化瘀中药，史载于《神农本草经》，沿用至今已有两千多年历史。水蛭的主要成分水蛭素是目前世界上所发现的最有效的天然凝血酶特异抑制剂，与青蒿素、胰岛素并称为20世纪拯救人类疾病最有效的'世界三素'，在治疗血栓性疾病，如冠心病、脑血管梗死、心肌梗死、高血压、糖尿病等，疗效显著。"翟琦振振有词地说道。

"你别给我上课，我看你是读书读傻了。不管你怎么说，我就是不同意你养水蛭。一个女孩子家养这么可怕的东西，你不害怕，我还害怕呢！"翟永前坚决不同意。

"爸，您没有学过医，我见过比这更可怕的，这水蛭根本不算啥，您借点钱给我吧，我得去买水蛭苗，至于其他的，你们就不用管了，我一个人就能搞定。"翟琦信心满满地说道。

"你一个人能搞定？你确定？"翟永前满脸写着不相信。

翟琦其实信心并不足，她只是之前上网查找了一些水蛭养殖的知识，自己根本就没有尝试过，但是她不能在父亲面前露怯，要不然父亲是不会投资的。于是她硬着头皮说道："那当然了，我在卫校的时候就养过，很好养的。"

"学校还养这玩意？"翟永前有点将信将疑。

"那当然了，这是有药用价值的。"翟琦硬着头皮说道，不过这句话倒是实话。

"你放着好好的工作不干，要回到农村来养水蛭，你可想清楚了？"翟永前问道。

翟琦不假思索地说道："想清楚了，咱们农村光靠种地根本挣不到钱，趁年轻，我要搏一把，如果成功了，还可以带着乡亲们一起致富。"

"我的乖女儿啊，你还是省省吧，你能把自己养活了就不错了，还想着带领乡亲们致富，你想多了。"翟永前不遗余力地泼着凉水。

"爸，我已经考虑清楚了，不试一试我是不会罢休的。"翟琦坚决地说道。

翟永前在心里叹了口气，他太了解自己女儿，那绝对是不撞南墙不回头的主。翟永前想了想，说道："我只能给你1万块钱，你大伯家的鱼塘现在闲置着，我可以跟他商量一下，匀一个池子给你用，其他的你自己去想办法吧。"

翟琦高兴地跳了起来，搂着翟永前的脖子说道："爸，我就知道您会帮我的，您最疼我了。"

"说实话，我打心眼里不希望你能成功。"翟永前没好气地说道。

二

翟琦所在的林埂村并不富裕，甚至算是有点穷苦。这几年，随着年轻人南下打工，林埂村的常住人口基本上就是老弱病残孕。

翟琦思来想去，还是觉得仅靠父亲给的1万块钱远远不够，于是向老师、同学、亲戚、邻居等借了一个遍，最终又凑了2万块钱。在南下寻找水蛭苗之前，翟琦通过网络恶补了一段时间的水蛭养殖知识，制定了一个自认为比较靠谱的养殖计划。

万事俱备，只欠东风。2011年夏，翟琦决定开始行动。翟永前不放心翟琦一个女孩子单独去找苗，于是陪着她带着东拼西凑的3万块钱，踏上了寻苗之旅。两个人来到沿海的一个城市，找到了朝思暮想的水蛭苗。在看到水蛭苗的这一刻，翟琦欣喜若狂，这就是她心中的至宝。她听不进父亲让她少买点的劝阻，一口气几乎把带来的钱全部买了水蛭苗，差点连运输的钱都没留。卖水蛭苗的老板也很大方，直接跟翟琦签订了回购水蛭的合同，等于说只要能够养成功，她根本不愁销路，这也消除了翟永前和翟琦的后顾之忧。

因为路途遥远，翟琦决定用湿运法来运输，于是雇了一辆小货车运购买的200斤水蛭苗。途中一切都很顺利，这也让翟琦有点兴奋，也有点期待，幻想着这投进去的3万块钱，过一段时间就能赚上30万。

小货车开到了大伯家鱼塘边上，大家伙小心翼翼地把水蛭苗搬了下来。很多乡亲听说翟琦养的是水蛭，都围过来看稀奇，毕竟十里八乡也没听说谁养水蛭的。

翟琦在大家的期待声中打开一个装水蛭的塑料桶，可不看不要紧，这一看，她差点一屁股坐在地上。只见桶里很多水蛭浮在水面一动不动，死气沉沉的。她疯了一样地赶紧把剩余的桶都打开，可情况基本上都差不多，算下来一路上折损了有六成左右。翟琦心疼得流下了眼泪。

经过与老板的再三沟通，翟琦才找到水蛭苗大量死亡的原因。原来，水蛭苗在运输过程中，需要隔两三个小时冲一次水，一路上翟琦虽然也按照老板的交代冲水，但因为夏天气温太高，翟琦并没有随机应变增加冲水的频率，只是按照老板交代的频率进行，这才造成水蛭苗大量死亡。

原因找到了，但是已经于事无补。翟琦擦干眼泪，忍着悲痛把死去的水蛭苗拣出来，把活着的水蛭苗下到大伯家鱼塘的育苗池里。

看着水蛭苗蠕动的样子，翟琦在心中宽慰自己，只要剩下的能保证成活率，还是可以保证不亏本的，毕竟水蛭养殖的利润还是非常高的。

三

经过此事，翟琦更加悉心地呵护这剩下的水蛭苗，后来索性就搬到了鱼塘边的草棚里住。翟永前不放心女儿一个人住那里，就在旁边也搭了个草棚，陪着一起养水蛭。

愿望往往是美好的，但现实往往是残酷的。不知道从何时起，水蛭每天都会死一部分，而且越来越多，照这样的趋势，按水蛭一年半的成长期，到最后估计剩不了多少。翟琦看在眼里，急在心里，但是却束手无策。

翟永前看着女儿焦急的样子，也帮不上什么忙，只能在旁劝她，养这一次算是体验过了，女孩子还是要老老实实找个稳定的工作来干。他这一说不打紧，翟琦反而被他说哭了。哭过之后，翟琦反而平静了下来，她觉得，反正事已至此，哭也没有用，现在就寄希望于能够收回点成本，到时候再借点钱，好好地再养一次。当然，这个想法她没敢跟翟永前讲，要不然肯定又要接受一波轰炸式唠叨了。

终于挨到了收获的季节，按照往年的价格，翟琦肯定要亏得血本无归。可不幸中的万幸，这一年水蛭干品价格飞涨，涨到了去年的3倍左右。翟琦卖了这一茬的水蛭干品，收回了将近1万元。所以，摆在她面前的是一个两难的抉择，继续养水蛭，很可能这1万块钱也将打水漂，不养的话，就只能找份工作来做，她很不甘心这样认输。

想来想去，翟琦还是决定继续养水蛭，因为上一批水蛭死亡的原因也找到了，就是水塘卫生清理不够及时。虽然决定继续养水蛭，但是翟琦又发起了愁，最大的难题就是没有启动资金，1万块钱连买水蛭苗都不够买，因为随着水蛭干品价格的飞涨，水蛭苗的价格也飞涨起来。

这天晚饭的时候，翟琦数度欲言又止。

翟永前看出了女儿的犹豫，就问道："决定了？"

翟琦"嗯"了一声。

"准备怎么干？"翟永前问道。

"扩大规模，再拼一把。现在行情好，一年多就能翻身了。我这次专门去学习一下养殖技术，等到夏天再去进一批水蛭苗。"翟琦肯定地说道。

"闺女啊，咱们失败不起了，现在村里很多人都拿咱家当笑话说，你不知道，我和你爸这张老脸都不知道往哪里放了。"翟琦的母亲李梅不满地说道。

"他们不理解很正常，要是他们不笑话我们，那才奇怪了。爸，笑到最后的才是胜利者，等到我明年成功的时候，他们自然会闭上说闲话的嘴巴。"翟琦坚决地说道。

"不再考虑了？"翟永前再次问道。

"考虑好了。爸，我现在还缺启动资金。"翟琦虽然声音很小，但很坚定。

"给，这是给你准备的嫁妆钱，本来想等你结婚的时候再给你的，你妈刚才虽然那样说你，但她早就和我商量过了，如果你执意要干，我们就现在给你，省着点花。"翟永前从口袋里掏出了一张银行卡，放到翟琦面前，"密码是你生日。"

"爸，妈，谢谢你们！"翟琦的泪水在眼眶里打着转。

"你放心去闯吧，爸爸妈妈是你永远的后盾。"翟永前拍了拍翟琦的肩膀说道，眼睛深处难掩那一抹担忧。

四

有了启动资金，翟琦信心更足了。一个人来到南方的一个小县城，这个小县城是水蛭之乡，养殖规模非常大。翟琦找到了水蛭养殖场，以打零工的名义想进养殖场工作。在连续被拒绝了几次之后，一对老夫妇录用了她。老头儿叫魏大明，老妇人叫林小吟，两个人的姻缘在当地是一段佳话。

翟琦是一个很能吃苦的女孩子，在老夫妇的养殖场，她什么苦活累活都抢着干，比很多男的还能干，可把老夫妇高兴坏了，觉得捡到了一个宝。

"老头子，你觉得翟琦咋样？"林小吟小声问老伴儿。

"不错啊，挺能干的。"魏大明随口答道。

"什么叫不错？"林小吟似乎不满意老伴儿的回答，"你觉得跟咱儿子般配不？"

"你说啥？这个翟琦虽然能干，但是我们不了解她啊，你想介绍给咱儿子？"魏大明有点反应不过来。

"是啊，我越看这个女孩越顺眼。你看这眉眼、这腰身，绝对是好生养的。"林小吟笑着说道。

"再等等吧，咱儿子在外地，都不愿意回来养水蛭，说大城市里有金矿。我总想不通这个女孩子一个人大老远跑过来打工是为什么。"魏大明皱着眉头说道。

"能为啥，人家又不偷不抢，你说到这儿，我有空还真要问问她，确实，一个女孩子大老远过来养水蛭，有点不太合常理。"林小吟经老伴一提醒，也觉得有点反常。

第二天，林小吟在干活的间隙，跟翟琦一起坐在塘边，问道："小翟，我一直有个问题想问你，你说你一个女孩子，这么大老远跑到我们这个小县城来养水蛭，到底是为了啥？要说为了钱，应该不会，大城市打工挣钱的机会肯定比我们这里多。"

翟琦笑了笑，说道："大娘，我是来偷师的，我也要养水蛭，我前两年养了一次，结果亏钱了。"

"亏钱？这两年水蛭行情很好啊，怎么会亏钱呢？"林小吟纳闷道。

翟琦不好意思地笑了笑，说道："大娘，不瞒您说，主要是技术不过关，我来这里就是边打工边学技术。要不这样吧，我可以不要工钱，您教我养水蛭的技术吧，网上看的那些还不够。"

"原来是这样啊，学技术没问题，我跟老头子会的都教给你，工钱也照开，我支持你，我儿子都不肯跟着我们学。"林小吟越看翟琦越顺眼，都有点婆婆看媳妇的感觉了。

"那太感谢了，我一定好好学，绝对不会给师父丢脸。"翟琦站起来给林小吟深深地鞠了一躬。

"哎呀，都是一家人，搞那么客气干啥。"林小吟说着赶紧把翟琦扶了起来。

五

还真别说，林小吟对翟琦还真不错，而且很热情，完全不像是老板对待下属的样子，但这份热情让翟琦有点受宠若惊，而且她还总有意无意地在翟琦面前提她的儿子魏平洲，这让翟琦似乎意识到了些什么。

翟琦确实没有想错，林小吟就是想让她当儿媳妇。林小吟已经给魏平洲打了好几次电话，想让儿子回来跟翟琦见见面，但魏平洲并没有回来。

时间过得很快，转眼间就到了5月份，而翟琦也该回家了，她得提前回家准备养水蛭的池子，因为大伯看水产品价格见涨，准备重新启用原来的鱼塘养鱼。这让翟琦有点郁闷，因为重新开挖一个养水蛭的池子，时间和成本都需要增加很多。

魏大明和林小吟得知翟琦要回家后，十分不舍，但他们知道，不能耽误翟琦的时间，而且他们也非常想多帮助翟琦一些，所以每天都尽可能多地给翟琦讲一些注意事项和将来可能遇到的问题以及解决办法，这让翟琦非常感动。

翟琦在魏大明和林小吟依依不舍的目光中结束了这趟学艺之旅。而魏大明和林小吟还送了翟琦一个很大的分别礼物——以超低的价格提前帮她订了水蛭苗。

收获满满的翟琦回到家后，就开始马不停蹄地整地、挖塘。

不想让女儿太过劳累，翟永前便请了村里的几个劳力一起帮忙挖塘。

"老翟啊，你女儿这次是动真格的吗？听说去年赔了不少啊。"村民王来友边挖土边问道。

"那当然啊，这次如果成功，去年亏的那点根本不算啥。"翟永前对自己女儿还是有信心的，毕竟已经学习了好几个月，再怎么讲也要比去年好。其实去年的情况并不算太糟，如果不是水蛭苗在运输过程中损耗了六成，照去年最后的收成来看，还是稳赚不赔的。

"老翟，你家翟琦也该嫁人了，养这么可怕的东西，有没有人敢娶她啊！"村民陈万利打趣道。

"我刚开始也觉得这玩意儿很可怕，看习惯了就没事了，特别是这种金边的水蛭，看起来还是很漂亮的。不过话又说回来，只要养这玩意儿能赚钱，我就不信到时候你们不养？"翟永前笑道。

"打死我都不会养这玩意儿，看着就头皮发麻，我哪里敢养。"陈万利连连摇头。

"哈哈哈，老翟，这两年水产品行情不错，你这塘到时候不用了，可以转让给我，我养养王八。"王来友笑着说道。

"哈哈哈……"王来友的话引起了大家的一阵哄笑。

翟永前也不生气，这两年听到的风言风语多了，已经有了免疫能力，而且这都算是小场面，根本不用放在心上，不过，刚才陈万利说的"谁敢娶她"倒是给他提了个醒。原来翟琦在工厂工作的时候，好几家都来说媒，可自打她回到村里后，确实没有人来提亲说媒了，媒人好像都销声匿迹了。

六

有了第一次失败的经验，翟琦吸取教训，这次更加细心、谨慎，从挖塘到水质的检测，层层严格把关，兢兢业业。

转眼间就到了投放水蛭苗的时机，林小吟如约派人把水蛭苗送到了翟琦水塘前，只不过，跟着过来的还有一个高大帅气的年轻人。

"你好，我是魏平洲。"年轻人笑着向翟琦伸出了手。

翟琦一愣，马上反应了过来，这是师父的儿子亲自把水蛭苗送过来了。翟琦连忙伸出手跟魏平洲握在了一起。四目相对，两个年轻人没来由地心跳加速。两个人好似触电了一样，连忙松开了手。

"那个，那个，我妈说水蛭苗的钱先不着急，你先欠着，等明年卖干品的时候，从里面抵扣就行。"魏平洲率先打破了尴尬的气氛。

"那怎么好意思，这么多水蛭苗要很多钱。"翟琦知道魏平洲给她送过来了300斤的水蛭苗，比前年自己买的还要多，这可是一大笔钱，按照行情来看，起码要四五万块钱。

　　"没事，我妈说了，都是自己人，不用客气。"魏平洲学着林小吟的口气转述道。

　　翟琦差点感动得掉下眼泪，平静了一下情绪说道："太感谢师父了，这让我都不知道说什么好了。平洲哥，你还没吃饭吧？"

　　魏平洲不好意思地挠了挠头，说道："那不要紧，先把水蛭苗安顿好，等下你可要请我吃好吃的，我这一路上净吃泡面了。"

　　"那当然，那当然，咱们去镇上吃，我这些天忙着准备养水蛭的事，也是饥一顿饱一顿的，也要好好打打牙祭了。"翟琦看魏平洲已经开始忙活了起来，连忙上去搭把手，"平洲哥，你慢点，这很重。"

　　300斤的水蛭苗下到塘里，其实看不出来啥，只是水的颜色稍微变深了点，不过翟琦知道这段时间气温开始高了起来，水蛭进入快速生长期，基本上一天一个样子，所以过不了多久，它们要布满水蛭塘了，那个时候也是最瘆人的时候，很多村民根本不敢靠近水蛭塘。不过翟琦一点都不怕水蛭，反而觉得这小东西很可爱。

　　在镇上的餐馆里，翟琦端起了酒杯："平洲哥，感谢你一路护送水蛭苗，小女子先干为敬。"说完一饮而尽。

　　魏平洲非常惊讶，这可是高度白酒，这个翟琦酒风也太彪悍了吧，刚要夸两句，只见翟琦就张大了嘴巴，喊道："水！水！水！辣死我了！"把魏平洲逗得哈哈大笑起来。

　　"原来这白酒这么难喝，为什么好多人喜欢喝？"翟琦心有余悸地抱怨道。

魏平洲笑道："这种烈酒不适合你们女孩子，你还是喝点别的吧。"

"那不行，我要尽地主之谊。"翟琦不服输地说道。

魏平洲看着翟琦，突然觉得这个女孩子身上有着一层光芒。他在城市打拼多年，知道像翟琦这样淳朴的女孩子已经很少见了，不由得心中一动，耳边响起了出发前林小吟交代他的话："把翟琦带回来啊，那可是我看中的儿媳妇。"

七

翟琦不是那种细腻的女孩子，对于魏平洲的心思毫不知情。这顿接风酒还没喝完，翟琦就醉倒了，把魏平洲弄得不知所措。正当他抓耳挠腮的时候，正好翟琦村上的一个村民看到了，问翟琦怎么了。魏平洲可算是抓到了救命稻草，让村民带领着把翟琦送回了家。

经过这一次，翟琦又成了村里的笑谈，各种版本的说法都出来了，连带着魏平洲都被编排了进去，而魏平洲不怀好意地灌倒翟琦，结果被同村村民发现而没有得逞这个版本最为流行。

翟琦酒醒后，被翟永前狠狠地训斥了一顿。翟琦并没有反驳，毕竟自己确实失态了。魏平洲反而觉得很不好意思，本来人家是个女孩子，自己要好好照顾的，结果却被自己喝倒了，好在翟永前知道女儿的脾性，也就没有怪魏平洲，依旧是以礼相待。

翟琦依然是我行我素，第二天一大早就好像没事人一样带着魏平洲去水蛭塘那边了，她对村民的指指点点毫不在意。

翟琦觉得传统的养殖方法还不够科学，虽然是用池子集中精养，但是还是比较粗放，她有一个主意想让魏平洲参谋一下可行不可行。魏平洲虽然没有养过水蛭，但是自己家里养了多年水蛭，论养殖水蛭的经验和水平还是可以跟翟琦探讨探讨的。

魏大明和林小吟的养殖方式就是投喂禽畜血块，偶尔也会投放田螺之类的活物。翟琦的想法就是改变这种投喂方式，改为投放田螺为主，然后大量投放水葫芦和浮萍，可以供田螺进食。

翟琦把自己的想法告诉魏平洲，魏平洲觉得这种方式可行，因为水蛭喜阴怕晒，水生植物多一点可以更好地遮蔽水蛭，也可以节约投喂禽畜血块的成本。

有想法就付诸行动，翟琦在修建水蛭塘的时候，留了两个试验塘，正好可以做试验。在魏平洲的帮助下，翟琦把试验塘给整理好了。两个人找来了水葫芦和浮萍，投放在试验塘里。看着充满绿意的水面，翟琦又来了新主意，就是在水面上搭一个浮台，更利于水蛭和田螺集中在一起。

说干就干，两个人用竹片搭了一个浮台，在上面布上水葫芦和浮萍，又投放了一些田螺。果然，田螺就在浮台上安家了，这个方法可行。两个人又小心翼翼地把水蛭苗转移了一些过去。

终于忙活完了，翟琦和魏平洲并排坐在水蛭塘边，看着水蛭苗在水里面游弋，两人相视一笑。

魏平洲看着翟琦脸上粘了一个浮萍，不由自主地伸过手，想帮她摘下来。翟琦下意识地向后微微一闪，脸一红就不动了。魏平洲的手举在那里有点尴尬。

翟琦不好意思地笑了笑，身子往前挪了挪。魏平洲轻轻地把那个浮萍摘了下来。两个年轻人的心怦怦直跳，犹如小鹿乱撞。

魏平洲没有待多久就回去了，这让翟琦有了几分不舍。

八

这次养水蛭，翟琦做足了功课。水蛭也很争气，长势很好。到了第二年夏天的时候，水蛭塘里的水蛭已经密密麻麻了，很多村民过来看稀奇，甚至有一些胆子大的开始询问翟琦养殖的方法。翟琦也是知无不言、言无不尽，但是问到成本后，很多人望而却步，因为投资确实有点大，万一养不好，那可真是竹篮打水一场空。

翟琦惊奇地发现，建了浮台的那个池子里的水蛭长势反而更好，而且投喂饲料的成本大大降低了。

转眼到了年底，亦到了收获的季节。这次翟琦没有把水蛭全部制成干品，而是挑了一部分进行繁殖用。

翟琦养的这一批水蛭真可谓是大丰收，干品卖了18万块钱，除去成本基本上能赚10万左右。这可把翟琦高兴坏了，准备继续扩大规模大干一场。

看到女儿真正赚到了钱，翟永前也准备全力支持女儿养水蛭。村民们的闲言碎语也悄无声息地消失了，来到翟琦家问水蛭养殖的人也逐渐多了起来，毕竟人家翟琦赚的可是真金白银。第二年春天，村里几户养鱼的也改建了鱼塘，准备跟着翟琦一起养水蛭。

看到很多村民开始准备养水蛭，村支书王明旺也来到翟琦家，专门咨询了翟琦养水蛭的风险、利润等问题。翟琦详细回答了王明旺的问题，这让王明旺信心大增，他觉得这也许是林埂村村民发家致富的好机会。

王明旺开始挨家挨户发动，并带头开挖了一个水蛭塘，准备带着村民一起养水蛭。短短一个多月时间，林埂村大大小小的水蛭塘就已经有40多个了。

"这帮人，咱家闺女养水蛭的时候，都在那里讲风凉话，现在看咱闺女赚钱了，都想着一起沾光。还说让咱闺女去给他们上课，咱闺女也真是太实诚了，还真答应去给他们上课了。"李梅向翟永前抱怨道。

"这就是咱闺女的格局，大着呢，如果咱们林埂村能够成功，那将来说不定全镇、全县都会来取经，咱闺女那可就真成了致富能手了。最近我在村里晃悠的时候，每个人都是客客气气的，这脸面可是咱闺女帮咱挣的啊。"翟永前说道。

"咱闺女那可是专门拜师学艺学的，现在把手艺教给别人了，照我说啊，就应该收费。"李梅说道。

"你可拉倒吧，乡里乡亲的，还收费，这话千万别被人听到，要不然又要被人戳脊梁骨了，以后咱们还怎么出去见人？"翟永前赶紧说道。

"对了，昨天梁老太太来提亲，我没答应她。你说上次那个魏平洲咋样，我觉得那小伙子挺不错的，看他看咱闺女的眼神，对咱闺女好像有点意思。"李梅说道。

"是吗？我咋没感觉到？"翟永前说道。

"你一个大老粗，哪看得出来。"李梅没好气地说道。

九

"闺女，你这次育苗算成功还是失败？"翟永前问道。

"唉，失败了，我把育苗想得太简单了，还是老老实实去进水蛭苗吧，我再去师父那边取取经，好好学习一下育苗的技术，这一块我上次没有学到，养殖这块没啥问题了。"翟琦说道。

"嗯，你把咱家的土特产带过去一些，好好谢谢你师父，人家帮我们这么多。对了，还有那个平洲，有机会多接触接触，那孩子不错。"翟永前说道。

"我妈跟您说的吧？您不知道，我妈一说起魏平洲就跟说自己女婿一样，八字都没有一撇，看把她急的。"翟琦笑道。

"我也急啊。你也老大不小了，这周边十里八乡还真没有能配得上你的，再怎么说，俺闺女也是万里挑一的啊。"翟永前笑道。

"得，您这自信哪里来的啊？我这次去，把魏平洲带回来，行了吧？"翟琦笑道。

"一定要带回来，现在说媒的人一天到晚到咱家，快把门槛都踏平了，烦都烦死了。"翟永前虽然嘴里抱怨着，可是嘴角的笑意却暴露了真实的内心。

翟琦再次来到了魏大明和林小吟家，可魏大明和林小吟对于育苗也不擅长，所以他们专门找了水蛭苗的供应商帮忙，虽然人家有点不情愿，但是魏大明特意请了供应商吃饭，酒足饭饱时对方便答应了翟琦要学育苗的请求。

翟琦来的时机刚刚好，正好是育苗池开始育苗。这一次，翟琦很用心地记录着育苗的全过程，两个月时间，她记了厚厚一本子，手机里装了满满的照片，可以说是收获满满。她知道，如果村民要大规模养殖水蛭，必须要有自己的育苗基地。

临近采购水蛭苗的时候，魏平洲赶了回来，他要陪着翟琦把水蛭苗运回林埂村，其实他也很想念翟琦，要不是因为公司有个大项目走不开，早就请假回来了。

魏平洲一到家，就被林小吟拉到了里屋。林小吟说道："平洲，你看要不要辞职？你那工资还不如跟着我跟你爸在家养水蛭。"

"辞职？我还没想过。我现在在那边工作挺舒心的。再说了，我也不太喜欢养水蛭。"魏平洲答道。

"养水蛭怎么了？你没看人家翟琦一个女孩子家连工作都辞了，现在要带领全村养水蛭。你怎么这么不上道呢？"林小吟伸出手拍了拍魏平洲的肩膀，本来想拍他头的，却发现魏平洲比自己高一头，已经拍不到了。

林小吟提到翟琦，魏平洲眼睛一亮，想了一下，说道："我考虑一下，我那公司工资确实有点低了，要说辞职也不是不可以，我先去陪翟琦采购水蛭苗了。"说完逃也似的跑掉了。

林小吟看着魏平洲急慌慌地跑走，心想：看来有戏啊，我和老魏终于可以休息休息了。

十

"你准备辞职了？"翟琦瞪大了眼睛问道，"为啥要辞职？"

"我爸妈年纪越来越大了，这几年身体也一年不如一年，早就催我回来养水蛭了，主要还是因为你。"魏平洲答道。

"因为我？我可没让你辞职啊。"翟琦笑道。

"我是说因为你的魄力和坚持，我要向你学习，正好也让我们家的水蛭养殖更上一层楼。"魏平洲说道。

"吓我一跳，我还以为我惹祸了呢。你要不跟我一起养吧，我们也好交流经验。"翟琦说道。

"跟你一起养？去你家那边养？"魏平洲眼睛一亮，喜上眉梢。

"这么轻易就能把你拐跑了？"翟琦笑着说道，刚说完就感觉到不妥，不由得俏脸一红，连忙说道，"你在这边也可以养，这样的话，你爸妈也可以轻松不少。你要是跟着我跑了，你爸妈还不骂我啊？"

"哦，那好吧。我决定了，辞职！"魏平洲握了握拳头，下定了决心。

这次，翟琦采购了整整6车水蛭苗，魏平洲笑称这6车水蛭苗为"全村的希望"。翟琦和魏平洲带着6车水蛭苗回到林埂村时，受到了热烈的欢迎，这还真是"全村的希望"。

在翟琦的指导下，养殖水蛭已经是没有任何问题了，但是很多养殖户开始担心销路问题。以前翟琦的水蛭干品都是通过魏大明来销售的，现在全村40多户的销路可是要好好筹划筹划了。

魏平洲在南方城市的公司工作也学到不少，他倒是给翟琦出了个主意——建立"供销合作社+养殖分厂+养殖户"的模式，供销社负责产销工作，养殖分厂负责育苗，养殖户负责分包养殖，养殖户在养殖分厂购买水蛭苗，最后的水蛭干品卖给供销合作社，这样能够确保销路问题，也能够免除养殖户的后顾之忧。

翟琦把成立供销合作社的想法跟村支书王明旺交流了一下，得到了王明旺的大力支持。

翟琦和魏平洲一道去了南方的大城市，找了几个药厂，拿下了水蛭干品的订单。两个人这一路上感情急剧升温，很快就到了谈婚论嫁的地步，在拿下订单的那天，翟琦答应了魏平洲的求婚。

翟琦和魏平洲回到林埂村，成立了供销合作社，林埂村的养殖户也都签订了协议。但在养殖分厂设在哪里的问题上，翟琦和魏平洲产生了分歧。因为育苗需要适宜的温度，如果设在林埂村，育苗时间比设在魏平洲老家要晚两三周，所以魏平洲的意思是不要把养殖分厂的育苗基地放在林埂村。商量再三，魏平洲说服了翟琦，由魏平洲在老家专司育苗。

第二年年底，林埂村的水蛭大丰收，基本上每个养殖户的收入都在5万元以上，这可是给大家打了一针强心剂，不光林埂村的村民要加入供销合作社，就连周边村庄的一些农户也要申请加入。

尾声

随着供销合作社的规模越来越大，翟琦彻底成了远近闻名的女强人，紧接着被推荐为县致富带头人、被选举为县人大代表……一系列的光环纷至沓来。

翟琦和魏平洲的婚礼在第二年的春天如期举行，得到了大家的祝福。村支书王明旺代表全体村民给翟琦送来了一副对联——"水蛭为媒姻缘一线牵，天涯咫尺千里共婵娟"。

又过了两年，南方一个药厂在林埂村建了分厂，更加方便水蛭干品的销售。

林埂村村民靠着水蛭养殖，腰包越来越鼓，小洋楼、小轿车也成了每家每户的标配。

站在村里一排排小洋楼的前面，村支书王明旺向来林埂村参观见学的人们感叹道："真没想到，才几年时间，林埂村靠着小小的水蛭发生了天翻地覆的变化，人民群众也是空前的团结。真是人民过得精彩，就会为我们的努力喝彩啊！"

水　贩

一

傍晚的通达码头跟往常一样，显得异常热闹。码头上各种各样的车辆来回穿梭着，有小货车、平板车、三轮车，还有当地陵江镇特有的小轮推车，卸货的排成了队，各种吆喝声不绝于耳，一派繁忙的景象。

"师傅，您做水贩这一行多久了？"林明飞是个自来熟，这不，看到黄德民刚靠好船，就凑上去搭话。

黄德民慢悠悠地点上一根烟，想了一下说道："算下来已经有20来年喽。咱们这水贩就是靠水上运货赚点小钱，现在陆上交通太发达了，这水运很少有人用了，客户基本上都是原来的一些老主顾，要不是运费低，估计我早就改行了。我这基本上是单趟拉货，回来都是放空的，有时候就顺流而下，没事就撒撒网，这一路上也能捞上来不少鱼，有时候运气好能多捞点鱼的话，还可以小赚一笔。"

"师傅，那咱们这个行当现在赚不赚钱？"林明飞直白地问道。

黄德民深深地吸了一口烟，满足地吐出烟雾，悠悠地说道："前些年赚钱，这几年不怎么赚钱了，勉强糊口吧。我年纪大了，其他的活也干不了，你们年轻人很少干这一行了。对了，你为啥想做这个？"

"瞧我这记性，忘了自我介绍了，我是刚来咱们九门港村驻村第一书记林明飞，这几天来码头蹲点，主要是想了解一下情况，看能不能为咱们九门港村做点啥，但现在还没找到突破口。"林明飞说道。

"第一书记？这是个啥职务？我老黄听说过第一夫人，还没听说过第一书记。哈哈……"黄德民爽朗地笑了。

林明飞对黄德民的调笑不以为意，说道："我们这一批第一书记有30多人，主要是到一些重点村工作，依靠村党组织，跟村'两委'成员一道开展工作，主要职责任务是帮助建强基层组织、推动精准扶贫、为民办事服务、提升治理水平。"

黄德民一脸懵，摇了摇头，说道："林书记……我还是叫你小林吧，你说点我能听懂的，你说的这些，我一个大老粗听不懂。"

林明飞不好意思地笑了笑，说道："说白了，就是上面派来帮助咱们九门港村的村民发家致富的。"

黄德民一听乐了，说道："小林你这样说，我就听明白了。"

"黄师傅，走，到镇上馆子去，我请您吃饭，我们坐下来慢慢说，您在这里待的时间这么长，您好好指导指导我，我这刚来，正愁不知道咋干呢。"林明飞热情地说道。

黄德民一听有人请自己吃饭，高兴地点了点头，说道："好。等我一下，我拿点河鲜，让馆子加工一下。"说完，返身回到船舱，拿了一袋鱼虾上来。

林明飞看黄德民还要自带食材，连忙阻止道："黄师傅，不用拿了，馆子里啥都有。"

"没事，这是我今天自己撒网捞的，很新鲜的，镇子东头那家店就可以加工，走吧。"说着，黄德民径直朝码头走去。

<h1 style="text-align:center">二</h1>

林明飞和黄德民一起聊着，走了不大会儿就到了陵江镇的一分利饭店。

坐落在陵江镇东头的一分利饭店是一家30多年的老店，最初就是为了做通达码头生意，可以说是水贩的聚集地。

"老黄来了啊！呦，今天又捞着喽！"两个人刚踏进门，一分利饭店的老板娘就招呼道。

"老板娘你能不能换句话，见谁都是捞着了，捞着了，我一个水贩，能捞着啥？"黄德民把一兜鱼递了过去，"老规矩，小的油炸一下，大一点的酱油做一下，其他看着配点下酒菜，我跟新来的小林书记喝两杯。"

"好嘞，稍坐一下，马上就好。"老板娘接过鱼麻利地返身回了后厨。

"老黄啊，这是什么小林书记啊？"转眼工夫老板娘又出来了。

"这是来九门港村的第一书记，帮助大家伙致富的。"黄德民略带自豪地说道。

老板娘打量了一下林明飞，笑道："你这酒还没喝，就开始上头了？"

林明飞知道老板娘看自己年轻才这样说的，于是说道："老板娘，您好，我是到九门港村驻村的第一书记，来的主要任务就是让大家的钱包鼓起来。"这次林明飞学乖了，知道说一些大家能听懂的话。

老板娘重新打量了一下林明飞，说道："大姐我不是不相信你哈，这九门港村靠水吃水，现在这水路不行了，你有啥办法能让他们喝的二锅头换成五粮液？"

林明飞脸一红，说道："我今天请黄师傅吃饭，就是想找个突破口，我刚来，两眼一抹黑，老板娘见多识广，您多指点指点。"

老板娘看林明飞姿态放得很低，对自己很尊重，笑了笑，说道："我呀，就是一个开小饭馆的，这么多年了，规模也没起来，要不然早开大饭店了。我也需要小林书记指导指导啊。"

黄德民看林明飞被老板娘说得脸都红了，连忙说道："老板娘，你这饭店再过几十年就是百年老店了，还需要人家小林书记指导啥？我们九门港村更需要他。"

"得嘞，我抽空进几瓶五粮液，给你准备好。"老板娘笑着说道。

林明飞装作听不懂老板娘的调笑，眼神坚定地说道："老板娘，您去进一批吧。不出三年，九门港村绝对能够喝得起五粮液，如果卖不掉，我来买。"

老板娘一愣，盯着林明飞，也不知道是被他那种坚定的眼神震住了，还是被他的口气震住了，过了一会儿说道："好，九门港村有福了！"

"菜来了，今天喝点啥？"厨师从后厨把黄德民的鱼加工好端了上来。

"二锅头，来一瓶一斤装的吧。小林书记，喝点白的？"黄德民征求林明飞的意见。

"行，不过我酒量不行。"林明飞说道。

"咱们生活在水边的，一定要喝酒，不然这湿气太重，到老了各种毛病都来了。我们这帮人，靠岸了就喜欢来这儿抿几口，喝来喝去啊，还是这二锅头最好喝。"黄德民说道。

一老一少，就开始推杯换盏起来，虽然菜并不太丰盛，但是气氛很融洽。

三

酒足饭饱之后，林明飞告别了黄德民，回到自己的宿舍，躺在床上久久不能入眠。

九门港村曾经繁荣过，特别是在20年前，通达码头真正做到了四通八达，三条河的交汇点就在通达码头，其中陵江更是主河道，最宽的地方达到近100米，最窄的地方也有30余米，可以说是水贩的天堂。当时，陵江镇也是空前的繁荣，一度被人称作"小香港"。随着水运的没落，陵江镇的繁荣也一去不复返。九门港村就在陵江镇的东边不远处，与其隔江相望，也随着陵江镇一同走了下坡路。

现在摆在林明飞面前的难题就是如何让九门港村重拾繁荣。通过这几天的走访和观察，特别是和黄德民的深入交谈，林明飞深深觉得要改变九门港村的现状真的很难。最主要的原因则是缺少人才，年轻人大多出门打工挣钱或者在外谋求生计，剩下的都是一些老弱病残孕和文化程度较低的村民，这其中水贩占到了一半以上。九门港村的村民年龄阶层也比较集中，基本上集中在55岁以上和18岁以下，青壮年几乎没有。

林明飞起身给自己倒水，却发现开水壶已经见底了，便打开水龙头准备接点水，可又发现停水了。九门港村虽然临江而立，但自来水的供应并不稳定，隔三岔五就会停水，这跟上游水电站的蓄水有关系，开闸时期，自来水的供应一般会受影响，如果供水，水质会比较浑浊，所以自来水公司就会采取停水的方式来沉淀，从而降低过滤成本。

林明飞心想，九门港村的基础设施也是硬伤，特别是很多房屋依江而建，在整体规划上有所欠缺，各种房屋参差不齐，是一个狭长形的村庄。从入户访问的情况来看，九门港村的房屋也存在不少老旧危房，普遍有着潮湿发霉的问题。

林明飞揉了揉有些疼痛的太阳穴，苦笑着自嘲道："我这酒量还真不行，一瓶酒基本上都让黄师傅喝了，自己喝那么一点就不胜酒力了。看来以后还是要少喝酒，这头晕呼呼的，影响思考。不管了，先睡了。"

这一夜，林明飞睡得不是很踏实，脑海里一直在想着如何帮九门港村改变现状的事情，不停地做着各种各样的梦。一早醒来，脑海里不停地浮现着"人"字。

林明飞一拍脑袋，心道："有了，解决了人的问题，就找到了帮助九门港村发家致富的突破口。既然九门港村的人走出去了，那就把外面的人引进来。就这样干，发展乡村旅游，九门港村有基础、有底子，特别是一些老旧民居，虽然有些发潮，但是保存得还是比较完好的。如果改造一下，肯定可以吸引不少游客前来。我还是去跟黄师傅商量一下，看他有没有啥想法。"

四

林明飞的运气不错，黄德民今天正好没有跑船运货。

"小林书记来了，来船上坐坐，我前些天弄了点好茶，来尝尝。"黄德民看到林明飞来了，热情地招呼着。

"黄师傅，我今天早上想到了一个法子，就是发展乡村旅游，我们九门港村在这方面有着得天独厚的先天条件。"林明飞迫不及待地说道。

"说说看。"黄德民给林明飞泡着茶。

"黄师傅您看啊，我们九门港村的房子很有水乡特色。"林明飞指着对岸的九门港村说道，"虽然看着很乱，但是乱中有序，特别是一部分高脚屋非常有特色，改造一下，可以作为民居、茶馆、酒馆、咖啡馆来运营。还有咱们这船，完全可以作为游船来运营。"

黄德民说道："这船拉货用的，怎么坐人啊？"

林明飞打量了一下黄德民的船，说道："黄师傅，您这船改造一下，坐个20来人不成问题，来个陵江半日游，一人收费50，晚上再弄个陵江夜游，这一天就能赚个两三百。"

"哈哈……你上哪里去找这么多人来坐船？算了吧。"黄德民并不看好林明飞的计划。

"这个，这个人气上来了，我觉得您的船根本坐不下啊。"林明飞有点底气不足地说道。

黄德民看出了林明飞的窘迫，说道："其实还有一种办法，就是把这船改成既可以拉货又可以拉人那种，如果你那个乡村旅游能搞得起来，那我们这个船票就放到套票里，这样既给村里拉了生意，也解决了我们水贩的客源问题，这个想法我在很多年前就有过，但是一直没有付诸实践，因为大部分人不会选择坐船，一方面是舒适性不够，再一方面就是太慢了，从县城到镇上坐班车只需要四五十分钟，坐船要半天，除非抱着旅游的心态，要不然没人会选择坐船。"

"黄师傅您说得太对了，船的下层可以拉货，上层坐人，一举两得，还给村里拉来了客源。对了，黄师傅，您平时都是住在船上的吗？"林明飞看到黄德民有衣服晾在船舱里，里面还有锅碗瓢盆。

"我们水贩很多都是住在船上，以船为家。现在我孩子在县城工作，老伴儿去帮他带孩子了，我运货到县城的时候也会去看看他们。努，那边的几间高脚屋就是我家，平时也没怎么去住，主要是我一个人住船上方便。"黄德民说道。

"还是要上岸比较好，要是一家子人都住在船上，总有很多不便。特别是小孩子上学之类的，会有影响。这样的人家多不多？"林明飞说道。

"大概有个20来家吧，我还算是比较好的，起码在岸上有个窝，有的全家都住在船上。你说得太对了，我当时也是考虑孩子上学，才盖了高脚屋。"黄德民说道。

"让水贩上岸，在岸上有居所，这也是我在九门港村驻村的一个努力方向。"林明飞暗暗高兴，又找到了一个奋斗目标。

五

"小林书记，你这个想法很好，我觉得非常可行。我支持你。"陵江镇镇长郑家昌热情地说道。

"郑镇长，那镇上能不能多支持一些？"林明飞笑着说道。

"支持，支持，镇上一定大力支持！"郑家昌也笑着说道。

林明飞继而说道："现在最难的就是资金问题，我找人大致估算了一下，预计需要六七十万元，可以达到一个不错的效果。郑镇长，您看？"

"这个啊，镇上也支持不了太多，给你个启动资金还是可以的。你可能要到你原单位或者县里跑一跑。你要是想让九门港村变成'小香港村'，弄下来估计要不少资金。"郑家昌说道。

"太感谢了，谢谢镇长指点，我接下来就去跑资金的事情。来九门港村一次不容易，一定要给乡亲们留下点什么。"林明飞说道。

郑家昌欣赏地看着林明飞，说道："现在我们陵江镇就需要你这样的人才，我等你的好消息，启动资金的事情，我这就开始着手办理。"

告别了郑家昌，离开了陵江镇政府，林明飞马不停蹄地来到清阳县人社局。因为林明飞是浦江市人社局的，对口清阳县人社局。清阳县人社局副局长张庆坚热情地接待了林明飞。

林明飞说明了来意，张庆坚当即表示支持，并跟林明飞说省发改委是挂钩清阳县的，到时候可以帮助协调拨到清阳县的资金向陵江镇倾斜一些，预计能够支持30万元。林明飞大喜过望，离成功又近了一步。

告别了张庆坚，林明飞赶往浦江市人社局，回原单位给分管领导汇报了相关情况，分管领导当即允诺申请拨款30万元，等党组会研究过后，资金就能到位。

林明飞没想到事情能够进行得这么顺利，大家一听说是为乡亲们办实事，都是一路绿灯，鼎力支持。

没过多久，浦江市人社局、清阳县人社局和陵江镇政府的资金均到位了。接下来，林明飞就开始联系工程队。他找到当地一家小有名气的工程队，工程队的老板黄炳忠一听林明飞是要改造九门港村，主动降低利润，这也为林明飞节约了一笔资金。

过了两周，黄炳忠的规划图就出来了。林明飞和村委会的同志们在审阅规划图时，村支书王新苗感叹道："看着这规划图，我好像看到了20年前的九门港村。"

"是啊，就规划图来看，我很看好这个项目。小林书记，你是九门港村的福星啊。"会计林晓伟说道。

林明飞不好意思地笑了笑，说道："林会计过奖了，这都是我应该做的。"

六

"小林书记，村口林立明三兄弟坚决不同意在意向书上签字，他们三家盖的小洋楼跟我们规划的效果图格格不入，完全没有水乡的特色，而且，他们三家的房子就在离码头最近的地方，游客最先看到的就是这三座房子。这可咋办啊？"开会时，会计林晓伟急得团团转。

"这三兄弟到底想干啥？这是为全村谋福利的好事，他们为啥还要拒绝？"林明飞发出了自己的疑问。

"三兄弟说了，他们的房子才盖好不久，说是什么欧式风格，特别是里面的装修也很洋气，一旦外立面改了，跟里面的风格不统一，住着就不舒服了。"林晓伟说道。

"这可真是棘手了，走，叫上王支书，我们去他们家里看看，要真是这样子，确实有点难为人家。"林明飞说道。

叫上王新苗，三个人一道向村口走去。

刚进院门，林立明就从堂屋走了出来，说道："我知道你们想干啥，我是不会签字的。"

见林立明这种态度，王新苗脸上有点挂不住，说道："立明，先进屋吧，坐下来咱们谈谈，不会让你吃亏的。"

林立明回头往堂屋扫了一眼，说道："有啥话就在院子里说吧，我看你们能说点啥，就是说出花来，我也不签字。"说完又回头望了一下屋里。

林明飞疑惑地看了看林立明，又看了看他家堂屋，说道："我是市里派到咱们九门港村驻村的第一书记，就是来帮咱们大家伙发家致富的，现在好不容易筹到了一笔资金，准备发展咱们九门港村的旅游，老林，你们三兄弟在致富路上，走在了咱们九门港村的前面，你们这三座小楼，那可是咱们九门港村的门面啊，大家来这里旅游，第一站就是你们这三座小楼。"

林立明看了看林明飞，说道："那又怎么样呢？"

林明飞笑了笑说道："你想想，你这个位置多好啊，不管是开个小饭馆，还是做个小旅社，那可都是绝佳的选择。"

林立明听了心中一动，说道："可是我又不会这些。"

林明飞一听，知道有了进展，连忙说道："进屋说吧，咱们好好聊聊。"

林立明犹豫了一下，还是引着大家进了屋。

进到屋里，林明飞打量了一下屋里的陈设，顿时明白了林立明为啥不让大家进屋了。因为屋里的陈设非常简单，很多还是原来竹编的老旧家具，跟林立明所说的欧美风格根本不搭边。

林立明也觉察到大家发现他说谎，老脸一红，说道："家里家具还没送过来，到时候就跟外面的风格一样了。"

大家笑而不语。

七

其实林立明的情况在九门港村甚至在陵江镇都很普遍，很多人的房子外面做得很漂亮，里面其实很简陋。从外观上看，林立明三兄弟的房子确实有一点欧美风格的影子，这一点影子也就是体现在几个罗马柱上而已，其他地方倒没有什么特点。

乍一看，林立明三兄弟的三座房子排在一起，而且统一风格，确实挺有气势。三兄弟中，林立明排行老大，林立顺排行老二，林立清排行老三。

林明飞三个人跟着林立明进了堂屋，心里就有底了，因为林立明虽然盖起了两层小楼，但是估计也是掏空了家底，甚至有借款也说不定。

林明飞说道："老林，从咱们九门港村的情况来看，你们三兄弟的日子还算是过得比较好的，起码这三座小洋楼摆在这里，一看就很有气势。"

林立明心中大为高兴，他和两个弟弟拼死拼活去打工挣钱，还问亲戚借了一点，这才把房子盖起来，但是盖起来之后，没有钱折腾家具了，只能慢慢弄。

"我们九门港村搞的这个项目改造工程，目的不是为了折腾大家，而是为了给整个九门港村赋予旅游的价值。"林明飞意识到自己说得有点太书面了，改口说道，"也就是说，通过改造，让咱们九门港村成为一个景点，也让那些水贩上岸居住。像你们三兄弟的房子，完全可以开个饭馆，或者小卖部，还可以做旅馆，到时候还怕赚不到钱吗？"

林立明听了以后，有点心动，说道："我也不会这些啊，只会下苦力。"

林明飞心中一动，林立明的话给自己提了个醒，心道："是啊，扶贫要先扶智，九门港村的很多人文化水平不高，让他们接受这个项目还需要进一步的引导。"

　　林明飞说道："放心，我会帮助大家的，村委会也会帮助大家的。"

　　王新苗说道："立明，你是三兄弟的老大，你们三兄弟都是勤快人，勤劳致富这个道理你们都懂，现在小林书记帮我们这么大忙，想方设法让我们在家门口就能把钱赚了，我们没有理由不支持啊。"

　　林立明张了张嘴，没有说出话来。

　　林晓伟见状赶忙说道："立明，你看看这家里面，跟你房子外面的样子，一个天上一个地下。"

　　林立明听着林晓伟的话，脸色变得越来越难看了。俗话说，揭人不揭短。林晓伟这样说，那可是赤裸裸地打了他的脸。还没等林晓伟说完，林立明就听不下去了，大声说道："你们走吧，不要再来找我了，我这房子是不会动的！"说着，就把三个人往外推。

八

　　"得，本来还有戏，你这一下子把他给说毛了……"王新苗不满地说道。

　　林晓伟也意识到了自己的失误，但是事已至此，他也无可奈何了，于是不好意思地笑了笑，说："都怪我，心里想啥，嘴里一秃噜就说出来了。"

　　"你呀你，都干上会计了，还是这样心直口快。"王新苗恨铁不成钢地说道。

"现在我们也不要着急，林立明三兄弟家里的情况也掌握了，我们先把项目做起来，他们三兄弟的工作慢慢做，我觉得应该可以做通，毕竟只是改变一下房子的外立面，又不是拆他家的房子。"林明飞宽慰道。

三个人各怀心事回去了。

晚饭后，林立明、林立顺和林立清三兄弟凑到了林立明的家里。

"大哥，今天村支书、会计他们来找你说啥了？"林立顺问道。

"没说多长时间就被我赶出去了。那个林晓伟，还是咱们一个宗族的，说话贼难听，被我直接轰走了。"林立明依然愤愤不平。

"什么？他连大哥都敢说，长本事了！"林立清也是个火暴脾气，一听大哥被人家说了，火气立马蹿了起来。

"你属炮仗的啊，一点就炸？"林立顺制止道，"大哥，他们来干啥？我看现在村里都在议论，要把九门港村打造成一个旅游乡村，这可是个好机会啊。"

"好机会？他们要改造咱们的房子啊！咱们这房子多洋气，十里八乡都没有重样的，他们想把咱们房子往土里吧唧里改造呀！"林立明说道。

"效果图我看过，我觉得我们的房子如果不改造的话，非常影响整体效果，咱们这三座房子是最显眼的位置。如果不改造，就会逼着他们重新建一个码头。这样的话，我们的房子就不在显眼的位置了。"林立顺分析道。三兄弟里面，林立顺读书最多，脑子也最好使。

"老二，你觉得我们应该怎么办？"林立明问道。

"我觉得没必要跟村里僵着，咱们不用花一分钱，就可以改造好了。现在打零工越来越难赚钱，要是再赚不到钱，我们得考虑出远门了。这旅游项目改造好了，我们不用出门就能赚钱。"林立顺说道。

"二哥，真的吗？真的可以不出门吗？"林立顺惊喜地问道。他刚刚娶了媳妇，热乎劲还没过，现在可是一万个不情愿出远门。

林立明白了林立清一眼，没好气地说道："瞧你那点出息。"

"我跟你们说，咱们这里旅游开发还是很有市场的，离县城差不多半个小时左右，离市里两个小时不到，周末城里人完全可以过来玩。要知道，咱们这里以前那可是'小香港'啊，要是能够开发出来，你想想……"林立顺故意不往下说了。

"那还等什么啊，快去签字呀！"林立清立马跳了起来。

"今天刚把人家轰走，我才不去签字，我这脸往哪里搁！"林立明说道。

九

就在林立明三兄弟纠结的时候，村委会的几个人也在纠结着。

"林立明三兄弟那个位置非常好，是现在的一个渡口，如果不能改造，确实是挺影响整体效果的。"王新苗说道。

"要不我再去做做工作？"林晓伟试探着说道。

"你可拉倒吧，你别去了。我倒是有个主意，你说我们能不能再选个地点建个渡口？"林明飞说道。

"你的意思是重新再建一个渡口？"王新苗眼睛一亮。

"也不一定，如果他们三兄弟执意不改造，我们也只能出此下策了。现在他们的地段好，一旦换了渡口，那就是天壤之别了。"林明飞说道。

林晓伟忽然一拍大腿，说道："有了，再重新修个渡口的话，代价太高了，特别是渡口附近河道清淤非常麻烦。我们可以放出风去，就说准备重新选址修个渡口，看看他们三兄弟的反应。"

"好，这个主意好！咱们明天就把渡口要重新选址的消息散播出去，估计林立明他们三兄弟自己就急了。如果改了渡口，那他们那个地方就不是黄金地段了。"王新苗赞成道。

"嗯，我也觉得可以，给他们三兄弟施加点压力，说不定他们很快就会主动找到我们。其实这个渡口，能不改还是不要改，因为这个渡口位置很好，也是离陵江镇最近、最方便的位置，能不换位置还是尽量不要换。"

第二天，渡口准备重新选址的消息在九门港村传开了。九门港村的村民议论纷纷，都说如果能把渡口修到自己家房子附近就好了，这样的话开个小卖部就能赚钱。

消息传到了林立清的耳朵里，本来他在打麻将，这下也坐不住了。林立清抛下几个脸上写满了不满的牌友，用最快的速度冲进了林立明家里。

"大哥，不好了！"林立清慌慌张张地说道。

"咋了？慌里慌张的，急什么？"林立明说道。

林立清喘了口气，说道："王新苗和林晓伟他们要重新选址建个渡口，如果这样的话，我们这边可就不热闹了。"

"啊……他们怎么能这样？"林立明一时间难以接受这个消息。

两个人正在发蒙的时候，闻讯赶来的林立顺也进来了。

"老二，你说说咋办？"林立明看到林立顺进来，像找到了主心骨一样。

林立顺笑了笑，说道："这还不简单，就跟他们讲咱们愿意改造房子就好了。我觉得他们也是在给我们施加压力而已，谁没事干重新修个渡口，那要花不少钱呢。"

"那，那老二你去说吧，我不想去。"林立明不好意思地说道。

林立顺看了看林立明和林立清，说道："那行吧，我去说。"

看着林立顺走出院门，林立明回头看了看自己的房子，喃喃说道："这房子多洋气啊……"

十

"立顺来了，快进来，快进来。"王新苗看到林立顺来了，立马热情地把他迎进了村委会。

"支书、会计，小林书记也在啊，是这样的，今天我跟我哥还有弟弟商量了一下，我们几个都认为要坚决支持村里的工作，这改造工程那可是大好事，我们怎么可能不支持，书记，你说是不是？"林立顺说道。

"哈哈，你们想通了就好，昨天你大哥还有点想不通，我们还想着实在不行就换个地方建渡口，你们能够配合，那就太好了，村里也省了一大笔钱，谢谢你们啊。"王新苗高兴地说道。

"支书说哪里话，要说谢谢的是我们，你们这可是为村里做了件大好事啊。"林立顺说道。

"要谢啊，那可是要好好谢谢小林书记啊，这可是他忙前忙后跑来的项目。"王新苗笑着说道。

"应该的，应该的。我这三年，不能白来，一定要给咱们九门港村做点啥，要不然就对不起这份信任了。"林明飞谦虚地说道。

林立顺没想到这么大的项目居然是刚来的驻村书记跑来的，不由得对书生模样的林明飞刮目相看。

随着林立明三兄弟在同意修缮的意向书上签了字，整个九门港村就进入了改造的快车道，几乎是一天一个样地变化着。

通达码头，黄德民和一帮水贩在那里侃大山。

"这船这样一改造，我就有点不舍得拉货了，这一拉货就把船给糟蹋了啊。"黄德民满意地看着自己焕然一新的小船。

"是啊，这船这样一整，我更不想上岸居住了。到了晚上，这彩灯一开，就跟住在皇宫里一样。"旁边的翁志明赞同道。

"我们这船都一个样子，应该编个号，要不然客人不好找到我们，现在往码头一靠，别说客人了，我要找自己的船都要瞄半天才能找到。"水贩刘波涛说道。

"对对对，我昨晚也是找了半天才找到，要编个号，要不然太不方便了。关键是这号咋编？"翁志明说道。

林明飞正在查看工程进度，正好走到了码头这里，听到水贩们在谈编号的事，于是建议道："抓阄吧？黄师傅，你们看咋样？"

"对，抓阄，这个主意好，还是小林书记点子多。"翁志明赞叹道。

"这个编号最好是弄成灯光的，挂在船上的话，晚上游客也好找一些。"

"这码头还要扩建一下，对面的渡口也要扩一扩，下一步要是船多了就停不下了。"

"还要设个售票厅，专门卖票，上次说的套票的事可以考虑，游客来了，吃、住、游玩一张票通通搞定，来就是休闲的，我们全部安排好。"

大家七嘴八舌地讨论着，为九门港村的建设出谋划策。林明飞看到大家都铆足了劲为九门港村的建设贡献着自己的力量非常开心。

尾声

转眼，三年的驻村生活一晃而过，到了林明飞回单位复命的日子。

"小林书记，九门港村是你永远的家，一定要经常回来看看啊。"王新苗拉着林明飞的手久久不肯松开。

"小林书记，拿着，这是婶子自己地里种的芋头，带回去吃。"李婶硬往林明飞的怀里塞了一大袋芋头，"对了，小林书记，陵江镇西头老陈家的姑娘你有空去见见，人家对你可是很满意，专门托我给你带个话，你要是愿意，就上门提亲。人家女孩子这么主动了，你看……"

李婶的话让林明飞的脸一下子就红了。林明飞赶紧说道："李婶费心了，我得回去了，乡亲们别送了。"

正在这时，黄德民按了按游船的喇叭，也算是为林明飞解了围。本来林明飞是想坐汽车走的，但是黄德民他们执意要他坐一趟游船。林明飞拗不过他们，只得答应。

随着汽笛声响起，黄德民的游船缓缓地离岸了。

"常回来看看啊……"

"记得回来啊……"

"这里永远是你的家……"

乡亲们在码头上朝着伫立在船头的林明飞挥舞着双手，大声地喊着。

听着乡亲们依依不舍的话语，林明飞的眼睛不由得湿润了。

水　怪

一

“听说没有，黑泽湖出现了水怪！”

“啥？水怪？就像尼斯湖水怪一样？”

“尼斯湖水怪是啥？”

“尼斯湖水怪都不知道？尼斯湖水怪就是尼斯湖的水怪嘛……算了，跟你说你也不知道，咱们黑泽湖水怪是啥情况？”

“昨天，有几个人在黑泽湖上打渔，忽然看到一条十几米长的黑色水怪在湖里翻滚，非常吓人，听说还拍到了录像。”

“不对吧，是几个人在湖里游泳的时候看到的水怪，人都差点回不来了。”

“我咋听说是几个人在岸边走，水怪忽然在离岸边不远的地方出现了，翻起的浪花把几人的衣服都打湿了。”

黑泽湖里有水怪的消息像长了翅膀一样在黑泽湖畔传开了，而且各种各样的版本数都数不清。

水泽村村委会里，会计小王说道："主任，这黑泽湖有水怪的事怎么越传越玄乎啊。"

村主任点了点头说道："这世界上哪有什么水怪啊，那个什么尼斯湖水怪到现在也没有证实有没有，成了一个未解之谜。"

会计小王说道："主任，那个视频你看到了吗？"

"你是说那个拍到水怪的视频？我看了，看起来确实挺像的，但只看到了蠕动的身子，没看到头，不敢确定是啥。"村主任说道。

会计小王神秘一笑，小声说道："我听说那个水怪是假的，是一辆大卡车的破轮胎，被水流带动着，所以看起来像个活物。"

"我再看看，你还别说，真的像是轮胎，不过距离有点远，看得不太真切。"村主任又仔细看了一遍视频。

会计小王说道："我前两天跟人家说那是轮胎，还被人家说了一顿，现在所有人都相信有水怪，没人相信那是破轮胎了。"

"这可咋整？这样下去，以后谁还敢到湖里游玩啊？咱们这里的乡村旅游刚刚有了起色，唉……"村主任担忧地说道。

"哈哈哈……"会计小王笑了起来，说道，"主任，你多虑了，现在到咱们这里旅游的人不但没有减少，反而越来越多了，很多人就是冲着水怪来的。"

"冲着水怪来的？那他们不怕水怪啊？"村主任纳闷道。

"我觉得吧，其实很多人也不相信有水怪，这些人就是想探秘而已，很多胆大的还专门包了船到湖上寻找。"会计小王说道，"咱们村现在成了网红打卡地，这几天陆陆续续来了不少网红，很多人在湖边直播。"

"也是啊，难怪最近生面孔越来越多了。"村主任恍然大悟。

"主任，我觉得吧，现在黑泽湖里有没有水怪已经不重要了，现在很多人也不在乎是不是真的了，我们村可以借这阵风，把乡村旅游再往前推一推。"会计小王建议道。

"借风？"村主任仰头看着天喃喃道。

二

"温大娘，你这是要干啥啊？这店不开了？"老刘头热情地跟温大娘打着招呼。

"这不，我申请了助农贷款，很快就批下来了，我准备把我这个小卖部改建一下，像城里一样，弄个小超市。"温大娘笑着说道。

"这可厉害了，咱们水泽村历史上第一家超市啊，名字起好了吗？"老刘头称赞道。

"你这一说，还真提醒我了，还真要弄个牌子，就叫温大娘生活超市，行不行？"温大娘说道。

"这，这也太普通了，最近咱们这儿水怪传得挺热的，你就叫'水怪超市'得了。"老刘头调侃道。

"你可拉倒吧，叫'水怪超市'，还不被人笑掉大牙？"温大娘连连摇头道。

"我也是开个玩笑，还是要好好想个名字，毕竟是咱们村第一家超市。我先走了，你先忙着。"老刘头告辞走了。

老刘头走后，温大娘自言自语道："'水怪超市'，这名字倒是挺响亮，不过跟我这气质不符啊。"

"你啥气质啊？人家《乡村爱情》里有个谢大脚，长得那么好看，开的超市都能叫'大脚超市'，我看咱家超市就叫'水怪超市'，挺好！"温大娘的老伴儿夏老头说道。

"行，就叫'水怪超市'，咱们村都已经快成水怪村了，今天早上几个问路的，都是问我这里是不是水怪村。"温大娘说道。

"哈哈哈，水怪村就水怪村吧，没想到咱们村也成了网红村，我跟你说啊，今天有一个300多万粉丝的大网红要来拍摄，我也看看去。"夏老头兴奋地说道。

"大网红啊，男的女的？"温大娘不咸不淡地问道。

"女的啊，叫什么来着？我忘了……"夏老头不疑有他，顺口答道。

"咱家这超市要赶工期，你老老实实在家待着，去看什么网红？还是什么女网红！"温大娘斥道。

夏老头这才反应过来自己说漏嘴了。他眼巴巴地看了看门外，无奈地收住了脚步。

"我去看看，到底是什么网红，看把你的魂儿都勾走了。"温大娘不让夏老头去看，自己自顾自地走了。

温大娘不紧不慢地走着，但刚出门就后悔了，因为她忘了问那个大网红在哪里了。

温大娘不知不觉走到了水泽村的小饭馆，看到小饭馆也在翻修，就停了下来问："张大厨，你这是干吗呀？"

"这不是地方不够坐吗？我准备把这个院子改造一下，这样就能坐得下了。"张大厨停下手头的活儿说道。

温大娘笑了笑，说道："是不是生意很好啊？"

"是啊，最近一天比一天人多，我准备找两个伙计，我一个人有点忙不开了。哈哈……"张大厨笑道。

"咱这可是托了黑泽湖水怪的福啊，现在来咱们村旅游的人越来越多了，我那小卖部也要变成小超市了。"温大娘笑道。

"那我这也不能叫小饭馆了，要叫大饭店了，哈哈……"张大厨开玩笑道。

"就叫'水怪饭店'吧，我那超市就叫'水怪超市'了。"温大娘说道。

"你可拉倒吧，怎么能叫'水怪饭店'呢！"张大厨笑道。

三

水怪超市里，几个村民在闲聊着。

"听说没有，咱们村张大厨的饭店开张了，你猜叫什么名字？"黄大姐神秘一笑。

"'张大厨饭馆'？"温大娘说道，"还是'张大厨饭店'？"

"你们绝对想不到，居然叫'水怪饭庄'，哈哈哈……"黄大姐实在是憋不住，大笑了起来。

"啥？我上次建议他叫这个名，他还嫌弃，哈哈……下次看到他，看我不好好损损他。"温大娘也是笑得前仰后合。

"你看你们几个，埋汰人家张大厨，自己小超市不也是叫'水怪超市'？谁也别说谁。"夏老头忍不住说道。

温大娘不满地说道："我们几个女的聊天，你一个大男人在这儿干啥？

你出去溜达溜达吧。你杵在这里，影响我们心情。"

夏老头如逢大赦，飞一般地消失在超市门口。

"你家老头子刚才好像是笑着走的。"黄大姐不失时机地给夏老头上眼药。

"居然敢笑着溜掉，看回来我不收拾他。"温大娘笑骂道。

"温大娘，我觉得你这小超市生意很好啊，比咱们村老林家的生意要好很多。"李婶说道。

"要与时俱进啊，我这也是沾了水怪的光啊，以前只是做做咱们自己村人的生意，勉强赚点油盐钱，现在主要是做游客的生意了，比以前好了不少。"温大娘说道。

"你说，我把我儿子的房子改成民宿咋样？反正我儿子也在南方打工，一年也不回来住几天，房子放在那里闲着也是闲着，咱这里也不像城里，没人要租房子。"李婶说道。

"民宿可以啊，就叫'水怪民宿'吧，我看我们村已经没人知道叫水泽村了，现在快被叫成'水怪村'了。"温大娘说道。

李婶笑道："'水怪村'就'水怪村'，只要咱们村生活变好了，那咱们村的小伙子还愁娶不上媳妇？"

"我觉得你如果想做就要趁早，现在这股热劲还没过去，现在不是有什么经济来着，上次几个网红在这里买水的时候念叨着，好像说靠什么流量挣钱。"温大娘说道。

"你们说到底有没有水怪？"李婶问道。

"有没有已经不重要了，现在这些网红到咱们村，就是要炒作水怪这个概念，现在我们就是说没有水怪，人家也不能答应了。"温大娘分析道。

“我回家跟我那口子商量一下，民宿的事情真的要抓紧，要不然就没钱赚了。”李婶说道。

“嗯，你儿子的房子在村头，那个位置很好，非常显眼，妥妥的湖景房，做民宿不愁生意。”黄大姐不无艳羡地说道，“你们这都有赚钱的门道了，我们家在最里面，位置也不好，咋整？”

“办法总比困难多，放心，听说村里正在商量这事了，大家可以跟着村里一起干。”温大娘说道。

四

“各位老铁，我是一个新主播，请叫我黑泽小白龙，现在在水泽村给大家直播，对不起，我说错了，我现在在水怪村给大家直播，我身后的这片水域据说就是视频中水怪出现的地方，当时……我眼花了吗？感谢飞翔大哥送来的火箭，大家给我飞翔大哥点点关注，榜二就是飞翔大哥，家人们点一下就能看到……”一个穿着前卫的主播在黑泽湖边的镜头前卖力地喊着。

离黑泽小白龙不远的地方，一个染着红头发的女主播边唱边跳："家人们，你们要看的水怪就在我的身后，什么？没有啊，要有耐心知道吗？要是那么容易看到，我们还守在这里干啥？……"

“欢迎来到大头哥的直播间，我赶了两天两夜的路，就是为了给大家到第一现场直播。老铁们，点个关注不迷路哈。大头哥专注户外直播探险已经第三个年头了，关注我的老铁都知道，前期听说这里出现水怪以后，我就尽快结束了之前的探险活动，今天我们开始在水怪村直播，我也将给老铁们呈上水怪的第一手资料。"一个满脸沧桑的主播激情地喊着。

……

每天，水泽村的一些村民都会来到黑泽湖畔看热闹，因为这边成了网红打卡地，基本上每天都有很多主播在这里直播，从刚开始的几个人，慢慢地多了起来，天气晴好的时候，最高峰能够达到上百人，这其中有很多是新主播，有的甚至不远千里赶到这里直播。

夏老头成了主播基地的常客，每天都会到黑泽湖畔看一会儿主播们直播，慢慢地，他也萌发了当主播的想法，他没事就跟那些主播套近乎，请教他们怎么直播、直播怎么赚钱。有些主播看夏老头是当地居民，就想着跟他多聊聊，说不定能够得到一些水怪的内幕消息，于是就教夏老头怎么直播。

其实直播的门槛并不高，没过几天，夏老头就开始学着人家直播了，直播的网名就叫水怪村夏老头。还真别说，夏老头凭着是水怪村土著的身份，第一天直播就涨了3000多粉丝。这让他非常兴奋。第二天一大早，他就早早地到了直播基地占了个好位置。但是第二天，夏老头还是说前一天说的那些所谓的内幕，粉丝们不太爱听了，结果粉丝不涨反降，很多人都取消了关注，这让夏老头非常郁闷。

夏老头回到家，跟温大娘说自己当主播的事，结果被温大娘一顿数落，这让夏老头更加郁闷了。不过夏老头本来就是一个爱钻研、敢尝试的人，第三天，他又来到直播基地，这次他没有直接开直播，而是观察别人是怎么涨粉丝的，因为他知道只有粉丝达到一定的量，才能够把流量变现。

五

水泽村村委会里，人声鼎沸，正在召开村民代表大会。

"我觉得我们村现在一定要抓住这次机遇，不然钱都被那些外来网红赚了，我们村陪着跑了个龙套。"夏老头念念不忘他的网红之路。

"网红能赚几个钱？天天在那里喊，结果到我店里吃面，加不加蛋还要犹豫一下。"张大厨不屑地说道。

"是啊，好几个网红在我民宿里住，还要跟我讲价，非要让我优惠，还说在直播间帮我打打广告。"李婶附和道。李婶也是行动派，上次跟温大娘商量了以后，回去就把儿子的房子改成了民宿，其实难度也不大，就稍微改造了一些地方，配置了一些被褥，其他都是现成的。

"对了，李婶，你家民宿生意咋样？我看每天都是挂着'今日无房'的牌子。"夏老头问道。

"生意还行，我那民宿规模很小，只有6个房间，现在就是有60个房间都不愁没生意。"李婶唏嘘道。

"大家静一静啊，等下再谈大家的生意经哈。"村支书边说边敲了敲桌子说道。村委会里慢慢地安静了下来。

"主任，你先说说？"村支书扭头跟村主任说道。

村主任清了清嗓子，说道："乡亲们，我就直奔主题了，今天这个会呢，主要是想集思广益一下，听听大伙儿的意见。大家都知道，现在咱们村迎来了一个发展的好机遇，只要我们能够把水怪的热度保持下去，我们的钱包就不愁鼓不起来。大家有什么好的想法都可以说啊。"

"我先说下，我先说下。"夏老头迫不及待地说道，"我们村也要培养几个主播，不光是为了宣传咱们村，也可以直播带货，我看有的主播一晚上能轻轻松松卖几十万的货。"

"我觉得我们村可以成立一个水怪旅游线路，在黑泽湖里弄一些水怪的雕像之类的，应该可以吸引不少人来参观。这人一多啊，到张大厨饭店吃饭的人也多了，到我那民宿住的人也多了，到温大娘超市买东西的人也不会少，关键就是要有人来。"李婶说道。

村支书点了点头说道："李婶说得对，外来人员来消费，才能增加我们的收入。像以前，温大娘去张大厨饭店吃碗面，张大厨到温大娘超市买瓶酒，这其实并不是增加咱们村的收入，只是左口袋掏到了右口袋而已。"

众人纷纷点头。

"我有个主意，真的想要吸引人来，那必须有固定场所，让人家有东西看。"会计小王卖起了关子。

"啥东西给人家看？咱们那水怪又变不出来。你有啥想法你就说吧。"温大娘催促道。

会计小王说道："我们可以建一个水怪馆，把世界上的一些水怪的传说汇总起来，让游客可以在水怪馆里探索。"

"这个主意好，可是建这个水怪馆要钱啊。"有人在下面说道。

"我也支持小王的这个主意，村里没钱，大家凑一凑，应该要不了多少。"尝到甜头的张大厨支持道。

六

"我建议成立一个合作社，专门推动关于水怪主题的开发，这一块如果要上规模，需要投入不少资金和精力，只有形成一定的规模，才能吸引更多的人来投资。"村主任顿了一下，等大家消化了他刚刚说的话，接着说道，"这个合作社，可以采取入股的形式，咱们村民都可以入股，到时候以分红的形式给大家返利。不知道大家有没有意见？如果看好这个项目，到时候来签协议。"

"我支持，集中力量才能办大事，别的一些地方就是靠这种方式集体致富的。我受够了咱们这种撑不着也饿不着的状态了。"有人在下面大声喊道。

"我看别折腾了，等水怪这股热乎劲过去，我们的日子还会像从前一样，想赚钱还是要去城里打工啊，我们这些年纪大的，还是老老实实帮他们带带娃吧。"有人并不抱希望。

"要干就干大点，咱们也让在外面打工的年轻人看看，我们这些留守的照样能干出点名堂来。"有人继续支持道。

"这能不能赚钱啊？一家要出多少钱啊？"有人担心道。

一时间，村委会的会议室里像油锅里浇进去一杯水，整个沸腾了起来，一股股声浪甚至有点要把房顶掀翻的趋势。

村支书和村主任对望了一眼，两个人不约而同地笑了笑，这个场面是他们提前预料到的。

过了一会儿，支持派的声音明显盖过了反对派，但是大家还是争论不止。

村支书看这争论一时半会儿停不下来，就扬了扬手，提高了音量说："乡亲们，大家先不要争，我们每家每户应该要不了多少钱，我们需要大家支持的主要是房子。"

"房子？什么房子？"有人提出了疑问。

"是这样的，我们村有628户，但是院落有1047个，这表示，我们的房子是很多的。再者，我们村平时住在村里的也只有1000多人，有的家里老两口还要一人住一套宅子，是不是这样？"村支书分析道。众人纷纷点头。

村支书很满意大家的反应，接着说道："我们很多房子其实是给孩子盖的，孩子娶完媳妇就出去打工了，房子就闲置了下来。在这一点上，李婶就做了第一个吃螃蟹的人，把他儿子那套宅子做成了民宿，现在租客每天都是爆满的，她也不需要什么成本，只要每天把被褥什么的洗晒洗晒就行了。"

"我儿子那套房子才盖好没多久，改成民宿不是很可惜吗？"有人在下面说道。

"这个问题很好，大家想一想，房子再新，放在那里空置，要不了多久就会变旧，与其这样，还不如改成民宿，要不了多久就把盖房子的钱赚回来了，大家伙儿说是不是？"村支书接着说道。

"那我们拿房子入股就行了吗？"有人问道。

"可以的，房子也可以入股，一套一套的更合适，城里人来旅游，一家子就可以住进一套房子里，独门独院，非常好出租。"村主任解释道。

七

"噼里啪啦……噼里啪啦……"

水泽村村委会门前,在一串长长的鞭炮声中,副镇长为水泽村水怪文化旅游开发合作社揭牌。

"感谢镇长亲自为我们水泽村的合作社揭牌。"村支书带头鼓起掌来。

副镇长向围观的村民挥了挥手,说道:"乡亲们,你们村这次成立水怪文化旅游开发合作社,镇党委和镇政府非常重视,也非常支持,受镇党委王书记的委托,我有幸见证了水泽村这一历史性的时刻,在这里,我代表镇党委王书记再次表示祝贺。"

围观的村民鼓起掌来。

副镇长抬了抬手,待掌声稍歇,接着说道:"我这次来,不是空手来的,我是给乡亲们带来好消息的。镇里决定修一条公路,专门将水泽村和省道连通起来,这样从市里、县里就能直达你们水泽村了。"

围观的村民发出了雷鸣般的掌声和叫好声。

"同时,镇党委、镇政府将帮助水泽村建一个水怪文化广场,并资助水泽村一批户外健身器材。"副镇长高声宣布道。

"好!感谢镇党委!感谢镇政府!"围观的村民欢呼起来。

"祝乡亲们腰包越来越鼓,笑容越来越多!"副镇长带头鼓起掌来,村民跟着鼓起掌来,村委会门口一片欢腾。

副镇长出席完揭牌仪式,跟乡亲们告别后就走了。村支书和村主任几个人送走了副镇长,继续在村委会里开会。

"主任，现在镇上非常支持我们村，我们也要加快进度了，特别是水怪文化广场，这是镇上资助的，我们要把这个广场建成地标。"村支书说道。

"那必须的，另外，大家伙拿房子入股的事情，还需要仔细研究一下，特别是有些村民把老宅子拿出来入股，我觉得这可以，有些游客说不定就喜欢住那种老宅子，想体验那种原汁原味的乡村气息。"村主任说道。

"是啊，这种情况我家就有，因为新宅子比较大，我们一家都住在里面，老宅子反而空了，但是老宅子闲置久了，需要整修，要不然没法往外出租。"会计小王说道。

村支书想了一下说道："让大家好好把房子整一整，然后我们找村里德高望重的人给入股的房子评估价值，按价值入股分红。"

"嗯，就这么办，这样也能让大家有动力去整房子，只有入股的才有分红，不入股就没得分红了，我们尽可能地发动大家都入股。"村主任说道。

八

"夏老头，能跟您合个影吗？"有一个女游客凑到夏老头旁边说道。

夏老头笑了笑说道："好的，没问题。"

获得肯定的回答后，女游客凑到夏老头旁边美滋滋地合了个影，而后笑眯眯地走了。

"你为啥跟这个老头儿合影啊？"女游客的同伴纳闷道。

"你猜？"女游客神秘一笑。

"我上哪里去猜啊，这又不是大明星。"同伴答道。

"答对了，可惜没奖。这个老头儿可不简单，这可是水怪村第一大网红，粉丝已经超过50万了，现在每天直播带货，可赚钱了，正好他家也是开超市的，卖东西他很在行。"女游客说道。

"50万粉丝，那也是不大不小的网红了，草根明星啊。我也要去合个影，万一以后人家更火了，我也能显摆显摆。"同伴赶紧返回找夏老头合影去了。

水泽村水怪文化旅游开发合作社成立以后，整个水泽村一天一个样，特别是村容村貌发生了翻天覆地的变化。镇政府出资修建的那条公路一通车，周末水泽村便人满为患，连停车的地方都没有了。

水泽村这么红火，很多人看到了商机。有的公司专门找到合作社洽谈合作事宜。会计小王的脑袋很好使，大到墙面广告，小到每家每户的门牌号底下的位置，都做上了广告，一下子给整个合作社增加了不少收入。

特别是村民门口的门牌号，是使用石块刻成的，非常美观，在底座上加了个石材厂的广告，仅此一项，合作社就收取了石材厂5万块钱的广告费。

好的开始是成功的一半，另一家石材厂看水怪村的门牌被人包了，于是想出了新的办法，就给每家每户的门口送了一对石狮子，也是在底座上加上了广告，当然他还是要给合作社交广告费的。

水怪文化广场建成后，周围的宣传栏也建了广告位，成了各种厂家眼中的香饽饽，纷纷来找合作社合作，到了最后，广告位也是一位难求了。

水泽村的发展走上了快车道，电视、报纸、网络全方位多角度的宣传，使村子的名气越来越大，甚至被游客称为小迪斯尼，每天的游客络绎不绝，这也让水泽村的村民乐得合不拢嘴。

　　刚开始，游客还会问水泽村的村民到底有没有水怪，到了后面，大家基本上已经不去纠结这个问题了，因为水泽村的水怪探秘馆建成后，满足了游客的猎奇心理。在水怪探秘馆里，搜罗了世界各地的水怪传说，也塑造了各种各样的水怪模型，再加上声光电的各种辅助作用，让人有一种身临其境的感觉。特别是小孩子，以自己敢到水怪探秘馆一游为荣。

　　在夏老头的带领下，水泽村诞生了一批网红，全部开始直播带货。水泽村靠着黑泽湖，湖里的水产非常丰富，本来因为交通不便，渔民打渔也就是自给自足，顶多到镇上换点零花钱。现在在村里几个网红的带动下，水泽村的鱼也烙印上了水怪村的标签，非常抢手。一些已经不打渔的村民重新操持起了渔具，每天的鱼货也不愁销路，基本上是前一天就把第二天的都预订走了。

九

　　"主任，我想收回我的那套老宅子，你看行不行？"会计小王试探着说道。

　　"咋？这第一次分红还没开始，你咋要退出了？你可不能带头退出啊，你可是村部的人啊。"村主任诧异道。

　　"我不是要故意退出，我家没地方放货啊。"会计小王为难地说道。

　　"放什么货啊？"村主任很纳闷。

　　"前段时间，我老妈跟着夏老头弄起了直播带货，起了个网名，叫什么'水怪村林大妈'，专门卖咱们黑泽湖的土特产，甚至隔壁村的土法辣椒酱也上了她的直播间。"会计小王说道。

"放货，随便找个房间不就能放了吗？过一段时间就要分红了，你知道的，咱们合作社的效益很好的，一年下来，分红还是相当可观的。"村主任劝道。

"我也是这样跟我妈说的，可是她不这样想。她要把老宅改造一下，弄一个直播间，要像那些大网红一样，搞一个背景墙。这还不算完，她这些天一直发动我和我爸当她的助理，说在直播间她只负责讲解，助理要帮她递货什么的。"会计小王说道。

村主任有点想笑，说道："你跟你爸答应了？"

"怎么可能！我爸第一反应就拒绝了，我也没答应。实不相瞒，我老妈直播带货还没赚到过钱。"会计小王有点尴尬地说道。

"这没赚到钱，还这么来劲？"村主任有点哭笑不得。

会计小王说道："别提了，我妈还不是看人家夏老头一车一车地进货卖货，觉得自己也可以。她也不看看她粉丝才一两千，人家夏老头的粉丝已经五六十万了，那能比吗？"

"对呀，你给她分析分析啊，直播间没有人气，怎么能卖得动货。有些事情不是你想干就可以一下子干好的，要一步一步来。"村主任说道。

"我妈不听劝，她觉得是自己的直播间太简陋了，一定要弄得漂漂亮亮的才行。"会计小王说道。

"既然这样，我来帮你劝你妈，你就把心放在肚子里吧！"村主任对会计小王打着包票。

果然，经过村主任一劝，会计小王的母亲最终决定不退股了，会计小王因此很感谢村主任。

十

转眼间，水泽村的水怪文化旅游开发合作社已经成立近一年了，村民们脸上的笑容越来越多，有些心急的还经常跑到村部去问啥时候分红。

经过连续两周的加班加点，会计小王把合作社的收入及分红核算表递到了村支书的面前。

村支书认真地看了一遍，说道："小王，你觉得这个分红方案咋样？"

"没问题，挺好，绝对不会有差错，我认真核算了两遍，你放心。"会计小王拍着胸脯说道。

"我不是这个意思，我不是说数据有问题，我是说每家每户分红的数额。"村支书说道。

"数额也不会有错的，我是按照入股的数量测算的，没问题的。"会计小王有点不满了。

"误会误会，我不是说你测算得有问题，我是说这样分配是不是合适。你看，这几家是老宅子，今年一年的入住率很低，基本上一周能有一次入住就不错了，黑泽湖边的那些基本上每天都有人入住，现在这些老宅子的分红跟人家新宅子的分红差不多，你觉得这样合适不合适？"村支书说道。

"对呀，我咋没想到啊。那刚开始说好的是按入股的份额来分红的，当时还进行了评估。现在要是换分红方案，我觉得不太合适。先声明啊，我不是因为我家是老宅子我才这样说的。"会计小王说道。

"你说得有道理，我跟主任商量一下，你准备一下先公示出来吧。"村支书说道。

第二天，村支书跟村主任商量完，就把合作社的收入及分红核算表公示了出来。果然，如村支书所料，那些用新宅子入股的村民跳了起来。

"支书、主任，这不合理啊，我那新宅子自己都没住，拿来入股，现在年底的分红跟那些老宅子一样，怎么能这样？"有村民不满道。

一时间，整个水泽村议论纷纷，以新宅子入股和以老宅子入股的分成了两拨人，甚至有些脾气比较急躁的吵了起来，还有愈演愈烈的趋势。最终，两拨人闹到了村部。

村支书和村主任早就在关注着事态的发展，但是他们也无能为力，只能静待事态发展。

到了村部，两拨人拉着村支书和村主任进行辩论。辩论的焦点就是新宅子入股的应该多拿一点，特别是入住率非常高的新宅子，一定要比其他的要高一些。老宅子入股的坚持要按照原来的分配方案来做，不然当时签的协议就白签了。

最后，村支书和村主任没办法，只得把村里几个德高望重的老人家请了出来，经大家一起商议后，决定今年的分红还是按协议来分，来年重新制定分配方案，这才平息了这场分红风波。

尾声

"快去看看，合作社的入股分红机制改了。走走走……"村民相互传告。

村部前面，村民逐渐聚集了起来。

"大家伙儿看一看啊，新的一年，咱们入股分红改了，不管老宅子、新宅子都一视同仁，分红按照营业额来分。"村主任大声说道。

"主任，那我们老宅子不是完蛋了？营业额肯定很少啊。"有人抗议道。

"你把老宅子装修好、包装好，一样有人愿意住，你看王大妈家的老宅子，游客排着队预约。这样分红，对大家都公平。"村主任说道。

村民的议论声越来越小了，很多人纷纷点头，觉得这样反而更好，原来用老宅子入股的那些村民暗暗打定主意，要赶紧装修房子，不然新的一年收入要缩水了。

……

转眼又到了新的一年年底分红的时候，村部摆起了长长的桌案，一大堆现金堆满了桌案。

"大家排好队，不要挤，都有都有。"会计小王招呼道。

"小王，这不对啊，这老宅子怎么比我新宅子分红还多了一千？你是不是算错了？"村民吴嫂问道。

"哈哈，吴嫂，没错的，现在老宅子可抢手了，人家城里人现在喜欢住老宅子。"会计小王解释道。

"大家伙儿放心，现在新老宅子的营业额都很高，只要大家用心做民宿，腰包会越来越鼓的。"村主任笑道。

"对了，主任，前几天我们打渔的时候把轮胎水怪打捞出来了，你看咋处理？"有村民问道。

"打捞出来了？放到水怪探险馆吧，很有纪念意义。"村主任说道。

"那可不行啊，那不是暴露了咱们村其实没有水怪吗？这不是告诉别人我们在骗人吗？"有村民反对道。

"拉倒吧，你说有水怪，人家也不会信啊，现在我们水泽村旅游配套设施已经做好了，有没有水怪已经不重要了。"有村民反驳道。

"哈哈哈……"村部的村民们欢笑起来。

水 湾

一

水湾是红石山上的一个村庄，并不是因水多而得名，反而很缺水。

相传，从前有一个姓高的人拖家带口逃荒到了红石山，在山上发现了一处水湾，于是就在这里定居。后来王姓、林姓等人家也在这里定居，慢慢地，这里就有了100多户人家，也就顺其自然成了村庄。由于没有注重族谱的修订，现在水湾村已经不知道繁衍了多少代。

水湾村的那处水湾，应该算是一个小池塘，是由一股山泉汇集而成的。随着人口的增长，到了20世纪70年代的时候，小池塘的水已经不够用了，大家要排队取水，有时因为争抢，还会发生一些冲突。每当这个时候，老村长高贵根就成了救火队长，不得已，水湾村还专门设立了取水制度。水湾村的缺水情况，不仅对村民的生活造成了很大影响，而且极大地影响了粮食收成。

由于缺水，小伙子们找媳妇比吃饱饭还难，因为周边的姑娘基本上没人愿意嫁到水湾村。而水湾村的大部分女孩也都会嫁到外村，远离水湾村。当然，也有例外。林姓人家有一个叫林晓玲的姑娘，义无反顾地爱上了老村主任的儿子高天成，而这自然遭到了父亲林永福的极力反对，并禁止她私自出门。母亲钟玉华整天以泪洗面，苦口婆心地劝林晓玲改变主意。

但这并不能让林晓玲改变跟高天成在一起的决心，她甚至谎称怀上了高天成的骨肉，这让父母无比震怒、无奈。

林永福是个爱面子的人，把脸面看得比什么都重要。所以，林晓玲的谎言抓住了林永福的软肋，使得他不得不妥协，最终连彩礼也没要，林晓玲与高天成简单地办了个酒席就算是礼成了。

而结婚以后，林晓玲的谎言便不攻自破，但生米已经煮成熟饭，林永福也没辙了。只是，他并没有给女儿什么好脸色。林晓玲也不以为意，因为她知道林永福早晚会原谅自己，毕竟自己选择的男人不会差。

没过多久，林晓玲真的怀孕了，而这也让林永福的郁结之气小了不少。

高天成和林晓玲算是青梅竹马、两小无猜，从小学到初中都是同学。从小，林晓玲就觉得高天成很不错。大家还都是挂着鼻涕满村跑的时候，高天成就是孩子王，而且是一呼百应的那种。高天成打小就是那种特别有主意的，经常有一些新奇的主意，所以大家都喜欢跟着他玩。就这样，林晓玲成了高天成的小迷妹。随着时间的流逝，这种爱慕之情逐渐发酵，最后，林小玲不顾家人的反对，义无反顾地嫁给了高天成。

高天成是一个追求上进的人，打小对木工感兴趣，而后自学成才，经常走街串巷给别人做木工，有时候也会做一些泥瓦工，算是十里八乡的能人。但即便是这样，高天成家的光景也没有比别人好多少，顶多是偶尔能见点荤腥。

二

本来大家节约用水，还是能够保障基本生活的。但是天有不测风云，大旱了一年，庄稼减产严重，大家不仅要省着点用水，连粮食也要省着点吃了。

可雪上加霜，第二年情况并没有好转，庄稼甚至都绝收了，这下直接将水湾村彻底击垮了，无可奈何的村民只好去山上挖些吃的，可山上也有弹尽粮绝的时候……那一年，村道上的红色浮土有两三厘米厚，人走过去，后面就是一条红色尘龙，无忧无虑的小孩子甚至玩得不亦乐乎。

水湾村的村民是非常节约的，用老村主任高贵根的话来讲，那就是"馒头掉到地上，都不舍得拿水冲，吹吹上面的灰，就接着吃了"。

连续两年大旱，让水湾村的村民人心惶惶，很多年轻人想着搬走，但是老一辈的人基本上都不同意。

高贵根家里，一家人也在商量是否搬走的事情。

"爹，我觉得要搬走，这样的日子没法过下去了。"高天成说道。

"我是村主任，咱们家要是跑了，别人怎么看我？我不同意。"高贵根用力地在椅子腿上磕了磕烟袋锅子。

"爹，都这样了，您看村里还有几户是全的？再这样下去大家都要去讨饭了。"高天成劝道。

"我知道不全，那人家出去找活路不是很正常嘛，但是他们的根还在这里啊。"高贵根说道。

"爹，树挪死，人挪活，要不了多久，就要饿死人了。这山都快秃了，想找点吃的都难啊！"高天成继续劝道。

"那你说往哪里逃？这两年又不是光咱们水湾村干旱，这一大家子能往哪里搬？只要咱们能扛过今年，明年还能这样？那些跑出去的人，一样还是会回来的。"高贵根信誓旦旦地说道。

高天成看了看林晓玲怀里睡着的孩子，说道："爹，您看小强干瘦干瘦的，明显营养不良，咱得为孩子想想啊。"

高贵根看了看小孙子，叹了口气，说道："我也知道，大家不是都没吃的吗？"

林晓玲说道："爹，天成有技术，到哪里都饿不着。要不，让他先出去闯一闯，等安定住了，咱们再过去？"

高贵根沉默了一会儿，说道："行吧，但是要跟别人说是投奔亲戚去了，别说是逃荒。"

高天成不放心地看了看妻儿，知道父亲能够让他一个人出去已经是最大限度，也就不再说啥。

当天晚上，林晓玲帮着高天成收拾背包，把家里仅剩的4个黑面馒头都塞进了他的背包里。

高天成看林晓玲把黑面馒头都塞给了他，连忙拦阻道："给我拿两个就行了，你们也要吃，我能撑一天就行了，我扛饿。"

"你带着吧，家里还有，你要赶路，多带点，我放心一些。明儿你走了，我回娘家住几天，前几天我妈说让我回去看看。"林晓玲说道。

"别回去了，你家也没啥吃的了。多则一个月，短则两个礼拜，我一定给你们带吃的回来。"高天成坚定地说道。

"嗯，你保重身体，我跟小强等你回来。"林晓玲轻轻地拥住了高天成，鼻子一酸，落下泪来。

三

第二天一早，当高天成走出水湾村的那一刻，回头看了看，似乎看到了林晓玲还抱着小强在遥遥挥手。高天成感觉背上的背包更重了，心道："一家子都指望我了，一定要想办法弄到吃的回来。"想到皮包骨头的小强，高天成不由自主地加快了脚步。

其实不光是高天成家，每家每户都差不多，不过林晓玲娘家的日子应该会好过一些，因为林永福家的地有一块是背阴的，在大旱之年，虽然也减产了，但是没有其他家减产那么厉害。

看了看怀里的孩子，林晓玲还是决定回娘家一趟。

到了娘家门口的时候，听到里面传来嫂子的说话声："小羽，你不要拿着馒头到外头吃，吃完了再出去，现在大家都没吃的，别人看着你吃会很难过的。要不然你就多拿一两个，跟大家分着吃。"

小羽的声音也传了出来："咱们就剩这几个了，我要是拿两个出去，那，那我明天吃啥？"

只听嫂子叹了口气，说道："小羽，那你就吃完再出去玩吧，咱家也没啥吃的了。"

林晓玲听到这儿，本来想转身就回家，可犹豫了一下，最终还是抱着孩子走了进去。

"晓玲回来了，快进来坐。"嫂子热情地招呼道。

"今天蒸馒头啊。"林晓玲看着小羽手上的馒头说道。

"妈妈，我想吃馒头。"林晓玲怀里的小强看着小羽手上的馒头眼巴巴地说道。

"今天刚蒸的馒头，还热乎着，舅妈给你拿一个啊。"嫂子笑着说道，而后便去厨房拿了块馒头给小强，"快吃吧，吃完了，舅妈再给你拿。"

小强拿到了馒头，从林晓玲的怀里滑了下来，开心地跟小羽坐在一起吃了起来。

"晓玲，你家现在咋整？这样下去大家都没出路啊。"嫂子担忧地说道。

"现在野菜都难找了，有点绿色的都快被人挖完了，地里的庄稼都枯死了，风一吹，哗啦啦的，有点瘆人啊。"林晓玲说道。

"可不是，现在地里的庄稼基本上都不行了，地里都裂出了大缝子。我们自己喝的水都快不够了，谁还会拿水去浇地啊。"嫂子唏嘘道。

"本来我家那边离水源会近一些，以往水多的时候，那算是好地，现在水都是定量供应了，我们那一片的地反而不如你们这边的了。今年估计要绝收了。"林晓玲说道。

四

"啥，绝收？"嫂子瞪大了眼睛，"这么严重了？"

"你们家地里的玉米能有收成吗？"林晓玲问道。

"能收一点，但是估计也不多。前些天你哥和老三已经搭了草棚子住到地里了，两个人轮班看着，但还是总有人去偷玉米。特别是一些孩子，抓住了也不能咋着，顶多骂一顿，然后那些孩子下次还会来。"嫂子有点习以为常地说道。

"唉，大家都不容易。今天天成出门了，想着去外面找点活路。"林晓玲说道。

"天成出门了？外面不是一样的干旱啊？到哪里都是没吃的，也是要受罪啊。"嫂子说道。

"让他出去闯闯吧，说不定有转机。"林晓玲无奈地说道。

"天无绝人之路，不可能一直这样下去的。"嫂子说道。

姑嫂两个拉着家常，无非谁家又出去找活路了，谁家没东西吃把看门狗也给宰了，谁家把下蛋的母鸡给宰了……

与此同时，高天成遇到了难题。由于他从来没有出过远门，最远也就是到镇上，所以站在镇西头的十字路口时，他彷徨了，不知道何去何从。

"这不是天成吗？你也出来要饭啊，今天要到啥了没？"高天成的肩膀被拍了一下，扭头一看，是水湾村的王先行。

"啊，是先行啊，你这是……"高天成看到王先行穿得破破烂烂的，肩膀上还搭着一个打满了补丁的褡裢。

"要饭啊，你这要饭要趁早啊，赶到饭点更有可能要到，你这打扮也不行啊，你这像是去相亲一样，还有你这背包鼓鼓囊囊的，人家还以为你已经要到很多了，谁还会给你吃的啊？"王先行说道。

高天成看了看自己的打扮，又看了看王先行的打扮，说道："我这次离开咱们村不是要饭去的，我是看能不能找到活路。"

"呵呵，你还是别去找了，方圆一百里我都走遍了，比咱们村好的没多少，如果明年再旱一年，我们要翻过大山去找活路了。"王先行明显不相信高天成的说辞。

高天成有点震惊了，问道："方圆一百里都是这样？"

"嗯，再远我也不敢走了，我要到几天的粮食就回去，走太远来不及回来，他们就得挨饿了。你去要饭的话，真的要换身行头，你这样要不到吃的。"王先行好心劝道。

"我真不是去要饭的，我这还带着做木工的家伙呢。"高天成的父亲是村主任，打小他就有一些优越感，这会儿看到王先行误会自己，忍不住解释道。

"真不是？那你要是出远门的话，我这正好要了不少，给你点。"王先行说着就从裆裤里往外掏馒头。

"那怎么行，你还要拿回家给家里人吃呢。"高天成推辞道。

"没事，我留够他们吃的，我再出去要，你要是找不到什么活路，也不要怕丢面子，跟着我一起去要饭，活下来最重要，人在，就有希望。拿着吧，拿着。"王先行不由分说地往高天成怀里塞了几个馒头，而后就走了。

高天成看着王先行远去的背影，鼻子不禁有点发酸。

五

高天成看了看怀中的馒头，虽然只有5个，且大小不一，但这基本上是王先行三成的收获。

其实高天成这次走出水湾村，心里有着更大的目标，他毕竟是村主任的儿子，耳濡目染之下，经常也会站在父亲的立场上考虑全村的事情。这次，水湾村遭逢大旱，高天成看着父亲高贵根的头发一天天白了起来，也跟着着急，但是却心有余而力不足。

第一年大旱的时候，高贵根带着一帮人，翻山越岭到山里去实地勘察，最后一致认为，如果要从山外的樟浏河跨山引水到水湾村附近，保守估计要开渠将近100公里，这是一个非常浩大的工程，但是如果能够成功引水过来，那将改变沿线的水土环境，是造福万代的工程。县里来村里调研的时候，高贵根跟调研组的同志反映了开渠引水的想法，调研组的同志也对他的想法表示了极大的兴趣，但同时也表示此项工程实施起来确实难度很大，所以高贵根后来也并没有抱太大希望。

实地勘察的过程，高天成也参与了，也深知目前走出困境的办法就是走出水湾村。想到这儿，高天成坚定了自己的目标，于是朝着跟水湾村相反的方向走去。

第一天，高天成一无所获，没有找到什么木匠活计可以干，唯一的收获就是灰头土脸，这下真的像个逃荒的了。他饿了就啃干馒头，渴了就到老乡家里讨碗水喝。虽然水比较金贵，但是要水喝还是比要吃的简单多了，一般人还是愿意给他的。晚上的时候，高天成找了个秸秆垛，就在准备用秸秆简单铺个床对付一晚的时候，旁边也来了个逃荒模样的花白胡子老者。

花白胡子老者主动搭话："你也是逃荒的？哪个村的？"

高天成一怔，本来想辩解的，看了看自己的打扮，咧开嘴笑了笑，说道："水湾村的。"

"水湾村的？噢，我前几天好像碰到过你们村的一个叫什么先行的。"花白胡子老者说道。

"王先行？"高天成说道。

"对对，王先行。灾荒之年啊，听王先行讲你们连着两年没啥收成了。"花白胡子老者问道。

"可不是，第一年还好点，这第二年基本上就快绝收了。有落脚点的都去投奔了，剩下的这些还在苦挨着，都在想着明年能打个翻身仗。"高天成说道。

"我晚上也跟着你在这边凑合一晚吧，你这鼓鼓囊囊的，要了不少啊！"花白胡子老头不无艳羡地说道。

"老人家您误会了，我其实不是要饭的，这背包里是做木匠的家伙什儿，我是准备出来碰碰运气，看能不能找到活路。"高天成说道。

"木匠啊，那你是真的要碰运气了，现在这个时候，除非你能碰上正好造房子的，要不然一般人家真不太可能打家具。你们这些手艺人，不是饥荒之年还行，干上一个月够吃半年，现在大家能将就就将就了。"花白胡子老者说道。

花白胡子老者的话让高天成陷入了沉思。

六

两个人有一搭没一搭地说着话，可能是因为白天走得太累了，两个人不知不觉就睡着了。第二天一早，两个人就分道扬镳了。

高天成继续往前走，可走着走着，他也不知道走到哪里了。路上，遇上了不少逃荒的人，甚至有的人是举家迁徙。

高天成和他们攀谈了起来，得知了200多公里之外有个地方可以移民过去。

"有活路了！"高天成很兴奋，于是跟着人家一起往移民点走去。

那一家子有老有小，走得并不快，虽然高天成心急如焚，但是也无可奈何，因为他并不知道移民点在哪里。就这样，高天成跟着人家走了4天，终于到达了移民点。

移民点是在一片滩涂附近，有些荒凉，但是起码有了点绿色。

已经有人在盖简易茅草房了。大家都在相互帮忙，先帮一家搭完，再帮另一家搭。

在移民点待了2天后，高天成下定决心，准备返回水湾村，劝说大家移民。

回去的时候，高天成归心似箭，有时候晚上也会借着月光赶路。来时花费了6天的路程，回去只用了4天时间。

回到水湾村，林晓玲看着憔悴的高天成，很心疼。

来不及跟林晓玲叙旧，高天成就兴奋地去找父亲高贵根了，把打算发动全村人移民的事情和父亲说了一下。

高贵根听了之后，没有立即表态，良久，说道："召集一下还在村里的村民，大家一起商量一下。"

听说有活路了，村民集合的速度很快。

等人到齐了，高贵根把高天成发现的移民点告诉了大家，并说了移民自愿原则。一石激起千层浪，村民议论纷纷，有一些人表示愿意移民，也有一些人表示不愿意移民，还有一些人表示再观望观望。

到了下午，高天成忽然意识到父亲还没有说自己家要不要移民，于是他来到父亲屋里问道："爹，咱们家要不要移民？"

"你带着晓玲和孩子搬过去吧，我跟你妈在这里再挺一段时间，我要等大家都搬走了再搬。"高贵根说道。

"爹，都到这个时候了，还有啥好挺的，地里的庄稼已经绝收了，想弄点吃的只能在山上找，但山上能挖的野菜基本上也挖没了，再吃就只能吃树皮了。全家人一起走吧？"高天成劝道。

"不用劝了，你去劝劝你妈，看她能不能跟你们走，我是不能先走的，我是村主任，要陪着大伙儿对抗这旱灾，我走了算怎么回事？你不要再劝我了。"高贵根坚决地说道。

"爹，您这……唉，我去找我妈去。"高天成了解父亲的脾气，只得去劝母亲了。

让高天成没想到的是，在母亲那里也碰了一鼻子灰，母亲也不愿意搬，说要陪着父亲一起扛。

七

父母的坚持让高天成有点动摇，但是第二天很多村民找到了高天成，让高天成带着他们一起搬迁。

正在高天成犹豫的时候，高贵根发话了："天成，你带大伙儿搬迁吧，先熬过这段时间，说不定有转机。我跟你妈这把老骨头经得起折腾。"

高天成看了看父亲，又看了看满脸期盼的林晓玲，只得点了点头。

又过了一天，九点钟左右的时候，决定搬迁的村民集合在了小池塘附近，清一色推着独轮车。每家每户的行李都很简单，大部分人仅仅带了铺盖卷儿、换洗衣服、粮食和锅碗瓢盆，只有少部分人带了农具。

高天成看了看大家的行李，有点哭笑不得，说道："我们不是去要饭，咱们是去开荒，农具一定要带啊。"

"还要种地啊？"村民贾俊才开玩笑地说道："我还以为人过去就行了。"

贾俊才的话引得村民哈哈大笑起来，大家背井离乡的离愁情绪似乎也被冲淡了不少。

高天成招呼着大家："咱们快去带农具吧，起码铁锹、锄头什么的要带一些，大家分配着带一些，到时候可以相互借着用。太大件如果不好带的话，就先别带了。"

大家又手忙脚乱地返回家里找农具，还有的不停地念叨着忘记带什么了，然后撒腿就往家里跑……

未搬迁的那些村民自发地到村口送搬迁户，送上美好祝福的同时，也有万分不舍，甚至有的村民还抱头痛哭。最后，还是在高贵根的不断催促下，搬迁的村民才在依依惜别的道别声中启程了。

这次跟着高天成搬迁的多达50余户，快占到水湾村的一半了。高天成走在车队的最前面，往后望了望站在村口略显佝偻的父亲，再看看身后长长的车队，忽然觉得自己似乎变成了父亲，也成了村主任，顿时感觉肩上的责任重了起来。

长时间没有下雨，马路上覆盖了厚厚的一层浮土，人走过去扬起了很大的烟尘，大家被呛得不停咳嗽起来。

高天成走在最前面，回头看的时候发现了这个问题。他赶紧让大家拉开距离，相隔20米左右行进，这才好多了。

整个独轮车车队的行进比想象中要慢得多，不停有人掉队，有的要小解，有的脚扭了，有的小孩子开始哭闹，有的人拉肚子……各种情况层出不穷。

在大家的相互扶持鼓励下，独轮车车队艰难地蜿蜒向前，大家走走停停，晚上就找一片空地休息，围坐在一起畅想未来的新生活。

一路上的欢笑声与哭闹声冲淡了大家对前路未知的担忧。

八

长途跋涉的第5天，浩浩荡荡的独轮车车队离目的地越来越近。

这天早上，高天成站在一个土堆上嘶哑着嗓子喊道："大家加把劲，快到地方了，今天中午，咱们就要开启新生活了！"这几天高天成不停地吆喝，嗓子也变得嘶哑了。本来疲惫不堪的村民听了高天成的话，顿时像打了强心剂一样兴奋起来。

到了地方，灰头土脸的水湾村村民看到了绿色，顿时忘记一路的疲惫与艰辛，再看到正在涨水的滩涂，不由自主地欢呼起来。经历了缺水的水湾村人，看到一眼望不到边际的水，有几个忍不住流下了激动的泪水。

看到水湾村的独轮车车队，已经在滩涂附近安好"家"的那些人表示了热烈的欢迎，热心的大妈还帮着烧水给大家喝。

高天成是木匠手艺人，对于盖房子的事情也算了解。在他的指挥下，大家在靠近滩涂的树林里就地取材，开始搭建起简易的屋子。人多力量大，在大家的相互帮助下，只用了5天时间，水湾村的村民就在离滩涂不远的树林边整整齐齐地搭建完了简易房子，算是初步安顿了下来。

在搭建房子的这5天，高天成俨然成了水湾村村民的主心骨，得到了大家的一致好评和肯定。水湾村的村民也真正地拧成了一股绳，男的去树林里弄木材和树枝，女的生火做饭带孩子，恍惚间回到了以前男耕女织的时代。

水湾村的村民安顿好了，也成了搬迁点的主要人口，其他地方搬迁过来的还不到10户。有村民提议，把搬迁点称为水湾新村，这得到了大部分人的同意，高天成也被大家推选为水湾新村的村主任。

水湾新村的地理位置其实也很偏，距离最近的村庄也要5公里左右，离最近的乡镇有将近20公里。摆在高天成面前的难题就是怎么带领水湾新村的村民走出困境，不再成为逃荒的灾民。

高天成和几个村民在滩涂边观察了一天，他发现这个滩涂是泥滩，淤泥很厚，涨潮时候看不出来，退潮的时候泥滩就完全显露了出来。等到退潮的时候，几个人商量着去河滩上看看，于是深一脚浅一脚地往河滩走去。

泥滩非常滑，特别是有些没有水草的地方，脚一打滑就会滑出很远，不大会儿，几个人全部都摔了，弄得满身泥。其中一个村民踩到一个水坑，直接陷了进去，淤泥淹到了胸口处，几个人费了很大劲儿才把他救出来。

第一次河滩之行宣告失败，几个人满身泥地坐在河滩边上，闻着身上的臭泥味，相互调笑着谁刚才摔得更惨一些。笑归笑，闹归闹，而后高天成满脸惆怅地看着河滩，眉头皱成了一个"川"字，他总感觉这个河滩绝对是个好地方，只是不知道怎么样才能利用起来。

九

"走吧，还是去想别的办法吧，这泥滩要是好开发，周边的村民早就用起来了，还会等到我们？"贾俊才拍了拍屁股站了起来，这一拍不要紧，淤泥块从他身上扑嗒扑嗒往下掉，一阵腥臭味散发出来，几个人赶紧远离了贾俊才。

"等等。"高天成没有躲开，反而走上前去，捡起一块淤泥块，说道，"你们看，这土质多好，比咱们水湾村的黄土好太多了，这要是种庄稼，产量能不高吗？"

几个人眼睛一亮，贾俊才说道："对呀，光闻这味儿就知道这土明显很肥啊。你看太阳晒过来，一片金色，这里就跟金水湾一样。"

"好名字，以后这地就叫金水湾！"高天成挥了挥手说道。

"但是这每天涨潮落潮的，咋整？"高天成说道。

"咱们把这一大片围起来，不让水过来。"温仁峰指着远处的滩涂说道。

"你咋不说把水舀干呢？"贾俊才笑道。

温仁峰摸了摸脑袋，不好意思地笑着说道："这个泥是好东西，我们可以把这些泥挖出来，堆到水淹不到的地方，堆上厚厚的一层，那庄稼还不长疯了啊？"

"仁峰这个主意不错，但是这需要花太大的力气，不过，咱们人多力量大。"高天成说道。

"你们几个咋弄成这样了啊？去滩涂玩了？"正在这时，村民杨国德走了过来。

"是啊，这里面也太滑了，这要是想捡点田螺什么的都很难。"高天成说道。

"老杨，我们准备把这些淤泥挖出来种地，这个工程很大，到时候咱们全村男女老少齐上阵，要不了多久，咱们就有很多良田了。"贾俊才兴奋地说道。几个人纷纷点头。

杨国德笑了笑，说道："这些淤泥不能种地的，这是细土，晒干了会板结变硬、干裂。还有就是，这种土也是凉土，你想啊，这些土常年泡在水里，太阳也晒不透，这种土不能保湿增温，不适合种庄稼。"

"老杨，不对吧，我记得我爹说过'想要庄稼长得好，一季塘泥两季肥'。他说这种黑泥肥厚，用这个还能省肥料。"高天成说道。

杨国德乐了："哈哈哈，这话是不假，虽然这土很肥，如果直接种庄稼，会因为肥力太足，烧根烧苗是避免不了的，你们就别想这美事了，这都是前人的教训啊。咱们还是老老实实找点别的营生干干吧，搞这个不现实。你们也不想想，如果这样好使，那还能轮到我们？"

杨国德的话，让几个人都陷入了沉默。

"老杨，就没有别的办法了吗？"高天成有点不死心地问道。

杨国德摸了摸胡子，说道："办法倒是有，但是也比较麻烦，想把这些黑泥用起来，要费不少工夫，得先把这些泥翻晒，把里面的一些细菌之类的晒掉，然后再掺进去一些别的土，不能让地太肥，不过这种事有可能出力不讨好。我劝你们还是别做了，要不就翻晒翻晒，把其当作肥料往地里施施肥就行了。"

高天成眼睛一亮，说道："太好了，咱们可以开垦一些荒地，把这些淤泥挖出来翻晒，正好当农家肥。"

"等咱们缓过劲，养头牛，那就直接翻身了啊。"贾俊才憧憬道。

"先填饱肚子再说吧，人都养不活，养啥牛啊？"温仁峰揶揄道。

十

水湾新村的村民奔向新生活的热情被充分激发了出来，大家憋着一股劲，想要干出点名堂给水湾村没有搬迁的人看看。

在高天成的带领下，全村男女老少齐上阵，围着水湾新村热火朝天地开起荒来。

"咱这像不像开发南泥湾一样？"有村民开玩笑道，引来大家的一片赞同声。

"花篮的花儿香，听我来唱一唱。唱一呀唱，来到了金水湾，金水湾好地方，好地方呀。好地方来好风光，好地方来好风光，到处是庄稼，遍地是牛羊……"村里小孩子们把《南泥湾》改编成了《金水湾》，很快就在水湾新村传唱开来。

高天成非常擅长做木工，在开荒的间隙，他和几个村民一道制作了一批播种机、犁耙等农具，解了农具不足的燃眉之急。原先在水湾村的时候，大家都把牲畜和家禽宰杀了，现在种地只能靠人力了。

为了最大限度地保证水湾新村能够顺利发展起来，高天成和村里的长者商量后决定，开垦的荒地先不分到每家每户，先保证大家能有足够的粮食吃，把生存问题先解决了。

水湾新村的男人们忙着开荒的同时，妇女们每天也在想着怎么弄吃的。刚开始，她们大着胆子等着金水湾退潮的时候，去滩涂上捡一些田螺、贝壳之类的，再配上在滩涂周围采摘的野菜，炖上一大锅，谈不上多营养，但填饱肚子还是可以的。

跟高天成他们一样，妇女们在滩涂上捡田螺的时候，也是不停地滑倒，弄得满身泥是难以避免的。

有一天，一个妇女拿了条长板凳去滩涂捡田螺，本来她是想着骑在板凳上，免得摔倒。然而现实很残酷，没走多远，她还是摔倒了。她索性一条腿跪在板凳上，另一条腿在淤泥里蹬着，板凳非但没有沉下去，反而轻松地往前滑了一段距离，但是滑不了多远就会扎进淤泥里。这个发现让她很激动，回到岸上就赶紧告诉了高天成，想让他想想办法看能不能解决板凳往淤泥里扎的问题。

高天成研究了一下，把板凳进行了改造，在板凳前端加了块木板，这样就翘了起来，然后把后面的凳子腿去掉，这样人就比较容易跪在板凳上了。做好之后，高天成到滩涂上试了一下，果然非常好用，不仅不会陷进淤泥里，而且速度很快，一下子可以滑出很远。高天成非常兴奋，赶紧制作了一批这样的滑板凳，解决了妇女们捡田螺难的问题，让村民交口称赞。

十一

第三年依旧干旱，但是偶尔也会下点雨，比前两年的持续干旱好多了。水湾新村的村民在新开垦的荒地加上了翻晒好的淤泥，庄稼长势喜人。

虽然没有前两年那么干旱，但是距离水湾新村200多公里外的水湾村可就有点熬不下去了，原来那个池塘的水也变得不稳定起来，时断时续的，枯水的时候连生活用水都成了大问题，甚至村民有好几次因为到池塘打水的次序问题起了冲突，其中一个村民还被打得头破血流。

第三年的干旱，让高贵根心焦不已，村里被低气压的氛围笼罩着，很多人甚至已经习惯了去讨饭，连田都不想种了。就在这个时候，高天成托人捎来了好消息，说水湾新村那边走上了正轨，到那边起码不用忍饥挨饿，让高贵根发动剩下的村民搬迁过去。

本来就在为水湾村怎么支撑下去焦头烂额的高贵根一听，立马来了精神，开始挨家挨户去劝说。但是让高贵根始料不及的是，水湾村的村民大多不愿意搬。说了半天，只有5户愿意搬，其他人都推说水湾村不会一直旱下去，现在水湾村人少了，只要有水，一定可以回过劲的。

高贵根沮丧地回到家里，一声不吭地在那里抽着旱烟，抽得太急，反而把自己呛到了，不停地咳嗽。老伴冯小芹叫他吃饭，他心焦不耐烦地说："不吃了。"

看到老伴心烦意乱的样子，冯小芹劝道："你这样讲，很多人不相信的，他们好多都没出过远门，好几天的路程，你说得再好也没啥用啊。"

高贵根没好气地说道："咋说都不行，你说咋整？"

"耳听为虚，眼见为实。你把地址给他们，让他们讨饭的时候顺便去水湾新村看看不就行了。"冯小芹建议道。

"这个办法好啊，关键是那个地方也有点偏，很难找到啊。"高贵根担心道。

"给个大致方向就行了，他们应该可以找得到。"冯小芹说道。

"我这就说去。"高贵根又来了精神，立马出门了。

"主任，不是我不愿意搬，你看这一家子老的老、小的小，经不起这种折腾了。"洪道庆无奈地说道。高贵根去劝的第一家又没成功。

"大家一起帮忙，这都不是问题啊。你要不要先去看看情况再决定要不要搬迁？"高贵根继续劝道。

"主任，说实话吧，天成他们那儿离咱们这儿太远了，我去要饭走不了那么远，你想想，一来一回快10天了，这一家老小撑不了这么久啊！"洪道庆说道。

高贵根想了一下，说道："你们结伴而行吧，村里留下的人，我们大家相互照应着，撑个一周多问题不大。"

"主任啊，你没去要过饭吧？要饭哪有结伴而行的，那样怎么要啊？"洪道庆哭笑不得。

高贵根又去了几家，结果也不尽如人意。

十二

"老头子，要不你带着人去一趟？"冯小芹一看高贵根阴沉的脸就知道又失败了。

"我不去，我说过要最后一个走的。"高贵根梗着脖子说道。

冯小芹又好气又好笑："又不是让你现在就搬过去，你带着愿意搬迁的这几户过去，最好是带几个原先搬过去的人回来讲讲，我看今年咱们水湾村有几家扛不过去了。"

高贵根重重地磕了磕烟袋锅儿，说道："只能这样了，明天就出发。"

说完就去催促愿意搬迁的几户抓紧收拾行李了。

第二天一大早，高贵根就和那几户一起上路了。

一路上的艰辛自不用说，当他们来到水湾新村的时候，完全震惊了。一片连着一片的农田一眼望不到边，村子周围的菜地也是一片生机盎然的景象。

"主任，你们也来了！"温仁峰看到高贵根他们，热情地迎了上来。

"来，来了，你们这里比想象中还好啊！"高贵根赞道。

"主任，这个村叫水湾新村，这里叫金水湾，现在是名副其实的水湾了。你生了一个好儿子啊，天成带着我们干的，这样的生活我们以前想都不敢想啊。"温仁峰提到高天成赞不绝口。

"天成？他带着你们干的？"高贵根完全懵了，在他的印象中，自己儿子似乎还是个毛头小伙子。

"天成现在是水湾新村的村主任了，大家一致推选出来的。他今天带着大家在村西头打土坯。你们先等一下啊，我去把天成叫过来。"温仁峰说完一溜烟儿地跑远了。

不大会儿，高天成就气喘吁吁地跑了过来："爹，你们来了，太好了。仁峰你去叫一下大伙儿，先把他们安顿下来，让他们吃顿饱饭。"

一会儿工夫，村口就围满了人，大家看到水湾村又来了几户，都很高兴，七嘴八舌地说着水湾新村有多好，要是他们早点来就好了。

高天成喊道："大伙儿静一下啊，欢迎咱们水湾村的父老乡亲们搬过来，大家呱唧呱唧。"说完带头鼓起掌来。

高天成接着说道："王叔、李婶……你们赶上好时候了，咱们水湾新村准备统一建土坯房，只要是咱们水湾村的，家家都能分上一套。等过几年，争取家家都住上大瓦房。"

高天成的话音刚落，顿时引起一阵叫好声。

高贵根看着高天成一呼百应的样子，忽然觉得儿子长大了，已经能够独当一面了。

"爹，怎么这次才过来这么点人，上次不是捎信回去了吗？"高天成小声问高贵根。

高贵根有点不好意思地笑了笑，说道："别提了，我说这里非常好，人家不信啊，我也口说无凭呀。我这次来，主要也是看下到底是咋回事。现在看到你们，我彻底放心了。"

"爹，您就放心吧，新搬来的村民，我们一视同仁，有我们锅里的，就有他们碗里的。"高天成坚定地说道。

"好！有你这句话，我就放心了。不过这次我回去，还是要请你们一起回去几个人，争取让剩下的人都一次性搬过来。"高贵根说道。

"没问题，明天咱就出发，村里有亲戚的一起回去，也可以帮他们运行李。"高天成说道。

十三

第二天一大早，水湾新村村口的空地上就聚集了一大群人。

"大家伙儿不用送了，我这次回去跟大家讲，那可是有底气了，我第一个支持搬过来。"高贵根说道。

"都搬过来，都搬过来，只要我们锅里有吃的，保证他们碗里也有。房子大家帮着盖，荒地大家帮着开，绝对不会饿肚子了。"高天成笑着说道。

"主任，我们几个跟着您回去，正好也帮大家一起搬东西。"王立宝站在高贵根旁边说道。他的身后站着几个年轻人，是准备和他一起回水湾村的。

"好好好，我太高兴了，还是你们年轻人有魄力啊，看到你们，我觉得我们水湾村还是大有前途的。"高贵根开心地说道。

高贵根话音刚落，周围的村民一片赞美声，基本上都是在夸高天成。高天成被夸得有点不好意思，赶紧说道："走吧，赶紧把他们接过来，咱们水湾村才算完整。"

"走，出发。"高贵根把手一挥，王立宝他们几个小伙子就跟着一起上路了。

看着高贵根他们几个走远，高天成说道："走，咱们接着打土坯去，这次他们搬过来，直接给他们一起盖土坯房。前面空下来的草棚房子，大家先不要拆掉，留一些给他们过渡用。"

"主任，这土坯房是怎么个盖法啊？"村民高秀琴问道。

"这土坯房保证每家每户都能盖起来，但是要有个先来后到，大家放心，今年之内，争取全村人都能在土坯房子过大年。"高天成兴奋地说道。

"主任，那我们昨天才搬来的有没有？"村民王万利问道。

"都有，都有，这次我爹回去接过来的这一批人也有。"高天成说道。

"太棒了。这次算是来对了，看到你们这边发展这么好，真后悔去年没搬过来，都怪我家那口子。"王万利说道。

"你可拉倒吧，当时我可记得是你不同意搬的，你家那口子可是愿意搬的啊。"旁边有人反驳道。

王万利闹了个大红脸，不好意思地假装咳嗽两声，说道："咳，咳，是吗？太久了，我都记不清了，不管了，反正我是后悔了。"

高天成赶紧打起了圆场："这都不是事儿，好日子还在后头，只要咱们齐心协力，年轻小伙儿就再也不愁娶不到媳妇了。走，走，虽说这些天没怎么下雨，但却是打土坯的好天气，趁这几天大太阳，大家一起干活去。"

"走喽，走喽，人多力量大，跟着村主任干大事，等咱们村发展好了，让村主任给咱们发媳妇。"有村民应声说道。

众人哈哈大笑起来。

十四

高贵根和王立宝几个人一回到水湾村，很快就被大家伙儿围了起来。王立宝几个说得口干舌燥，嘴皮子都快磨破了，总算是劝动了大家，最终，水湾村剩下的村民全部同意搬迁到水湾新村，但是有两家行动不便的需要大家帮助才能搬迁。王立宝几个年轻小伙子站了出来，主动承担起帮助这两家搬迁的任务。

高贵根带着王立宝几个年轻人，用了两天时间，把泉眼用石块围了起来。这是高贵根的要求，他怕日后还有用，但是王立宝几个人不太理解高贵根的做法，觉得既然搬走了，保护不保护都没啥意义了，但尽管心里对高贵根的做法不以为然，却还是按照高贵根的要求做了。

看着用石块围得严严实实的泉眼，高贵根很满意，对王立宝几个人说道："这是咱们水湾村的根啊，祖辈就是因为这个泉眼才在这里定居的。

这个泉眼养育了一代又一代水湾人，咱们虽然搬走了，还是要把这个根留住啊。"王立宝几个人这才算彻底明白了高贵根的用意，瞬间觉得自己做了一件非常有意义的事情。

水湾村剩下的村民收拾妥当后，已经过去了两三天。这天早上，九点钟左右，大家推着独轮车聚集在了村口。高贵根看着这一幕，依稀看到了去年高天成带着村民搬迁时的情形，几乎如出一辙。

高贵根清了清嗓子，大声说道："咱们这次搬迁，等于是全村都搬过去了。大荒之年，我们更要抱成团，我们这最后一批搬走的，说难听话，基本上都是老弱病残孕，这一路上，大家要相互照应，相互帮忙，争取早点到那边。"

"主任，你就放心吧，人家年轻人不嫌弃咱们是累赘，我们也要争点气。"村民林家栋说道。

王立宝笑着说道："老林爷，您快别这么说了。家有一老，如有一宝。咱们水湾新村就缺你们这些有经验的。"

高贵根笑了笑，说道："对呀，到了那边，有你发挥作用的时候，咱们这帮老头，种庄稼还是很有经验的。老太太们洗洗衣裳做做饭还是可以的嘛！"

"只要有水，啥都不是问题。"林家栋拍着胸脯说道。林家在水湾村是一个大家族，林家栋在家族里也算是德高望重的元老级人物了。

"老林爷，您放心，咱们水湾新村这次就是建在水边，再也不缺水了。"王立宝说道。

"主任啊，说实话，我这旱地种习惯了，水太多了不一定种得习惯啊。哈哈……"林家栋开玩笑地说道。

"不是水田，他们还是开荒的旱地，不过离水比较近，不缺水了，你的庄稼把式有施展的地方，放心吧。"高贵根说道，"大家想想有没有啥没带的，准备出发了。"

高贵根这一说不打紧，真的有几家又赶紧跑回去找东西了。高贵根有点哭笑不得，这跟去年的情形还真是一模一样。

十五

临近中午的时候，水湾村最后一批搬迁的村民才算准备妥当。站在村口，村民们回望水湾村，伤感的情愫逐渐蔓延开来，很多人不禁潸然泪下。

"唉，这黄土都埋到脖子了，还要背井离乡，我做棺材的木头好不容易攒好了……要不是为了见我的孙子，我这次说啥也不会搬。"村民王大娘小声嘀咕着。

"王大娘，你放心，我儿子天成的手艺你是知道的，到那边肯定不差那点木头。再说了，你这次不跟着我们走，怎么能见到日思夜想的小孙子啊！"高贵根说道。

"主任，我也是随口说说，故土难离啊，你说我这老太婆，也活不了多久了，还要过去给大家添麻烦。"王大娘说道。

"王大娘你千万别这么说，你可是咱们村的大媒人啊，你想想，你说成了多少对？咱们村的小伙子可指望着你给他们说媳妇呢！"高贵根笑着说道。

王大娘一听这话，顿时又高兴了起来。

高贵根看大家都到齐了，大声喊道："人齐了吧？出发！"水湾村的村民浩浩荡荡地出发了。

沿途的辛苦自不用说，本来预计4天的路程，竟然走了7天。

到了水湾新村的时候，王大娘看着远处的水面，喃喃地说道："水！全是水！太好了！"其实其他村民跟她一样，大家都被远处一望无际的水面震惊了。水湾村的村民这两年被干旱弄怕了，深深知道水的金贵。

高天成带着全体村民在村口迎接高贵根一行人。

"奶奶……"

"爷爷……"

……

在长长的鞭炮声中，水湾新村的小孩们冲向了爷爷奶奶们，瞬间击中了大家的泪点，原本非常高兴的场面，引来了哭声一片。

"奶奶，我以为再也见不到您了……"王大娘的小孙子林小伟冲进了王大娘的怀里，把王大娘身上的灰都溅了起来。

"小伟乖，奶奶身上都是灰，别把你弄脏了。"王大娘心疼地看着林小伟，"来，让奶奶看看长高了没有？呦，长高了不少啊。"

"奶奶，我早就想回去看您了，可是我妈说回去一趟要四五天，我爹说攒点钱买个自行车，到时候骑车回去就快了。"林小伟抬着头说道。

"买啥自行车啊，那东西有啥用，两条腿不就是用来走路的吗？有那钱买头牛、买头驴耕田不好吗？这次还好我来了，要赶紧给你爹你妈好好说说，不然他们又要乱买东西了。"王大娘瞬间找到了搬过来以后努力的方向。

高天成看大家的情绪宣泄得差不多了，站到了一个小土包上，大声说道："父老乡亲们，今天是个大喜的日子，咱们水湾村终于重新聚在了一起。住的地方，村里已经给你们安排好了，大家先克服一段时间，土坯房正在建，今年年底前，保证大家都能住进去！"

"好！"高天成的话引来了一片叫好声。

十六

"天成，咱们家干吗不第一批分这土坯房？"林晓玲不高兴地说道。

"我是村主任，大家信任我，我也说保证大家都能住上土坯房，咱们发扬发扬风格，最后一批再拿，都一样，都一样。"高天成赔着笑脸说道。

"发扬风格，发扬风格，你就知道发扬风格，咱们家什么都是最后，你跟咱爹一个类型。本来指望你这木工手艺能过好日子，现在可倒好，天天给村里义务劳动，这日子啥时候是个头啊？"林晓玲埋怨道。

"当家的，我知道错了，等忙完这阵，我一定好好出去找点活干干。"高天成打着包票说道。

"当家的？我当啥家了？就当做饭的家吧！你才是当家的，你是当全村的家了。忙完这阵，忙完这阵，你永远都是这句话。你老早答应儿子给他做个木马，啥时候能做出来？"林晓玲怒道。

"呀，这事我咋忘了，很快很快，我这几天就做。"高天成拍了拍额头说道。

"你这次不能再说话不算数了啊，下个月儿子生日，你要是再做不出来，以后就打地铺吧。"林晓玲说道。

"啊？放心，这次一定说话算数。"高天成拍着胸脯说道。

"算了，你去忙吧，房子晚一点就晚一点吧，你跟咱爹咱妈解释解释，省得他们说你。"林晓玲提醒道。

"谢谢老婆大人支持，咱爹咱妈那里我这就去说一下，他们肯定能理解的。"高天成高兴地说道。

高天成在滩涂边上找到了高贵根，把自己不参与第一批土坯房分配的想法说了一下。

高贵根烟袋锅一磕，说道："你小子这事做得对，咱们家就最后一批再拿，没错。"

"我妈那里我还要去说吗？"高天成问道。

"说啥啊，你妈那里不用说了，她不会有意见的。对了，我昨天跟老林头几个转了转，我觉得咱们水湾新村这样发展太局限了，你看这滩涂，你们说这里面没法弄，我看这可是宝啊。"高贵根说道。

"我们也知道是宝啊，我们把这淤泥挖出来，晒好后撒到田里，肥可壮了，庄稼长得黑油油的。"高天成骄傲地说道。

高贵根笑了笑说道："我知道你们这样干了，这只是最粗浅的用法，你们没想过怎么开发这滩涂吗？"

"开发滩涂？人走都走不稳，全是泥，怎么开发？"高天成纳闷道。

"养鱼！我觉得可以养鱼。"高贵根用无比肯定的口气说道。

"那不行啊，潮水会退啊，怎么养鱼啊？"高天成说道。

"挖鱼塘，四周用渔网圈起来。"高贵根说道。

"爹，您这个方法我们想过，那淤泥不好办啊，涨潮时会被潮水带过来，鱼塘是白挖的。"高天成说道。

"这我也知道，烧砖，砌围墙。我看了，咱们这一块的土质很适合烧砖，咱们村老王头年轻时候干过砖窑的活，这你们不知道。"高贵根说道。

"太好了，能烧砖就解决这个问题了。爹，您赶紧去跟老王头说说，这事完全可以干。"高天成兴奋地说道。

十七

"天成，你看，那边怎么冒那么大烟，这是谁家在做饭？"高贵根指着冒烟处问道。

高天成扭头一看，惊呼道："做饭怎么会这么大烟？不好，着火了。"说完撒腿就往冒烟的方向跑去。

"喊人！喊人！"高贵根在后面大声喊道。

还没等高天成喊人，村里已经有人在喊了："着火了……救火啊……着火了……救火啊……"

高天成最担心的事情还是发生了。因为村里搭的都是草房子，刚开始没有规划好，有些人家关系好，草房子离得也很近，当时村里就有人说这样不利于防火。高天成当时也去说了，但是那几家不以为意，也觉得反正是过渡的草房子，过一年就拆了，也就懒得重搭了。偏偏这几户人家的男人都是烟枪，饭可以不吃，烟一定要抽，高天成经常提醒他们不要在草房子里面抽烟，这临近分土坯房了，居然出事了。

高天成跑到冒烟处，一看，正是老王头家。很多村民已经拎着水桶、端着盆冲了出来。

"快！大家把家里的水都拿过来，快灭火，水不够就去滩涂那边弄。"高天成大声指挥道。

"主任，这个点退潮了，滩涂都是淤泥，人进不去了。"有人在旁边提醒道。

"快找水，快找水，一定要灭掉，要不然后果不堪设想。"高天成大声喊道。

有几个年轻人看水不好找，拿着铁锹就想往火上拍去。

"住手！千万别拍！"高贵根好不容易气喘吁吁地赶了过来，一看几个毛头小伙准备用铁锹灭火，吓得立马大叫起来。

看到几个小伙子停手了，高贵根这才放下心来，后怕地说道："这草房子烧了不打紧，大家伙一起帮着重新搭一个，你们这要是用铁锹一拍，那火星子就飞起来，这周围都是草房子，那样的话，就彻底完蛋了。"

每家每户存的水也不多，真应了"杯水车薪"那句话，老王头家草房子的火到底还是没救下来，全部烧没了。

众人围着老王头家的草房子，眼睁睁地看着燃烧的火苗，生怕蔓延开来。

老王头看着自家的草房子慢慢地化成灰烬，最后无力地蹲到了地上。

"老王头，咋回事啊？"高贵根问道。

"唉，抽烟的烟灰把房子点着了，这也太背了。"老王头说道。

高天成气不打一处来，说道："王叔啊，我都提醒过你好几次了，你还敢在这草棚子里抽烟，唉。里面有啥东西啊？"

老王头愁苦着脸说道："没啥东西，几件破衣服和一床破棉被。这草房子虽说不咋地，怎么着也能遮风挡雨不是。"

"王叔，你先拿一套土坯房吧，我那一套先让给你。"王先行说道。

"那怎么行，你那草房子给我吧，我还是按村里规矩来，不能坏了规矩。"老王头说道。

王先行看了看高天成，说道："主任，你看？"

高天成环顾了一下四周的村民，然后说道："按王叔的意思办吧，你那套草房子给他吧。"

十八

一场有惊无险的火灾，让高天成重新审视了水湾新村的选址。虽然离水源很近，但是因为滩涂的限制，危急时刻依然缺水。高天成陷入了沉思。晚饭的时候，高天成依然眉头紧锁，还是没有想明白如何破解滩涂限制的难题。

高贵根看儿子苦闷的样子，问道："咋了？想啥事呢？"

"我在想今天老王头家的火灾，咱们离水源这么近，反而没法救火，您说这事弄的。"高天成郁闷地说道。

"嗨，我以为啥事呢，简单得很，烧砖，把砖烧出来就解决了。"高贵根说道。

"烧砖？咋解决？"高天成纳闷道。

"用砖砌个鱼塘，其中一边挨着岸边不就行了？这水始终都能保留着。"高贵根说道。

高天成眼睛一亮，一拍大腿，兴奋地说道："对呀，我咋没想到。姜还是老的辣啊！"一记马屁拍过去，让高贵根高兴地装了一锅烟抽了起来。

"对了，我们要是有砖了，可以修一个通道出来，甚至可以修个码头，然后造船，我们还能当渔民。"高天成更加兴奋。

高贵根很欣慰地笑了，说道："我这就去找老王头去。"

"我跟你一起去。"

两个人找到老王头说明情况后，没想到老王头把头摇得跟拨浪鼓一样："老主任，天成，你们太抬举我了，我那时候就干了一段时间，我还只是个小工，哪里懂得烧砖的门道啊？"

"没吃过猪肉也没见过猪跑？你起码懂一点吧，这件事还真得你来做了，比起你，别人更不懂了。"高贵根说道。

"你可别难为我了，我真的不懂，那里面的门道可多了，光那个窑就很复杂，还有各种火候很难控制，我哪里能做得来？这得请专门的师傅来指导才行，这师傅难请啊。"老王头说道。

"请师傅的事情好办，只要咱们下本钱，肯定能请到。"高天成信心十足地说道。

"对了，还有一点，烧砖的成本也很高，如果用煤炭的话就更高了。"老王头说道。

高贵根问道："我听说不是可以用秸秆、树枝吗？"

"用是可以用，但是成本不低。俗语'为人不睦，劝你修房盖屋'。一户人家要盖房子，需要集数年柴火，才能烧一窑砖瓦。"老王头说道。

高贵根和高天成一听，也意识到了烧砖的不易。一时间三个人陷入了沉默。

过了一会儿，高天成坚定地说道："砖一定要烧，要不然咱们村顶多填饱肚子。靠山吃山，靠水吃水，咱们水湾村靠着这么好的滩涂，不好好利用起来，我真的不甘心。"

"好！天成，既然这样说了，我支持你。我明天就去原来的那个砖窑取经去，争取把那边的师傅请过来。"老王头感受到了高天成的执着。

十九

高天成也没想到烧砖的难度这么大，有这么多的技术难题，但是他觉得如果能够成功烧砖，那将是水湾新村的一个契机。

老王头第二天就出发去砖窑厂了。这个砖窑厂离水湾新村比较远，差不多有二百公里。说是厂，其实就是一个小作坊，只有一个小小的砖窑，但也已经是方圆几十公里最大的砖窑厂了。窑基是圆形的，下粗上细，远看像个馒头状。窑的一侧留有一个烧火的门和装坯出砖的通道，窑的顶部有一个柱状烟筒。经过挖土、和泥、制胚、晾晒、装窑、烧制等环节，这个砖窑一窑可以烧制近万块砖。

出发的时候，高天成给老王头带了一大袋的干粮，并叮嘱他一定要想办法把烧砖技术搞到手，实在不行就请一个师傅回来。老王头临走的时候欲言又止，看着高天成满脸希冀的样子，不忍心说出来，其实他想说自己已经离开那个砖窑厂很多年了，不知道那家砖窑厂还开着没。

老王头昼行夜伏、风尘仆仆地走了5天，半途还走错了路，最后终于找到了记忆中的砖窑厂。当他看到远处砖窑厂烟囱冒起的烟，心中的石头终于落地了。

砖窑厂的厂长早就已经换人，新的厂长叫刘大壮，是一个敦实憨厚的黑脸汉子。老王头找到刘大壮说想在砖窑厂混口饭吃。刘大壮看了看老王头，嫌他年纪大、身子单薄，拒绝了他。老王头说自己不要工钱，管饭就行。刘大壮这才答应了下来。

就这样，老王头算是再一次成了砖窑厂的工人。他每天在砖窑厂边干活，边仔细地观察着砖窑厂的一切。他寻思如果直接说想学技术，人家肯定不会教他，所以就想着偷师学艺。

过了没几天，老王头发现自己就是再怎么偷师，也不可能把砖窑厂建起来，因为这里面有太多东西他怎么看都看不懂，不得已，他就只能旁敲侧击地问。一次两次，别人会告诉他，也没有太在意。次数多了，别人就有点纳闷老王头啥时候变得这么爱钻研了。

砖窑上的工人都是在砖窑厂吃饭，厂长刘大壮的老婆负责给工人们做饭。这天吃晚饭的时候，厂长刘大壮端了碗面凑到老王头身边，说道："老王头，最近你有点不对劲啊！"

老王头心里"咯噔"一下，手里的饭碗差点没端住，赶紧调整了一下慌乱的情绪，故作镇静地说道："厂长，没事，没事啊。"

刘大壮显然不相信老王头所说的话，说道："不对，你肯定有什么情况在瞒着我。"

老王头看刘大壮似乎发现了自己在偷师，考虑到自己就是再干下去也不一定能整明白怎么烧砖，于是他也不打算藏着掖着了，深吸了一口气，说道："厂长，我实话给你说吧，因为我们村现在想烧一些砖，建一个池塘养鱼。我这次来呢，主要是想着学学烧砖技术，回去以后，在村里建一个砖窑。"

刘大壮更不相信了，说道："池塘还要用砖啊？我还是第一次听说，你别骗我了。"

"厂长，我没骗你，我们村旁边有个滩涂，淤泥不算太厚，下面是实底的，需要砌个墙挡住涨潮时的淤泥往鱼塘淤积。"老王头赶紧解释道。

刘大壮点了点头，说道："这样啊，那你们用石头不是更好吗？"

老王头说道："弄石头的话太远了，还是烧砖更现实一些。"

"你要考虑清楚啊，这个烧砖成本可不低啊，光是这些柴就要很多，如果技术上把握不好，烧废一窑，那就前功尽弃了。像我这个砖窑，遇到天气不好的时候，火候也不好把握，一年也要烧废几窑。"刘大壮说道。

老王头说道："厂长，我们村算是逃荒整个村搬过去的，现在这个村主任带着大家一起干，对大家很仁义，我觉得跟着干有盼头，我这才答应他过来学烧砖技术的。"

刘大壮想了一下说道："老王头，这样吧，这段时间忙完，我让章师傅帮你们弄砖窑，你有啥不明白的，直接问就行了，不用偷着学了，这烧砖技术也不是什么很高深的玩意。"

老王头愣住了，他没想到刘大壮居然这么干脆地就答应帮忙了，半天都没反应过来。

"咋了，愣着干啥？赶紧吃饭吧，面都凉了。"刘大壮笑道。

"噢，这太好了，我有点反应不过来，太谢谢厂长了！"老王头高兴地说道。

二十

过了一段时间，刘大壮果然让章师傅跟着老王头帮着弄砖窑去了。

老王头和章师傅到水湾新村的时候，受到了热烈的欢迎。章师傅也是个麻利人，抵达的当天就开始勘察地形，很快就确定了砖窑的位置。

水湾新村的村民对搭建砖窑表现出了极大的热情，全村男女老少齐上阵，连小孩子都帮着大人去捡树枝之类的积攒柴火。章师傅看到水湾新村的村民这么团结，也非常震撼。

经过一个多月的努力，水湾新村的砖窑终于建好了，第一窑砖坯也送进了砖窑。

在高贵根的主持下，全村人集合在砖窑前举行了一个简短的点火仪式。随着高贵根一声"点火"的喊声，泼了点汽油的木柴"腾"地一下就开始燃烧起来。

红红的火光映红了围在砖窑前村民的脸，跳动的火苗让大家的眼中也闪着亮光。

在章师傅的指导下，窑火烧了起来。水湾新村的村民时不时会往砖窑厂的方向看上几眼。村民们相互打招呼的话语也从询问"吃了没"变成"烧好了没"，说完，都会看向砖窑厂的方向，看到砖窑的烟囱还在冒烟，不约而同地说道："还在冒烟，应该还没好。"

就这样，砖窑的烟囱冒了十几天的烟，终于不再冒烟了。

"章师傅，您喝口水，歇一歇，这灭火了，可以喘口气了。"高天成热情地递上一缸子水。

章师傅接过缸子，一仰头咕咚咕咚喝了一大半，说道："现在就等着亮窑了。"

又过了两天，终于到了亮窑的时候。这天上午，水湾新村的村民都聚集过来看热闹，毕竟除了老王头，别人都没经历过这些事情。

打开窑门，当一窑散发着十足"热情"的红砖呈现在众人面前的时候，大家激动得欢呼了起来。几个小伙子兴奋地把章师傅抛了起来，吓得章师傅连忙喊道："放我下来，放我下来……"高天成赶紧拦住众人，把章师傅"救"了下来。

章师傅好不容易回过神来，赶紧说道："亮窑，亮窑，看看这一窑烧得咋样！"众人的注意力成功被他吸引到了窑门那里。

章师傅亲自到窑门口仔细观察着，众人也屏住呼吸。

良久，章师傅缓缓地说道："这一窑，没有开裂，颜色还行，基本上算是成功了！"话音刚落，众人又是一阵欢呼。这一次，章师傅早有准备，赶紧闪到一边去，没给大家把他抛起来的机会。众人没抓住章师傅，把目光投向了高天成。

"放我下来！放我下来！"高天成被众人抛了起来，章师傅乐得哈哈大笑起来。

玩闹了一会儿，大家不顾窑内的余温，开始欢天喜地地往外搬运红砖。

"慢点，慢点，不着急，小心烫手，不能只抽下面的，你这样下面空了，上面不掉下来了吗？啥脑袋啊？"高天成不停地招呼着。

忙乎了四五天，众人终于把红砖都搬了出来。

看着一排排整齐的红砖，众人脸上都笑开了花。

二十一

"章师傅，太感谢您了，要不是您，我们村也烧不出红砖。"高天成拉着章师傅的手说道。

"举手之劳，我得回去了，技术上你们没啥问题了，一些注意事项你们小心一点就行了，烧砖也没啥难的。"章师傅客气地说道。

"章师傅，这些您拿着，我们村里没啥好东西，都是自己地里种的东西，一定要带着。"高贵根他们说话间就把章师傅的独轮车塞得满满的。

"使不得啊。"章师傅连连拒绝道，"你们也缺啊，怎么能都给我啊！"

"一定要收下，要不然我们心里更加不安了啊！"高贵根不由分说地按住了章师傅往下拿东西的手。

章师傅推辞不过，只得推着堆得满满当当的独轮车离开了水湾新村。

送别了章师傅，高天成决定尽快实施鱼塘计划。在滩涂上施工比想象中还要难，因为只能等退潮的时候才能施工。第一天，高天成他们没有把握好涨潮的时间，砌了一半的围墙，被潮水泡倒了。第二天，吸取了前一天的教训，大家决定在围墙的外侧打上一圈木桩。在水湾新村，树还是不缺的。于是高天成就带着大伙弄来了松木桩。

正当大家准备把木桩敲进滩涂的时候，王立宝忽然说道："天成，这木桩直接敲进滩涂里不合适吧？要不了多久不就朽掉了？"

杨国德在旁边笑着说道："没关系的，咱们这木桩虽然不是上好的松木，但是也不怕这水泡的。古人说得好：'松木是干千年湿千年，不干不湿就半年。'所以这松木桩不怕水的。"

众人一听，这才放下心来，抓紧利用退潮的间隙，把松木桩一个挨一个地敲进了滩涂。

接下来的几天，高天成带着村民挖了黏土，把树桩的外侧垫了一圈，并像盖房子打地基一样将其夯实了，就这样，成功地把淤泥拦在了围墙外面。

有些村民建议说这样其实就可以挖鱼塘了，但高天成还不放心，坚持要再砌一圈红砖来加固。他不知道的是，正是这一圈加固，让鱼塘经受住了后来连续的涨水。

水湾新村的鱼塘终于建好了，村民们像过年一样看着鱼苗放进鱼塘。高天成在鱼塘边建了一个小木屋，并养了一条土狗看塘，选了几个老人轮流照看鱼塘。

第二年，高天成在鱼塘边上建了一个藕池。夏天的时候，碧叶白荷的景色悄然出现在滩涂边上，煞是好看。藕池成了附近的一个景点，周边村落的人也经常来游玩。

水湾新村的砖窑也造福了十里八乡，只要其他村的村民提供柴火，砖窑就免费借给其他村使用，并提供技术指导。

高天成作为木匠，敏锐地发现了水湾新村非常适合种植泡桐，于是发动村民大面积种植泡桐。这种速生树木长得很快，虽然结实度不是太高，但是建房子足以。水湾新村的泡桐也成了一大收入来源。

随着水湾新村的发展越来越好，越来越多的年轻姑娘愿意嫁到水湾新村了。

二十二

"主任，你快去看看，打起来了！"杨国德冲到高天成家里喊道。

"咋回事？走，去看看。"高天成立马站起来跟着杨国德往外走去。

"主任来了！主任来了！"杨国德喊道。

众人让开了一个通道，高天成大步走了过去。要不是事情急需处理，高天成很想这条通道能够长一些，毕竟自己所到之处，人群自动让道的感觉还是不错的。

人群的中心，有两帮年轻人吵嚷着、对峙着，一个个摩拳擦掌，准备冲向对面。

"住手！"高天成大吼一声，"有什么事不能好好说？到底怎么回事？"

两帮年轻人依旧在吵嚷着，没有人回答高天成的话。

高天成直接站到了两帮人的中间，大吼一声："停！"

两帮人这才安静了下来，但是仍然怒目相对。

看到两帮人终于消停下来，高天成说道："说吧，都是一个村的，你们两家都是村里的大家族，到底为什么要打架？"

"主任，他们姓王的都是好吃懒做，全是吃闲饭的。"林云志气呼呼地说道。

"我们怎么吃闲饭了？你哪只眼睛看到我们吃闲饭了？你们姓林的那么多吃闲饭的你咋不说？"王运来回呛道。

高天成听明白了，这掐架的原因还是大锅饭，其实他早就意识到了这个问题，从水湾村搬过来之后，为了不让人挨饿，水湾新村一直是村里统一分配粮食，但是每家每户还有一些自留地，可以种一些庄稼或者蔬菜之类的，完全由自己支配。

两帮人吵着吵着又开始蠢蠢欲动了。

高天成大吼一声："都别吵了，好日子过腻了是吧？都回去把长辈叫到村部去，准备分地。"高天成心里还要感谢这两帮年轻人，他早就想把地给分了，确实有一些人是混日子的，出工不出力，现在村里的建设走上正轨，需要每个人都发挥作用才能尽快发展起来。

两帮年轻人傻眼了，他们本来就是为了一口气，其实还是很满足于村里这种状态的，没想到弄巧成拙了。

过了没多大会儿，村部就挤满了人。

高天成喊道："父老乡亲们，先静一下，我说一下。今天咱们老林家和老王家的年轻人掐架，根子上的原因就是日子过得太舒服了。十里八乡都没有咱们村这样的，大家想想，前两年这么大的旱灾，咱们村一个饿死的都没有，为什么？就是因为大家齐心，我们才渡过了难关。现在日子越来越好了，很多人却没有干劲了。"

顿了一下，高天成接着说道："现在，最好的解决办法就是再一次分地。除了自留地，村里的地全部分到每家每户。大家伙儿说行不行？"

高天成的话音刚落，村部就像炸开了锅一样，大家议论纷纷。有的大声叫好，有的大声反对，有的做沉思状。

高贵根凑到了高天成的旁边，小声说道："这么大的事，你怎么不跟我商量一下再定？现在你让大家先回去吧，等明天开个村民大会来定。"

高天成看一时半会儿商量不出来个啥名堂，于是大声说道："大家先回去商量商量，明天每户派一个代表，咱们开个村民大会，把是不是分地的事敲定一下。散会！"

二十三

村部的人走了之后，就剩下高贵根和高天成两个人。

高贵根点了一锅烟说道："天成，你这事有点着急了。"

"爹，这事我早就在想了，前面是因为大家刚搬过来，如果分地的话，后来的那些就没得吃了，现在大家都有的吃了，还是要分开。如果不分，很多人没啥积极性，您也看到了，今天差点打起来。如果不解决，后面还是会这样。"高天成说道。

高贵根叹了口气说道："有的家里劳力多，有的劳力少，这一分地，有些人饭都不一定能吃上了。"

高天成说道："这个我也考虑过。多劳多得，少劳少得。这是国家政策，我们前面也是权宜之计。咱们水湾新村要发展，还是要走分田到户的路子。但是砖窑、鱼塘、藕池、泡桐林这些可以作为村资，给村民分红，这样的话，那些劳力少的不至于饿着。"

高贵根点了点头，说道："劳力少的，可以进行一些补贴，保证能够有口饭吃。看来你已经有所考虑了，那就大胆地去做吧，我支持你。"

第二天，村民们再一次聚到了村部。

"乡亲们，分田到户，势在必行。一方面国家有这方面的政策支持。另一方面，分田了，也有利于促进大家的积极性。"高天成的话音未落，底下又一次响起了议论声。

高天成抬了抬手，等到大家的声音小了一点，继续大声说道："但是，大家放心，家里劳力少的也不要担心，村里会给大家一些补贴，绝对让大家有饭吃、有衣穿。"这次底下的声音小了很多，毕竟刚才反对声比较大的就是家里劳力少的。

高天成继续说道："另外，家里劳力少的，你们的田可以租给其他人种，村里可以帮忙担保。"有人鼓起掌来，紧接着掌声密集了起来。

掌声稍歇，高天成继续说道："村里原来集体所有的砖窑、鱼塘、藕池、泡桐林都可以承包给大家，前提是要给村里交承包费。"

话音刚落，王立宝就举起手来，喊道："主任，我想承包鱼塘。"

"主任，我想承包砖窑。"老王头也喊了起来。

"不行！啥都给你们姓王的承包了，我们承包啥？"林云志不满地喊道，"我也要承包砖窑。"

紧接着，村部又开始沸腾了起来，大家都争着承包鱼塘和砖窑，特别是王姓和林姓的居多，很多人其实不一定想承包，但是就是不想看着别人承包走。

高天成一看，这又开始乱套了，于是大声喊道："静一静，静一静，砖窑、鱼塘、藕池和泡桐林，到时候我们单独来商量，这是全村的财产，全村人说了算，承包价高的承包。下面我们主要商量分田的事。为了照顾劳力少的，我建议家里没有劳力的优先分田，其他人另行抽签。大家有没有意见？"

其实家里没有劳力的没几户，大家也没有什么意见。

分田的时候很顺利，分到比较远的和比较差的几户也只能怪自己手气不好，分到好田的几家，即使没有劳力也笑开了花，因为刚选完地就有人要租他们的田了。

尾声

分田后，水湾新村的村民皆大欢喜，很多平时消极怠工的年轻人铆足了干劲，似乎要比一比谁更会干活，当然也不排除有个别人还是游手好闲。

水湾新村的砖窑最终被老王头承包了，鱼塘被林云志承包了，藕池被高海华承包了，泡桐林被张旭健承包了。这也正是高天成想要的结果，基本上等于水湾新村的每一个大家族都承包了一个。

老王头承包了砖窑以后，从村里招了六七个工人，然后马不停蹄地开工了。不到一年，老王头就扩建了砖窑，在原来砖窑的旁边又建了两座砖窑，而生产红砖的速度自然而然加快了很多，十里八乡过来买砖的人排着队。为了进一步加快进度，老王头对砖窑进行了改造，柴火只作为引火用，改烧煤饼了，工人不再需要一直往里填柴火，只需要把煤饼码好即可，省力省时不少。

林云志承包了鱼塘之后，也开始钻研养鱼技术，第一年的产量就比原来翻了一番，这可把林云志高兴坏了，开始张罗着找老王头预定一窑砖瓦，准备盖几间大瓦房。

渐渐地，村里面勤快的人买了牛，买了马，甚至还有人买了自行车，这在原来是想都不敢想的。

高天成的活儿也多了起来，很多人都会慕名来找他。自己本村的，他基本上不收什么钱，顶多收点木料以当做工钱。不忙的时候，他就拿这些木料打一些家具，然后出售，一年也能增加不少收入。

水湾新村的日子越来越好，村里的资产也多了起来。村里就用这些钱修了路，装了路灯。水湾新村也成了全镇第一个装路灯的村庄，还因为这事上了报纸……

镇上评选致富能手，林云志被评为"养殖能手"，王先行被评为"种粮能手"，高天成也被评为了"致富带头人"，水湾新村则被评为"勤劳致富示范村"，一时间，水湾新村成了明星村，高天成也成了镇上的明星人物。

不知不觉间，水湾新村的土坯房在变少，而砖瓦房越来越多，讲究的人还会抹水泥。

　　水湾新村附近的滩涂真正地成了宝地，鱼塘和藕池一个接一个地建了起来，形成了"接天莲叶无穷碧"的美景，吸引了不少人来游玩。

水　乳

一

英婶的丈夫张乃明10年前因车祸去世后，英婶一直没有改嫁，而是一心一意地拉扯孩子、伺候公婆。还不到50岁的英婶，看起来要比实际年龄苍老很多。

英婶的公公前年因病去世，婆婆周云霞也因此大病了一场。周云霞住院时，英婶不但要忙前忙后地照顾婆婆，还要兼顾家里的大小事务。可这对于英婶来说，这并不算太大的难题，真正的大难题则是钱，当年丈夫意外去世赔的钱已经花得七七八八了，而如今婆婆治病需要的花销已超出了这个家的承受范围。

这天，英婶试探着跟婆婆说道："妈，我想跟您商量个事。"

周云霞有气无力地说道："英子，啥事？你说吧。"

"现在小志也去上大学了，家里基本空了，咱们现在在医院一住就是几个月，您看……能不能把咱们家里的房子短期租出去？这样的话也能有点收入。"英婶吞吞吐吐地说道。

周云霞瞬间睁大了眼睛，惊诧道："这怎么能行？小志放假后住哪里？"

"妈，咱们现在基本天天住医院，这房子放在那里多浪费啊。再说了，咱家不是在镇上还有一处老宅子吗，小志放假了，可以去那里住啊。"英婶把准备好的说辞说了出来。

"那不行，那老宅子虽然是咱们的根，但多少年没住人了。"周云霞说道。

"那咋办啊？乃明的赔偿金快花完了，我现在也没时间去打零工。小梅和小菊也忙得顾不上这边。"英婶说道。

"这久病床前无孝子啊，小梅和小菊是我的女儿，这都嫁出去这么多年了，怎么能指望她们？这样吧，你周末把她们叫过来，我有话跟她们说，让她们也帮你分担一些压力。对了，乃明赔偿金快花完的事，不要告诉她们。"周云霞叮嘱道。

英婶不知道婆婆葫芦里卖的什么药，但也只能听婆婆的安排。

周末，小梅和小菊都来到了县医院，围到了周云霞的病床前。

小梅拉着周云霞的手说道："妈，我这些天忙得不可开交，我早就想来看您了，最近看您都瘦了。"说完回头对英婶说道："嫂嫂，要给咱妈加强一下营养啊，不要不舍得。"

"是啊，咱妈最近的气色没有以前好了。"小菊在旁边煽风点火。

英婶张了张嘴，没有辩解。

周云霞说道："英子最近忙里忙外的，你们都没来看我，哪里来的资格说你们嫂子？"

小梅和小菊相互看了一眼，低下头，不说话了。

周云霞接着说道："我这病我自己很清楚，一年半载估计就走了，老头子最近一直给我托梦，说在那边挺想我的。"

"妈，您快别这么说，现在医疗水平提高了，您这病还有希望，千万不要悲观。人家专家不是说了吗，好心情才是最好的药。"英婶劝道。

陈云霞说道："我今天叫你们两个来呢，想说一下我走后的安排，镇上那套老宅子，你们谁照顾我，我走之后就把这个宅子给谁。县城的这套房子只能留给小志了，你们没意见吧？"

小梅和小菊听完，暗自欣喜，本来她们以为自己是嫁出去的姑娘，老宅子没有自己的份，现在居然有份了，两个人忙不迭地点头说没意见。

"你们要是实在没空来照顾我的话，每个月出点钱给你嫂子吧。我累了，你们自己商量去吧。"周云霞说完便闭目养神起来。

二

小梅和小菊把英婶拉了出来。

"嫂子，我们平时真没时间来照顾咱妈，也就周末能来，你看我们两个出多少钱比较合适？"两个人拉着英婶说道。

英婶暗自叹了口气，说道："你们看着给吧，大家都不容易。"

"我哥赔偿金不是还有不少吗？给妈治病应该够了吧？"小菊说道。

英婶想到婆婆交代的话，没有搭这个话茬。

"那个老宅子不拆迁的话，顶多值10万块钱。小菊，嫂子也没啥收入，咱们一个月给嫂子拿500块吧？"小梅建议道。

"行吧，500就500。"小菊似乎有点不情愿。

英婶笑了笑，说道："那你们转妈的卡里吧。我用钱的时候找妈拿。不过，你们最好还是多来几趟，今年妈的身体明显不如去年了。"

"知道了，我赶着回去给孩子做饭，先走了啊。"小梅说着就要走。

"我也忙着回家给孩子做饭，也走了啊。"小菊忙不迭地接着说道。

看着小梅和小菊逃也似的走了，英婶摇了摇头回到了病房。周云霞仍然闭着眼睛，一言不发，可英婶却发起了愁，虽说有小姑子们的帮忙，可那些钱对于现在的开销只是杯水车薪，并不能解决根本问题，既然婆婆不想把房子租出去，那她就找点事干，因为照顾婆婆是第一大任，所以她不能离开医院，思来想去，决定在医院兼职当护工。

英婶说干就干，她不好意思在婆婆这栋楼兼职，于是去了住院部另外一栋楼。英婶走到一个病房门口，犹豫了一会儿，最后一咬牙勇敢地走了进去，而里面正好有个满头白发的老人。

"你找谁？"白发老人问道。

"请问……请问您这里……需不需要护工？我可以的。"英婶鼓起勇气说道。

"你有经验吗？"白发老人有点不相信英婶。

"我可以的，我一直照顾自己的婆婆，有经验的。"英婶赶紧补充道。

"我这里正好缺护工，你先干着吧，如果干得不好，我可不给工钱啊。"白发老人见英婶虽然不熟练，但很面善，便决定给她一次机会，"先给我洗洗脸吧。"

"好的，好的。"英婶一听老人愿意让自己做护工，连工钱都忘了谈。

英婶赶忙去打了一盆温水，把毛巾轻轻地浸湿，然后把水拧掉，轻轻地给老人擦脸。英婶惊奇地发现，老人的皮肤非常好，如果不是满头白发，她肯定会觉得这位老人和自己年纪差不多大。

"大娘，您高寿啊？"英婶小声问道。

白发老人笑了笑说道："你叫我温大妈吧。我今年87了。"

英婶手上的动作顿住了，不由地惊道："啥？您87了？您这皮肤感觉就像50来岁的皮肤啊，斑点一点都不明显。"

"哈哈……"温大妈非常开心，说道，"我自己配的水乳，用了几十年了，比市面上几千块钱一瓶的化妆品效果都好。回头给你也试试。"

"好嘞。哇，您这手的皮肤更嫩啊，跟姑娘的一样。"英婶继续惊叹道。

"呵呵……到时候你做得好，我也给你弄几瓶。我那几个不肖子孙，我就是带着这水乳去见老头子，也不给他们。"温大妈不忿地说道。

<h2 style="text-align:center">三</h2>

这天，英婶刚给温大妈喂完药，温大妈的大女儿陈贵英就来了。

"妈，这位是？"陈贵英边放包边问道。

"你叫英姐吧，这是我请来照顾我的！"温大妈介绍道。

"妈，您最近不是身体硬朗了很多吗？怎么请上护工了？我跟我弟昨天还在商量着，等你出院后先住谁家的问题。"陈贵英说道。

"我哪里也不去，就住这里了，我退休金够我住院了，你们也别操这心了，我住这里比住你们家舒服。"温大妈不耐烦地说道。

陈贵英碰了一鼻子灰，悻悻地走了。

"我这两个孩子啊，就惦记着我这点退休金，家产早就给他们分光了，这两个还不知足，特别是我那个不成器的儿子，总觉得我不应该给女儿分的和他一样多，两个人就相互看着不顺眼，一见面就掐架，一见面就掐架，这不，把我气得进了医院。"温大妈说道。

"您女儿这不是来看您了吗？"英婶说道。

"她是来看我？她是来看我啥时候咽气！"温大妈愤愤地说道。

"这家家有本难念的经啊！"英婶犹豫了一下，接着说道，"温大妈，实不相瞒，我婆婆也在这个医院住院，现在我等于照顾你们两个。我男人死得早，公公前年也不在了，我婆婆的两个女儿也是看不到人影，现在每个月出点钱。唉……"

"都是苦命人啊，你这些年也受苦了啊。"温大妈同情道。

"受苦也值得啊，总算把孩子送到大学了，我自己累一点也没啥。主要是我婆婆中过风。"英婶说着指了指脑袋，接着说道，"有时候这里不太清楚，认人也不清楚了，还经常说我公公托梦给她，让她赶紧过去。"

"中风啊，我也中过，所以我有时候感觉这身体不是自己的了，行动非常不便，很不协调，摔了几次之后就不敢动弹了。"温大妈说道，"不怕你笑话，我很后悔当时太宠这两个孩子了，都给他们宠坏了。我知道现在他们确实是忙，但是也不能一天到晚不来看我啊，我那小孙子我已经两三周没看到了，听说最近谈了个女朋友，也不知道带过来给我看看。"温大妈叹息道。

"到了您这个年纪，惦记的都是孙子辈了，我婆婆也是一天到晚念叨我儿子，好像自己孩子都不成器，孙子才是宝贝。"英婶说道。

"你说得有道理，我就是觉得我孙子可爱，也不知道我能不能抱上重孙！"温大妈期许地说道。

"您气色这么好，肯定可以长命百岁的。"英婶说道。

四

英婶伺候周云霞吃早饭时，周云霞忽然说道："小菊，你啥时候做的头发啊，怎么忽然变短了，昨天还是长的？"

英婶一愣，马上明白了，周云霞这是又认错人了，把自己认成了小菊。自从周云霞说要把老宅子给两个女儿，两人便隔三岔五来看望周云霞，而周云霞也不像以前一样，看到两个女儿就赶她们走，这个转变让英婶很高兴。

英婶刚放下碗，温大妈的电话就打了过来，说让她赶快过去一下，病房里乱成一锅粥了。

还没走到温大妈的病房门口，英婶就听到里面在嚷嚷："妈，听我姐说您请了护工，您看，我买车的贷款还差不少，能不能先借我点，要不然每个月我还要给银行利息，很不划算。"

"陈贵赐，我告诉你，你不要老想着咱妈的那点钱。"陈贵英怒道。

"你也别跟我装清高，你不是也是这样的心思吗？"陈贵赐不屑地说道。

"你们都别吵了，我没有钱，你们想都不要想了。"温大妈攒足了力气坐起身子，指着两个人吼道，说完就又靠回了床头。

"妈，我又不是三岁小孩了，您没钱怎么能请得起护工啊。姐，你说是不是？"陈贵赐说着，朝陈贵英看了一眼。

陈贵英懒得理陈贵赐，但她还是说道："妈，这么多年了，我跟我弟过得紧紧巴巴，您要是真有钱，就帮我们一些，我们有钱了，就不用那么辛苦了，然后就会有更多的时间来陪您了！"

"你妈我还没有老糊涂，你们两个在这里说相声呢？我已经给英子打电话了，你们走吧，这里不需要你们了。"温大妈下了逐客令。

英婶在门外听到这里，知道自己该出现了，于是推开门，走了进去。

"英子，你来了，我头晕。"温大妈看到英婶来了，心里瞬间踏实了很多。

"啊，我去叫医生。"英婶会意地跑了出去。

到了医生办公室，英婶连忙给值班医生说道："医生，17床的病人有些头晕，请您过去看一下吧。"

"头晕？走，快点过去，这么大年纪，头晕可不是小事。"医生赶紧放下手头的事情，起身跟着英婶快步来到温大妈的床前。

温大妈闭着眼睛，紧锁着眉头，似乎很痛苦的样子。

"婆婆，您怎么了？"医生附身下去问道。

"头晕，头痛。"温大妈有气无力地说道。

"什么时候开始的？"医生继续问道。

"就在刚才不久，太吵了，就头痛了。"温大妈小声说道。

医生检查了一下温大妈的情况，明白了事情的缘由，于是说道："你们是婆婆的家属吧，请你们保持安静，病人需要静养一段时间，不能吵闹。"

陈贵赐看医生都这样说了，瞪了一眼陈贵英，说道："你留下陪妈一会儿，我家里还有事，先走了。"说完扭头就走了。

"哎……就你家里有事，我家里也有事。"陈贵英回怼道。

"你能有啥事？"

"你能有啥事？"

陈贵英和陈贵赐的争吵声越来越远，病房里终于安静了下来。

"医生，给您添麻烦了，我没事了。"温大妈说道。

医生笑了笑，说道："我看出来了，所以赶他们走了。"

五

"温大妈，您到底有没有钱啊？"英婶试探着问道。

温大妈笑了笑，说道："照说啊，你叫我温婆婆更合适，但是我喜欢人家叫我温大妈。你说我这么大年纪了，能骗你吗？放心吧，你的工资不会少了你的。"

"我，我不是这个意思啊。"英婶有点不好意思地说道。

"来，把手伸过来，我给你试试我这水乳的效果，我女儿还嫌我这水乳味道刺鼻，从来不用。"说着话，温大妈从枕头下面摸出了一个红色小瓶子，接着说道，"这是我最后一瓶了，如果我身体能好起来，出院了再配一些。"

"最后一瓶了啊，那我还是不要试了，太珍贵了。"英婶迟疑道。

"无妨，这个不是什么珍贵的东西，来，我给你涂一涂。"说着，温大妈不由分说地把英婶的手拉了过来。

温大妈握着英婶的手，摩挲着说道："你这手啊，从来没用过护肤品吧？"

"很少用，太贵的买不起，太便宜的估计也没啥好东西。再说了，我一个干粗活的人，怎么可能细皮嫩肉。"英婶说道。

"先抹上，来，慢慢涂匀，很快就能吸收了。"温大妈挤了一点红色的水乳出来，抹到了英婶的手上。

"哇，这味道，玫瑰的味道？真好闻。"英婶赞道。

"那肯定呀，这里面放了玫瑰花瓣，还有茶油。"温大妈顿了一下，又接着说道，"还有其他一些东西，反正都是好东西。"

"好像是吸收了，但是有点黏黏的，这怎么回事？"英婶疑惑道。

温大妈有点尴尬地说道："这个是蜂蜜的成分，不太好吸收，你可以拿纸巾擦掉。这个配方就这一点不好，所以我女儿死活都不愿意用我自己调配的这个水乳。"

"抹上去以后，确实有点润滑，不过这黏黏的感觉确实不太好，应该是水分不够，可能改良一下比较好。"英婶分析道。

"这个配方也是我母亲传给我的，一直以来，我也没有改变过，每次用这个水乳，我都会想起我母亲，所以我就不忍心去改这个配方了。"温大妈说到自己母亲，有点动情。

英婶抬起手闻了闻，说道："这个香味很持久，也很浓啊，现在年轻人估计不爱用这种。"

"现在年轻人用的那些，我有点看不懂，瓶瓶罐罐一大堆，一层又一层地往脸上抹，往镜子前一坐，没有半小时根本弄不完。哈哈哈……"温大妈忽然笑了起来，"还是我这种方便，一下子就全搞定了。"

"确实是这样，要是您这个水乳能够改良推广一下，绝对能够卖得出去。"英婶说道。

"现在化妆品太多了，谁会稀罕这种土配方。"温大妈说道。

六

英婶和温大妈正说着话，手机铃声响了，英婶一接通，里面传来了小梅急促的声音："嫂子，你快回来一下，老妈情况有点不好，你快回来。"

英婶赶紧往周云霞的病房跑去。到了病房门口，看到周云霞拉着小梅的手说道："小梅啊，这些天都是你来照顾我，还是你最孝顺啊。"

"妈，您会没事的。"小梅有点哽咽道。

"小梅啊，趁妈还清醒，这房本给你了，虽然不值什么钱，也算是妈最后能给你的了。"周云霞从枕头下面抽出了房本，递了过去。

小梅欣喜地接过房本，回头一看，英婶来了，赶紧站起来说道："嫂子，你来了，我这几天太辛苦了，你先照顾咱妈吧，我先休息一下。"说完，匆匆忙忙地走了。

周云霞看是英婶，生气地说道："你还知道回来，这几天都看不到你的人影。"

英婶委屈地辩解道："妈，我每天都在啊，早饭还是我喂的啊。"

"别骗我了，早饭是小梅拿过来的，我自己吃的。你看，饭盒还在这里。"周云霞说着指向了床头柜，却没有看到饭盒，"咦，这饭盒呢？噢，刚才被小梅带走了。"

英婶有点哭笑不得，但是她知道婆婆有点神志不清，也就没有计较了。

英婶去打了一盆热水，给周云霞擦身体。

周云霞吸了吸鼻子，说道："咦，你今天身上的味道很浓啊，我就说这几天怎么病房里有这种味道，不过今天味道特别浓一些。"

"噢，今天抹了一种护手霜，味道比较浓一些。"英婶边帮周云霞擦身体边说道。

"不对，这几天我都闻到这种味道了，这几天伺候我的都是你？"周云霞忽然坐直了身体。

"是啊，我每天都在啊。"英婶觉得周云霞恢复了神智。

"还是不对呀，但是我印象中怎么都是小梅和小菊在，没看到你啊？"周云霞纳闷道。

英婶犹豫了一下，还是决定说出来："妈，我最近在这个医院当护工，所以有时不一定在这边。"

"啊……"周云霞愣住了，连忙摸枕头下面，良久，才说道，"英子，我可能把房本给小菊了，我糊涂啊。"

"妈，您刚才把房本给小梅了，不是小菊。没事，反正也是要给她们的，给谁都一样。"英婶劝道。

"这可咋整啊，本来我没打算给她们，我是准备留给小志的，这可咋整啊。"周云霞眼圈都红了。

"您上次不是说给她们的吗？"英婶说道。

"我那是骗她们的，两个人都是只会向我伸手。我得想办法把房本拿回来。好了，今天不擦身体了。对了，你刚才说在医院兼职做护工？"周云霞忽然意识到刚才英婶说了啥。

"是啊，贴补一下，不然坐吃山空不行的。"英婶说道。

"唉，都怪我，拖累你们了。"周云霞神情有些黯然。

"妈，您可千万别这么说，我们可从来没这么想啊。"英婶赶紧安慰道。

七

温大妈的病房里，陈贵英和陈贵赐隔三岔五都会来一趟，只要不是两个人同时在场，倒还挺正常，都会嘘寒问暖一番，有时候也会带着孙子过来，这让温大妈很高兴。

英婶知道，陈贵英和陈贵赐来医院都带有一定的目的性，那就是套温大妈还存了多少钱。但是温大妈也不知道真没存私房钱还是不愿意说出来，反正不管他们怎么套话，温大妈的答复都是："没有钱了，钱全交住院费了，就连护工的工资都没给。"每当这个时候，如果英婶在场，还要作证。英婶每次都很配合地点头称是。不过，英婶忙活了一两个月，确实一分钱也没拿到。给温大妈买饭，用的都是预充的医院食堂卡。

除去陈贵英和陈贵赐套话的时候，病房里倒是母慈子孝的氛围。有时候，英婶甚至有点羡慕温大妈。因为自从婆婆周云霞把房本给了小梅之后，小梅和小菊来看周云霞的次数就越来越少了，以前还能够在这里待上半天一天的，现在来了都跟点个卯一样，就推说有事走掉了。

这天，陈贵英和陈贵赐在病房里三句不和就开始吵，把温大妈气得直翻白眼，但是两个人并没有发觉温大妈的不对劲。

温大妈好不容易缓过了劲，攒足了力气大喊一声："你们住口，这笔钱你们一分也拿不到，我给英子打个电话，把这笔钱放在她那里。"说完就给英婶打了电话。

很快，英婶就赶了过来。看到病房里剑拔弩张的样子，知道这姐弟俩又把温大妈气着了。

看到英婶来了，温大妈赶紧招了招手，把英婶叫到了床前。

"英子，这笔钱交给你，这可是我的棺材本儿，你帮我保管着，谁也不要给，你的工资就从里面扣吧。"温大妈边说边把一叠纸递了过去。

英婶连声说道："温大妈，这我可不能拿。"

"让你拿你就拿着！"温大妈坚决地说道。

英婶还在迟疑的时候，从她后面伸过来一只手，把温大妈手里的纸抢走了。

"你不要，我要！我看看这是什么！"陈贵赐展开手里的一叠纸张，"四月底玫瑰花瓣一两（最迟不能超过五月底），山茶油二两（吴记油坊）、蜂蜜一两（最好是洋槐花蜂蜜和荔枝蜜，要那种乳白色的）……这都是什么东西嘛。"说着抖了抖手里的几张纸，一张银行卡掉了出来。

"这卡是我的了！"陈贵英眼疾手快，一弯腰就把银行卡捡了起来。

"你们……"温大妈气急攻心，一下子晕了过去。

"医生！医生！"英婶赶紧跑出去叫医生。

陈贵英和陈贵赐一看闯了祸，也不再吵了，扑到温大妈的床前使劲哭喊起来。

八

"让让，让让！"医生把陈贵英和陈贵赐赶到了一边。

医生快速地检查了一番，说道："你们谁是病人家属？"

"我是。"

"我是。"

"输氧，监测一下病人的血氧浓度。"医生快速地对护士说道。

"我妈怎么样了？"陈贵英着急地问道。

"准备一下，先做个脑部CT。老人有过脑出血的病史，这么大年纪，如果再次出血，就比较难办了。先检查一下，看看结果再说。我先去召集其他医生，可能要进行会诊。"医生急促地说道。

"都是你！要不是你抢那几张破纸，咱妈怎么会这样！"陈贵英埋怨道。

"都是你！要不是你跟我争，咱妈也不会生气。"陈贵赐瞪了一眼陈贵英说道。

"你们别吵了，现在你们钱也拿到了，大妈还在昏迷呢，治病要紧啊。"英婶说道。

"咳咳……"正说着话，温大妈睁开了眼睛，看到英婶在床前，立马抓着她的手，隔着氧气面罩，含含糊糊地说道，"我……我给你说……"

英婶心里一沉，因为她公公走的时候就是这样子。她回头看了陈贵英和陈贵赐一眼，小声说道："快过来，可能时间不多了。"

陈贵英和陈贵赐赶紧凑到了跟前。

温大妈喘了几口气，含含糊糊地说道："那……那个……是……是……"

"让一下，让一下，现在要去检查。"医生又来到了病房。

"嘘……等一下，我妈有话说。"陈贵英作嗓声状。

医生看了一下温大妈的情况和仪器上的显示情况，说道："不用等，不是你想的回光返照，老太太身体情况还好。"

"妈，卡密码多少？"陈贵英凑到温大妈耳边问道。

"问啥密码，都什么时候了！"陈贵赐连忙阻止道，他没有拿到银行卡，也不想让陈贵英这么轻易地拿到。

"老太太没事的，先推去检查吧。"医生被陈贵英弄得有点不耐烦了。

在几个人的护送下，温大妈被推去检查了。

CT室的外面，陈贵英和陈贵赐焦急地走来走去。

"你别在我面前晃悠了，看着你就烦。"陈贵英骂道。

"是你在我面前晃悠好不好！我还看着你就烦呢！"陈贵赐毫不客气地说道。

"要不是你，我就把密码问出来了，都怪你！"陈贵英没好气地说道。

"就是不让你问到！"陈贵赐说道。

"我问到了，到时候肯定也会分给你一些，你说你是不是傻！"陈贵英骂道。

"我傻？！你拿到钱会分给我才怪，你有那么好心？"陈贵赐嗤笑道。

"你们两个安静一点吧。大家都在这里看你们表演呢！"一个老头儿走了过来说道。

"关你什么事，多管闲事！"陈贵赐凶狠地瞪了老头儿一眼。

老头儿摇了摇头走开了。

"谁是温清芝的家属？检查好了。"医生推开门出来说道。

"我是。"

"我是。我妈咋样了？"

"刚检查完，去办公室直接问主治医生吧！"医生说道。

九

"从CT的情况来看，病人的这个地方有出血。"主治医生指着电脑上的一个地方说道。

陈贵英和陈贵赐一脸懵懂地看着电脑屏幕，其实什么也看不懂。

"脑出血？"陈贵英惊道。

"脑出血会变老年痴呆、半身不遂的，隔壁老刘不就是这样了吗？那咱妈？"陈贵赐担心地说道。

"你们安静一会儿，听我说完行不行？"主治医生不高兴地说道。

"医生，医生，温大妈吐了。"英婶慌慌张张地跑了过来。

主治医生似乎早有所料，说道："脑出血病人大部分都会出现呕吐现象。病人的出血不算太严重，考虑到病人年纪有点大，所以我建议保守治疗。"

"不用做手术啊？"陈贵英惊喜地说道。

"可做可不做。但是你们要有心理准备，有影响到脑部功能的可能性，可能会失忆，也可能会痴呆，当然，也有可能啥事没有。"主治医生不紧不慢地说道。

"那做手术呢？"陈贵赐问道。

"举个例子吧，一些比较老旧的水龙头，如果你不修，还能将就着用；如果你去修，说不定就不能用了。所以，我不建议你们做手术。"主治医生说道。

"那好吧，那就保守治疗吧。"陈贵英拿了主意，陈贵赐也点了点头。

情况似乎并不乐观，温大妈的记忆受到了一些影响，只认识陈桂英、陈贵赐和英婵，连孙子都不认识了。让陈贵英特别郁闷的是，温大妈似乎不记得自己的银行卡在哪里了，更别说银行卡的密码了。

温大妈现在对英婵特别好，有点把她当女儿的感觉，每天都用水乳给英婵涂抹，很快，温大妈仅剩的那一瓶水乳就用完了。英婵想起了温大妈上次发病之前的那几张纸，按照纸上的配方试着配了一下，第一次没有成功，因为她不知道玫瑰花瓣是要用萃取物，而不是直接磨粉加进去。第二次，在温大妈的指导下，一下子就成功了。

陈贵英和陈贵赐也知道了英婵在温大妈这里当护工并没有拿到一分钱工资，当他们看到英婵毫不嫌弃地帮温大妈擦身体的时候，他们的内心彻底受到了震动，慢慢地，陈贵英和陈贵赐来医院的次数越来越多，待的时间也越来越长。让英婵欣慰的是，陈贵英和陈贵赐很长一段时间已经不套温大妈的银行卡密码了，陈贵英甚至主动把那张银行卡还给了温大妈。让陈贵英想不到的是，温大妈转手就把银行卡交给了英婵保管。这也让陈贵英重新燃起了希望，寻思着英婵可能知道银行卡密码。

温大妈的病情稳定了以后，陈贵英和陈贵赐再一次提出让她回家住的想法，但是温大妈还是拒绝了。

尾声

这天，在周云霞的病床前，小梅、小菊、英婶都在，还有几个张家的长辈也来看周云霞。

周云霞说道："最近我感觉自己还算清醒，能记得一些事，趁我还没彻底糊涂，咱们老张家的人都在，也给我做个见证。"

众人纷纷点头。

周云霞拉着小梅的手说道："英子啊，我准备把镇上那套房子给你，乃明的赔偿金还有20万，到时候给小梅和小菊吧。"她似乎把小梅认成了英婶。

小梅一听，周云霞还有20万的存款，还要把存款给自己和小菊，惊喜不已。考虑到自己家离医院很近，连忙说要上厕所，一溜烟赶回家就把房本拿了回来。回到病房，小梅把房本递给周云霞，说道："妈，这是房本，给嫂子吧，存款给我和小菊吧。"

周云霞拿过房本，立马给了英婶，并说道："你给我保管好，千万别再丢了。"

"妈，存款呢？"小梅问道。

"什么存款？我哪有什么存款？"周云霞装起了糊涂。

"妈，这个房本还是给小梅和小菊吧，我们有地方住。"英婶说着就把房本递给了小梅。她在温大妈那里受够了陈贵英和陈贵赐的争吵，不想因为一套房子与家人闹得不可开交。

"你呀你，给你房子你都不要。"周云霞有点恨铁不成钢地说道。

当着张家长辈的面，小梅感觉手里的房本是那么烫手，于是她把房本又递给了周云霞，说道："妈，这房本还是给您吧，我嫂子没有啥收入，我跟小菊都没那么拮据，这房本我们不能要，小菊，你说是不是？"

小菊点了点头，说道："是啊，妈，我跟我姐都不要这房子，还是留给小志吧。"小菊也想得开，镇上的房子不值钱，顶多也就10万块左右，当着家里长辈的面，这样拒绝，还会落一个好名声。果然，张家的几个长辈，都对小菊和小梅称赞有加。

其实，周云霞清醒的时候，也知道小梅和小菊变了，因为她们经常在家里炖一些汤带过来，以前来顶多带点水果，甚至什么都不带。当然，小梅和小菊的这种变化，跟英婶的全心伺候，还是难以相提并论的。

暑假的时候，英婶的儿子小志回来了，他每天都会抽时间陪着周云霞。说来也奇怪，自从小志回来后，周云霞再也没有糊涂过，每天都是清醒的，这也让英婶感觉生活终于有了盼头。小梅和小菊得知英婶在温大妈那里做护工并没有拿到工资后，两个人商量了一下，每个人每个月给英婶1000块，这也缓解了英婶的经济压力。

且说随着陈贵英和陈贵赐的转变，温大妈被照顾得越来越好，最后竟然在孙子的劝说下，同意出院回家住了。

温大妈出院的那天，把英婶叫了过去，说道："英子，你也照顾了我这么久，工资也该给你结算一下了。"

英婶说道："温大妈，工资没关系，再说了，那个水乳的配方也让我年轻了好几岁，您看我现在的皮肤跟以前都不一样了。"

"哈哈哈……英子，其实我让你保管的银行卡就是你的工资，我早就给你了。"温大妈笑道。

"啥？那就是工资？"英婶怔道。

"里面有5万块，不要嫌少，那是我留的棺材本儿，现在受你的影响，贵英和贵赐有了很大转变，我也不愁养老的事了，我看你也挺困难的，别拒绝了。"温大妈拉着英婶的手说道，"密码就是水乳配方里面的数字。"

英婶泪眼婆娑地看着温大妈，感动得说不出话来。

（完）